増補改訂版 万葉集巻二十 防人歌

作歌者たちの天上同窓会

植木久一

海鳥社

はじめに

東国の農民たちが、防人としての徴兵を受け、いよいよ家族と引き離される日、あるいは任地へ赴く旅路の中で謡いました。残された家族の見送りの歌もあります。私を引き付けて離さない防人歌の幾つかをご紹介します。

4322（40・41頁）　我が妻《つま》は　いたく恋ひらし　飲む水に　影《かご》さへ見えて　世《よ》に忘られず

4343（91・92頁）　我《わ》ろ旅は　旅と思《おめ》ほど　家《いひ》にして　児持《め》ち痩《や》すらむ　我が妻愛《みかな》しも

4351（116・117頁）　旅衣《たびころも》　八《や》重《へ》着《き》重ねて　寝《い》のれども　なほ肌寒むし　妹《いも》にしあらねば

4401（212・213頁）　韓衣《からころむ》　裾に取り付き　泣く児らを　置きてそ来ぬや　母《おも》無しにして

4407（229・230頁）　日《ひ》な曇《くも》り　碓氷《うすひ》の坂を　越えしだに　妹《いも》が恋しく　忘らえぬかも

4425（264・265頁）　防人に　行《ゆ》くは誰《た》が背《せ》と　問ふ人を　見るが羨《とも》しさ　物思《ものも》ひもせず

＊冒頭の四桁数字は研究用に付けられた通し番号、（　）内は本書での紹介頁数です。振仮名は万葉仮名を平仮名に置き換えただけですから、当時の言葉、各地域の方言に忠実です。

一つひとつの歌に込められた気持ち、または三十一文字では表し切れなかった気持ちや、その後のことなどを、作歌者として名を残した詠み人たちから直接聴いてみたかったのです。

そこで一二六〇年後の天上同窓会をセットし、皆さんに集まってもらいました。ただし年齢と気分は往時のままでね、とお願いしました。皆さんが若かった昔に戻り、生き生きした同窓会を展開してくれました。総合司会は、防人歌を集めて万葉集に組み込んだ張本人、大伴家持さんです。

「できた！」、「脱稿！」と決断する最後の一瞬まで悩んだ歌が三首ありました。この三人、本当は防人に行かなかったのでは？　大伴家持さんにとっても、動転の展開となりました。

最初の「大伴家持からの挨拶」では、巻二十の成り立ちや構成、そのビックリ背景や政治事件、防人制度の概要などを、当時兵部省の少輔（今で言えば防衛省の次官）であった大伴家持さんに説明してもらいました。彼は同窓会での発言内容を理解していただく上で必要と思われる範囲内のことを、快く予習的にしゃべってくれました。家持さんがそんなにも苦しんでいたなんて！

奈良時代の中頃に生を受け、そして防人に派遣された農民たちを、「防人として筑紫に赴任させられました」という記述的解説で紹介するのではなく、彼らから発せられた生の声を、その言葉通りに浮び上がらせて彼らの悩みを皆さんと共有したい、というのが執筆動機です。

［増補改訂版］万葉集巻二十　防人歌——作歌者たちの天上同窓会◉目次

扉題字・挿絵・書　石内多美

防人歌

同窓会の受付風景――出席予定者の来場を待つ幹事たち

A男　僕らの五・七・五・七・七が、『万葉集』とかいう歌巻に載ったの、聞いてた？

Y男　イヤ知らなかった。あの時お役人に出した歌が、その後どうなったか、何も聞いてない。今日の幹事役を頼まれた時に、ちょっと聞かされて、「へえ、そんな歌巻が出てたんだ！」。びっくりしたよ。

V男　宴《うたげ》をするって言うんで出たら、歌を作れと言われたよな。宴は好きやけど、歌を作るのが課題やったから、ちょっとびっくりさ。あの時歌を作った人には、大げさな名前を付けられたよな。

A男　覚えてるよ。その『万葉集』には、一人ひとり、その名前付きで載ってるらしい。

まろ　僕は家で「まろ」と呼ばれていたけど、あの時「真麻呂《ままろ》」と名付けられたんだ。

W男　学者の中には「東国農民のくせに上手《うま》過ぎる、誰かが添削したんだろう」と言う人がいるらしい。

L男　僕らは東国弁で「五・七」や「七・七」のリズムに乗った民謡を謡い慣れていたし、その謡い慣れた民謡をもじって歌を作ったんで、結構うまくできてたと思うよ。添削なんか、されてないだろ！

Q男　僕は歌の記録係として防人に行かされた役人なんだけど、みんな方言丸出しの五・七・五・七・七なもんで、漢字の当てはめが難しかった。一音・一字の万葉仮名を使うほかなかったよ。標準語風に添削したら、字余りや字足らずが出て、折角のリズムが崩れるから、手の入れようがなかったんだ。そのまんま正直に記録したよ。

P男　僕も記録係兼防人だったけど、東国民謡では都風の上品な言い回しを真似た歌も多かったから、方言丸出しの割に、歌の出来栄えとしては、結構いい線行ってたと思うよ。

X男　防人＝農民、と思われてるらしいけど、役人出身の防人も結構混じっていたよね。それに、宴に呼ばれて謡ったのは、君ら役人組と、自分で言うのも変だけど、僕らのようなリーダー的農民だけだったし。
Y男　小農というか、貧しい家の人たちは、そもそも宴に招かれてなかったもんね。
Z男　話は変わるけど、僕らの歌は難波津《なにはつ》のお役所に出してお終《しま》いやろ。筑紫《つくし》へ行ってからは沿岸監視、軍事訓練、畑の耕し……。働き詰めだったから、筑紫での三年間は、歌どころではなかったよな。
N男　あの時代だからスマホもガラ携もないしね。行き帰りを入れると三年以上さ。今で言ったら、大学入ってから四年生の夏休みの前まで全部取られてしまったようなものだから。
S男　帰れなかった奴もいるよね？　病気や怪我がもとで死んだ奴とか、帰り道で行き倒れになった奴とか。
X男　向こうで素敵な娘さんに出会って結婚した奴もいて、そいつはいいけど、留守家族には辛かっただろうよ。帰ってきたら、家族の誰かが死んでたという奴もいるんじゃないかな。
L男　僕がそうなんだ。お袋が死んでた……。
R男　辛い話がたくさんあるだろうな……。今日は歌が載った連中は全部集まるの？
A男　そう、八十一人。せっかく進上したのに、下手だからという理由で歌巻に載せてもらえなかった奴が八十二人。そいつらもほとんどは来ると思う。全部で百六十人を超えるよ。
X男　歌は出してないけど来る、という奴も数えると、二百人を超えるかもよ。
W男　毎年千人ほど徴兵されて、向こうで三年。同じ釜の飯を食った連中の再会やから、なつかしいな。
S男　毎年千人行って、毎年千人帰る。筑紫では常時三千人はおったからな。
V男　歌を集めたのは、僕らの年次（西暦七五五年派遣組）だけなんでしょ？
S男　そうらしいね。百年近く続いた防人の歴史の中で、あの年だけ、まさに僕らの年だけらしいね。

G男　それはそうと、防人は男ばっかり。今日は男子校の同窓会みたいになるんかな。
Z男　僕とこの武蔵では、国府を出発する時の宴で、奥さん連中も参加して謡ったんだよ。彼女らは歌が上手《うま》いもんだから、結構評判がよくて、幾つかは載ってるかもしれない。彼女たちも来るんじゃないかな。少なくとも僕の女房は来るよ。
A男　よー、それは楽しみや。ほかにも奥さん同伴で参加する人があるだろう。期待しよう。
K男　幹事連中で女房同伴になる人、手を挙げて……。ほーっ、ここだけで四人も！　これは華やかになりそうだ。期待が膨らんできたよ。女性が来るとなると、歌をきっちり思い出して上手に謡わないとな。
L男　僕の女房は、みんなの前で亭主の歌を聴くのは恥ずかしいから来ないって。
S男　どうしてだよ！　一緒に連れて来たらよかったのに。
N男　僕は自分の歌をきっちりとは思い出せんよ。最初の「五」とか「五・七」あたりは何とか覚えてるけど、お終いの「七・七」は自信ないな。思い出さんといかんな。
L男　あの時は一所懸命謡ったけど、宴の中でほかの人も次々謡っていたので、記憶がこんがらがってるな。
G男　自分の順番が来る前に、係の人がこそっと思い出させてくれるらしいから大丈夫。何とかなるよ。
Z男　一二六〇年前か。あっ！　一番乗りが来た！　あいつ、確か「をと」！
をと　うおー、なっつかしいな。
A男　お前、一番乗りやぞ！　元気者の「をと」に会えて嬉しい。
H男　向こうの方から二番手も来てるぞ。あいつは「たつ」や。
たつ　よう！　久しぶりだな。みんな天上に来てたんか。

大伴家持からの挨拶

天上の皆さんには、実は今日初めてお会いします。私は大伴家持《おほとものやかもち》と申します。皆さんから提出していただいた進上歌を『万葉集』という歌巻に載せた張本人ですが、こうして向かい合ってお話ができるのは初めてですね。

地上で聴いていただく方もおられますので、実況中継のつもりでしゃべります。

私が生まれたのは奈良時代（七一〇－七九四年）が始まってから約八年目、死んだのは平安時代を迎える約九年前。ですから奈良時代を駆け抜けた男と言えます。天上に来てから一二三〇年になります。

皆さんの歌は、『万葉集』の最終号「巻二十」に収載されています。ところで『万葉集』はもともと巻一－巻十六で一応完成していたのですが、私はそれとは別に、「家持歌集」とも言うべき私的「歌日誌」をつけていまして、その第四巻目に、皆さんの防人歌八十四首を収録させてもらいました。第四巻には、もちろん私の歌も載せています。

私はかねてから『万葉集』の編集に携っておりましたので、自分の「歌日誌」四巻をいずれは『万葉集』の巻十七－巻二十として合体させたいな、という野望を抱き、巻一－巻十六と同じような編集形式でまとめておりまして、朝廷への提出チャンスを狙っていました。

ところが西暦七五六年、つまり皆さんが筑紫《つくし》へ到着されて防人二年生になられた年に、『万葉集』発行の発案者であられた聖武上皇がお亡くなりになり、さらにその翌年には『万葉集』の筆頭編集者であった橘諸兄《たちばなのもろえ》卿が亡くなられました。完成したばかりの私の「歌日誌」ですが、提出のチャンスを失ってしまいました。その上、その後の大伴家は藤原家から一層強く疎遠にされて力を殺《そ》がれる事態が進み、生きている間には合体・完成を見ることはできませんでした。加えて私が死んだ直後には、私が朝廷から追放される事件が起こって葬儀も許されず、合体・完成どころではありませんでした。四本の巻物がそのまま私の文箱《ふばこ》で眠りに就いてしまったんですよ。詳しいことは、いずれお話しますが「冤罪《えんざい》」です！　誤認追放だったのです!!

追放によって隠岐《おき》に流されることとなった息子が、私の遺骨と一緒にその文箱を持ち出してくれたようです。幸い平安時代に入って私たち親子が恩赦を受けまして、息子が遺骨と共に文箱を都に持ち帰り、巻物四本を朝廷に提出してくれました。その時の天皇様が、これは良い歌巻だ、家持の意向をくみ取って、巻十六の続きとしてこの四つを合体させよう、とおっしゃってくださったそうです。こうして、ようやく全二十巻として完成しました。当時は、『万葉集』という名前も、「巻二十」という言い方もなかったのですが、今日のところは、後世の呼び名に従って『万葉集』、「巻二十」と言わせてください。

「防人」という言葉は、海に面して守る人、つまり「岬を守る人」「崎を守る人」というのが語源です。

東国《あづまのくに》の各地から、毎年約千人の農民たちを無理やり防人として遠く九州の筑紫へ連れて行きます。筑紫での防備に当たる任期は三年で、筑紫には常時約三千人の防人さんが駐屯していました。

一方、私は二十九歳から五年の間、越中守《えっちゅうのかみ》（今の富山県知事に相当）を務め、越中時代は短歌や長歌三昧の生活でした。結構上達でき、私の作品が都でも評判を得るようになって、『万葉集』の編集にも参加させていただけるようになっていました。三十四歳で帰京し、三十七歳の時、兵部少輔《ひょうぶしょうゆう》（今の防衛省の次官）となりました。当時、男子の節目と言われていた四十歳を目前に控えて、意欲満々でした。そこでその立場を利用させてもらうこととし、防人としての徴兵を受けた皆さんに歌を詠んでいただき、その歌を私の「歌日誌」第四巻にまとめてみようと思い立ちました。七五五年、つまり天平勝宝七歳のことです。実はこの年から二、三年の間は、中国の玄宗皇帝を真似て、試みに「歳」という文字を使っていました。奈良時代のド真中です。

防人制度が始まってから大雑把に言って九十年後です。その数年後には防人制度が事実上廃止されましたから、結果的には、防人歌特集を組む上でのほぼラスト・チャンスでした。

東国の国々に派遣されていた国司《くにのつかさ》（守《かみ》）に向けて、次のような指示を出しました。

・防人に指名された農民たちに、徴兵を受けて故郷を離れることとなった心情を謡ってもらう。
・国ごとに、郡《こほり》の数より多い数の歌を選んで進上してもらう。
・その中からさらに二次選抜をさせてもらって、優秀な歌を取載する。

この指示を受けた各国では、兵部少輔からの指示として尊重してくださり、

・それぞれの国の国府（今の県庁所在地）で開く出立《しゅったつ》と別れの宴《うたげ》
・難波津《なにはつ》（今の大阪湾）へ集結する旅路の途中で開く慰労の宴
・難波津に到着した後、さらに筑紫へ向けて船出する前に開く決起の宴

を開かれたそうです。そして宴の中で謡ってもらい、それらの中から良い歌を一次選抜した上で私に提出する、ということで協力してくれました。

集まった一六六首を、『万葉集』の中では「進上歌《しんじょうか》」と称しています。いずれも「良」でしたが、その中からさらに二次選抜して「優」八十四首を採用させてもらいました。一人二首の方が三人おられたので人数的には八十一人。『万葉集』では、こうして収載された歌を「取載歌《しゅさいか》」と称し、二次選抜から外れた八十二首を「拙劣歌《せつれつか》」と称しました。

「拙劣歌」という言い方……、もっとほかの言い方がなかったのか、私の驕《おご》りを反省します。後世の学者さんたちからは「拙劣歌」の一つひとつを知ることができないのが残念！　との声が上がっていると聞いています。

巻二十には、皆さんの防人歌のほかに、作者不明の昔の防人歌九首を加えましたので、防人歌は全部で九十三首となります。このほか、巻七（一首）と巻十四（十首）にも、詠み人知らずの防人歌がありますので、今日はそれらも含めて合計一〇四首をご紹介させてください。巻二十には、皆さんの歌を拝読しながら詠んだ私の感想歌を二十首、さらに私の歌人生の最後を締め括る歌などを含めて、合計二二四首を載せています。

都から遠く離れた東国の農民たちが、『古今和歌集』や『新古今和歌集』に載っている、あの優雅で日本文化の代表とも言える短歌「五・七・五・七・七」を謡われていたということを、後の世の方々としては奇異に感じられるかもしれません。ご納得いただくために、時代背景を説明しておきましょう。

『万葉集』の代表的歌人の中にも、東国の長官（守・国司）になられた方がたくさんおられます。日本史の飛鳥・奈良時代に出てくる有名人の中で、藤原宇合《ふじわらのうまかい》、多治比縣守《たじひのあがたもり》、石上乙麻呂《いそのかみのおとまろ》といった名前を聞かれたことがあるかもしれません。これらの人たちが、任地先の東国で都風の歌を謡われました。農民たちがそれを真似て短歌風の歌を作り、いつしか広まっていったようです。

『万葉集』ではこれを「東歌《あずまうた》」と称し、巻十四に収載しています。全て短歌で二三〇首。その内、国名の記載があるもの九十首。全部「詠み人知らず」です。農民の人たちも、「五・七」や「七・七」のリズムを取り入れた東国民謡に日頃から慣れ親しんでおられたということをご理解ください。

その上、今回、歌を進上してくれた農民たちというのは、これは後で知ったことですが、それぞれの郡でのリーダー的な農民というか、富裕層と称すべきほどの立場の方々だったようです。ですから、条件的にも、環境的にも、短歌を謡えるような素地や謡う習慣を、それなりにお持ちであったと考えてくだされはよいと思います。

進上歌一六六首に対して、（二次選抜された）取載歌が八十四首です。レベルの高さ、すごいと思われません⁉

その一方では、集められた農民千人に対して進上歌一六六首は少ないというご意見もあるでしょうね。さっき言いましたように、各国には最低ノルマとして、各国の郡の数だけの歌を出せばよいと指示していましたから、各国のお役人さんとしては、各郡のリーダー的農民だけを対象とする宴を開き、その時に集まった歌を出せばよい、と考えられたのだと思います。

ところで防人歌を語る時、一括りに「農民兵の歌」と理解されることが多いですよね。ですけど、実は私にとっても巻二十の編集を進めるプロセスの中で気付かされたことですが、お役所勤務の中から防人に派遣された方の歌が結構多かったです。そのほか、三年半以上にわたって息子や夫と引き離されることとなった家族の方たちの見送りの歌も含まれています。これから始まる実況中継でお分かりいただけると思います。「防人歌」に対する貴方の新しいイメージをつくりあげてください。

さて今日、天上でお話できるチャンスができて、私はとても嬉しく思います。今、私の周りには、あの年に防人歌を謡った人たちが、同窓生として集まってくれています。

あの時あの歌を謡ったことを思い出していただき、どんな気持ちだったのかをお話してもらおうと考えて、今日の宴を計画しました。皆さんの居所を突き止めて連絡の労を取っていただいた幹事さんに感謝です。

防人歌は、故郷を出る時の歌、難波津までの旅路の途中での歌、難波津に着いて、筑紫に向けての出航を前にした時の歌で終わっています。ですから、その後のこと、つまり筑紫に移送される瀬戸内航路でのこと、任地での出来事、任期を終えて郷国に帰る日を迎えた時のこと、無事郷国に帰って家族と再会された時のことなども、お話してもらおうと企んでいます。一二六〇年のタイム・トンネルを越えて当時を再現できたらいいな、と期待しています。そのほか今日の席には、進上歌を提出していただきながら選に漏れた方、歌を作らなかった方、さらにはご家族の方にも参加していただいています。何かお話を伺うことができれば幸いです。

実は故郷を出発してから再び故郷へ帰るまでの三年、正しく言えば往復の旅程を含めて三年数か月という長い間に、不幸にして亡くなられた方もおられます。任地の筑紫で結婚され、ついに郷国へは帰らなかった方もおられます。それらの方々も含めて二百人あまりの方が今日の天上同窓会に集まってくれました。

『万葉集』の最初の歌は巻一の六三〇年頃、最後の歌は巻二十の七五九年。全体で一三〇年の歴史ですが、防人の歌が収録された七五五年は、結果的に見て、万葉時代終焉の直前だったのです。

それでは『万葉集』に収載されている順番に従って、正しく言いますと難波津に到着して歌を進上された国順に、聴かせてください。歌は声に出して謡うものです。東国民謡で謡い慣れておられたようなメロディとリズムで謡っていただけるものと楽しみにしています。地上で聴いてくださる二十一世紀の皆さんの中にも、例えば犬養孝先生の朗詠などを聴いて万葉歌に親しんだ方がおられると思いますよ。『万葉集』の語源は『万謡集』ではなかったかな、などと思うこともあります。

ひとつ言い忘れたことがありました。今日ご参加の方々は、実は『万葉集』（巻二十）の完成そのものをご存じありません。というのは、私たちからは事後報告を含めて何の連絡もしていなかったからです。そもそも『万葉集』って何？と思われる方々もおられます。巻二十に自分の歌が載っているかどうかを知らされていないのは勿論のこと、誰の、どんな歌が、どんな形で収載されているのか、何も知らされないままです。今日初めてその全貌を伝えられる、というのが実状です。ただ今日の同窓会を開くに当たってお願いした数人の幹事役さんには、少しお話をしておきました。

巻二十では「防人に徴兵された人たちや家族たちの悩み」という共通の心が方言満載で語り合われています。

天上の皆さんは防人体験者なので今更ながらとは思いますが、防人制度の全体的な姿を手短にお話ししておきましょう。祖々代々、武人の中枢として朝廷にお仕えしてきた大伴家の当主として、また当時、兵部省の次官級役職であった私個人としての反省を込めつつ……。

日本は古くから朝鮮半島南西部の百済《くだら》に日本府という拠点を持っていましたが、半島の南東部に大勢力を誇っていた新羅《しらぎ》に押されて百済が負けそうになっていました。そこで斉明天皇や中大兄皇子の頃の六六三年、その百済を助けるという口実で、総勢二万七千人とも、四万二千人とも言われる日本兵が攻め入って、白村江《はくすきのえ》で戦い、八月二十七、二十八日、唐・新羅の連合軍に大敗しました。私が生まれたのはその八十年後です。

そうなると、今度は朝鮮や中国の軍隊が逆に日本へ攻めて来るかもしれないと恐れ始めた朝廷の人たちが、その翌年、防備のための砦などを対馬・壱岐・筑紫に築き、そこに防人を集めようと考えたんでしょうね。

防備専念という点では、自衛隊の奈良時代版ですかね。でも「世界の警察」気取りの国と一緒に「積極的平和外交」とか言って集団的自衛権を行使する、という話になると、ちょっと異次元の話だと思います。先ほどの朝鮮半島への出兵も、百済を助けるという意味では集団的自衛権の行使でした。

いったん始めた戦争を、どのレベル、どのタイミングで終わらせるか、難しいですよ。「愛国心」などというものが一人歩きする。というか、疑問を持つ力を失い、考える力を失う。あるいは付和雷同的な「世論操作」を行って、国民全体の雰囲気が好戦的になってブレーキが効かないような風潮が出始めると怖いですよ。後になって「心の底では」とか「隣りの人が」とか……。もう遅い！

戦争を話題にする時、「戦死者何千名」、「戦死者何万名」と、数の話に気を取られがちです。ですが、お一人お一人にとっては、その人の人生が完遂されないまま、夢が実現されないままでの抹消です。しかも残虐な殺戮という手段で。あるいは生涯にわたって苦しみを残す身体的・精神的な障害を受けます。ご自分が殺戮される前には、相手方兵士を自分の手で殺戮し、あるいは体や心に大きな負傷を与えます。多くは、善悪の判断すらできない状況に置かれて、……というか、相手をたくさん殺せば殺すほど、英雄視されます。帰国後はＰＴＳＤという心の障害に苦しむ人が多いと聞きます。

白村江での大敗では、九州から掻き集められた農民兵がたくさん戦死しました。兵士は若人ばかりでしたから、ご両親が嘆き、若妻が嘆き、あるいは幼子が父を失ったのです。

防人についても、始めの頃は九州各地から集めたようですが、また九州！という不満もあり、九州限定では困難になりました。そこで九州以外からも集めることになったようです。

では、なぜ九州から遠く離れた東国、今で言う関東が選ばれたのでしょう。実はその頃、大和朝廷による農民たちの支配体制や徴税システムが全国に及んでいました。それまでの東国支配層（郡司を筆頭とする地方豪族）は勢力を失っており、東国に関して言えば、むしろ朝廷による直轄的な支配が行き渡っていました。旧来の豪族たちに遠慮することなく、農民たちをとても簡単に強制徴兵することができたようです。東国の農民であれば、筑紫から遠い自分の国へ逃げ帰ることが不可能だ、と考えた節もあります。「失礼な！」ですよね。その上、東国の人たちにとっては迷惑千万な話ですが、「東国人は力が強く、勇敢で、危険な戦いにも恐れを示さずに立ち向かう」と期待されていた、とも言われています。後の世、平安時代の末期から鎌倉時代、さらに戦国時代に掛けて「坂東武者」の勇名が日本全国に知られましたよね。

防人制度が始まってから約九十年の間、「朝鮮兵が……」、「中国兵が……」と心配をあおり続け、毎年約千人の農民たちを徴兵し、三年の防備任務に張り付かせてきましたが、結局外国の兵が攻め入ってくることは一回もありませんでした。ちょっとした小競り合いはあったかもしれませんが、当時は中国への遣唐使や、中国からの使節を何度も交換しており、両国の関係は、かなり円満になっていました。それなのに来襲があったらどうするのだとばかり、心配を煽り続けたんですよね。現実味のない想定に対して全く無批判なまま、お先棒を担いでいた私（兵部少輔）としては、偉そうなことは言えません。

ところで「防人」即「戦闘員」ではありません。もともと筑紫には数千人規模の軍団が幾つも幾つも配備されていました。そうは言っても隊員数は不足気味で、九州の沿岸全域に張り付かせるわけにはいきません。九州の北側の沿岸は湾が入り込んでいて総延長がかなり長く、中国船や韓国船がどの沿岸から接近するか分かりません。そこで沿岸からの海上監視を補佐する役として、防人が派遣されたと聞いていました。ですから防人自体は戦闘を専門任務とするのではありませんが、軍団の配備が手薄な所へ接近して来るかもしれません。そうなると、監視任務中に戦闘に巻き込まれるでしょう。そこで集めた農民さんたちに武器を持たせ、兵士としての教育・訓練を強要し、戦闘訓練に明け暮れさせていたようです。

空いた時間は、休む間もなく自給自足のための農作業が待っています（軍防令六十二条）。言わば屯田兵。遊んでいる暇など、ありません。

大伴家持関連略年表

600年	第1回遣隋使の派遣、朝鮮半島の新羅へ討伐軍派遣
630年	第1回遣唐使の派遣
645年	大化の改新（朝廷の実権が蘇我家から天皇家へ）
663年	再び朝鮮半島へ侵攻。白村江の戦いで唐・新羅連合軍に大敗
664年	防人の実体的な配備を開始（防人配備の最初の記録：646年）
701年	「大宝律令」施行で防人制度確立（軍防令の完備）。班田（口分田）収授法
710年	平城京遷都（奈良時代の始まり）
712年	『古事記』完成
718年頃	家持誕生〔大伴旅人（53歳）の長男〕。以下、年齢は推定
718年	「養老律令」完成するも、藤原不比等の死を受けて施行延期
720年	『日本書紀』完成
723年	三世一身法
730年	防人派遣を東国からの徴兵に限定
731年	大伴旅人没（旅人66歳、家持14歳）
733年	山上憶良没（憶良73歳、家持16歳）
743年	墾田永年私財法（家持26歳）
746年	家持（29歳）越中守として赴任
751年	家持（34歳）少納言として都に戻る
752年	東大寺盧舎那仏（大仏）開眼
754年	家持（37歳）兵部少輔
755年	防人徴兵を受けた人たちから防人歌を集め、家持歌集の第4巻（後の『万葉集』「巻二十」）を編集
757年	「養老律令」施行（藤原家の優勢が確立）。防人の東国徴兵を事実上廃止
759年	家持（42歳）因幡守として万葉集最後の歌を詠む。唐招大寺建立
767年	家持（50歳）大宰少弐として筑紫赴任
770年	家持（53歳）民部少輔として都に戻る
783年	家持（66歳）中納言兼春宮大夫。多賀城（宮城県）に左遷
785年	家持（68歳）失意の内に没。没後に藤原種継暗殺事件への関与が疑われ、葬儀も許されず。息子の永主が父家持の遺骨と共に隠岐へ配流さる
794年	平安京遷都（平安時代の始まり）
806年	家持、恩赦により従三位に復位。遺骨と共に家族も帰京を許された

主な国々の国府所在地

万葉時代（全68国）の国庁所在地は、近年、次の地名で残されています。「国府」（25か所）、「府中」（17か所）、「府内」（1か所）、「国衙」（3か所）。ほかに国分寺の所在地であったことに基づいて「国分」と命名されているところもあります。

（国名：郡名⇒⇒現在の地名）

東海道
常陸国：茨城郡⇒⇒茨城県 石岡市 石岡
下総国：葛飾郡⇒⇒千葉県 市川市 国府台
上総国：市原郡⇒⇒（推）千葉県 市原市 惣社
安房国：平群郡⇒⇒千葉県 南房総市 府中
武蔵国：多磨郡⇒⇒東京都 府中市 宮町
相模国：大住郡⇒⇒（推）神奈川県 海老名市
駿河国：安倍郡⇒⇒静岡県 静岡市 葵区 長谷町
遠江国：磐田郡⇒⇒静岡県 磐田市 見付
甲斐国：八代郡⇒⇒（推）山梨県 笛吹市 春日居町 国府
伊豆国：田方郡⇒⇒（推）静岡県 三島市 泉町
尾張国：中島郡⇒⇒愛知県 稲沢市 国府宮町
三河郡：宝飯郡⇒⇒愛知県 豊川市 白鳥町
伊勢国：鈴鹿郡⇒⇒三重県 鈴鹿市 広瀬町

東山道
陸奥国：宮城郡⇒⇒宮城県 多賀城市 市川
下野国：都賀郡⇒⇒栃木県 栃木市 田村町
上野国：群馬郡⇒⇒群馬県 前橋市 元総社町
信濃国：筑摩郡⇒⇒（推）長野県 上田市 古里（または松本市 大村）
近江国：栗太郡⇒⇒滋賀県 大津市 神領・大江

西海道に沿って
筑前国：御笠郡⇒⇒（推）福岡県 太宰府市 国分（または通古賀）
筑後国：御井郡⇒⇒福岡県 久留米市 合川町

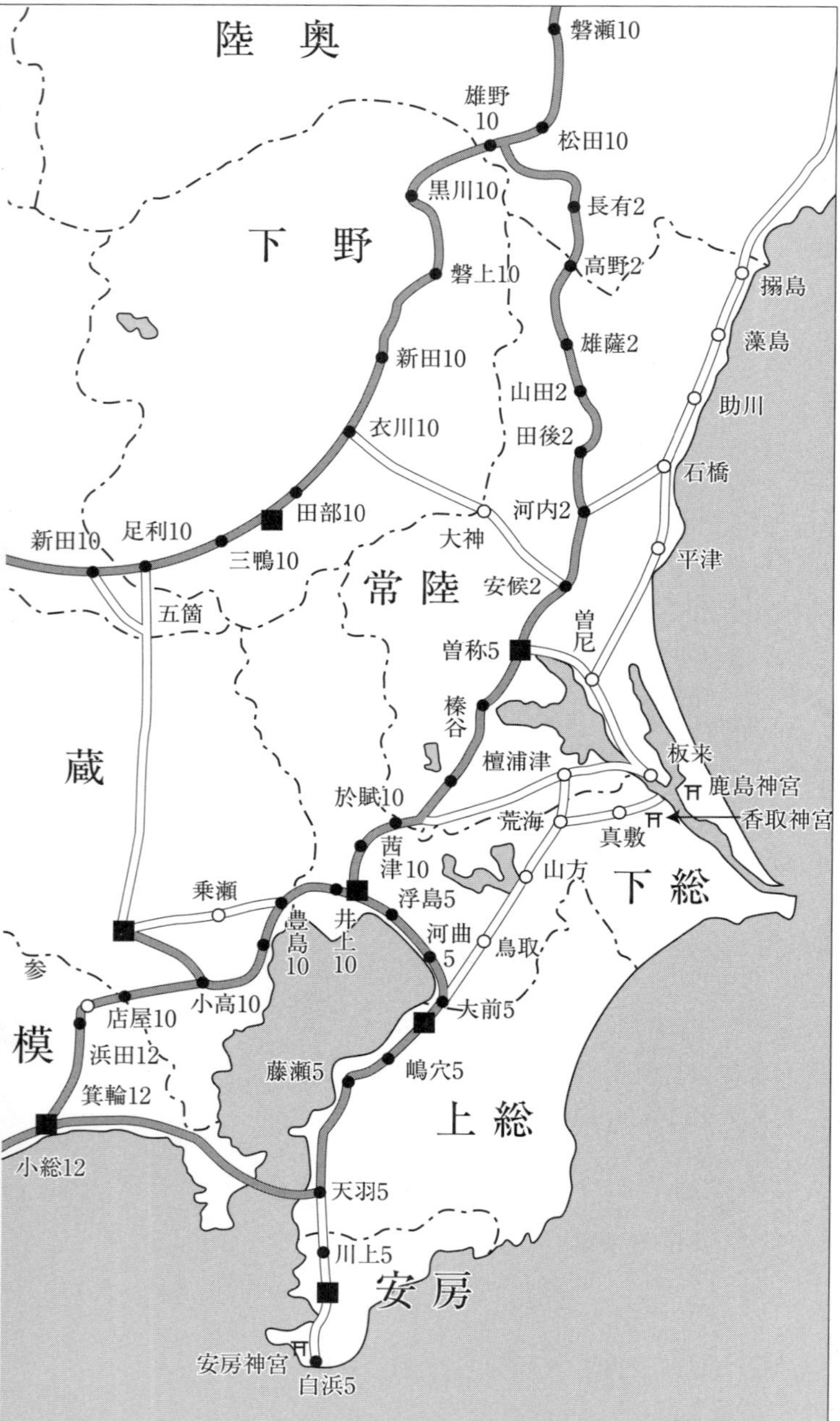

各国と難波津を結ぶ想定駅路地

道のアミかけ部分は延喜以前の駅路。■は国府所在地
数字は駅馬数

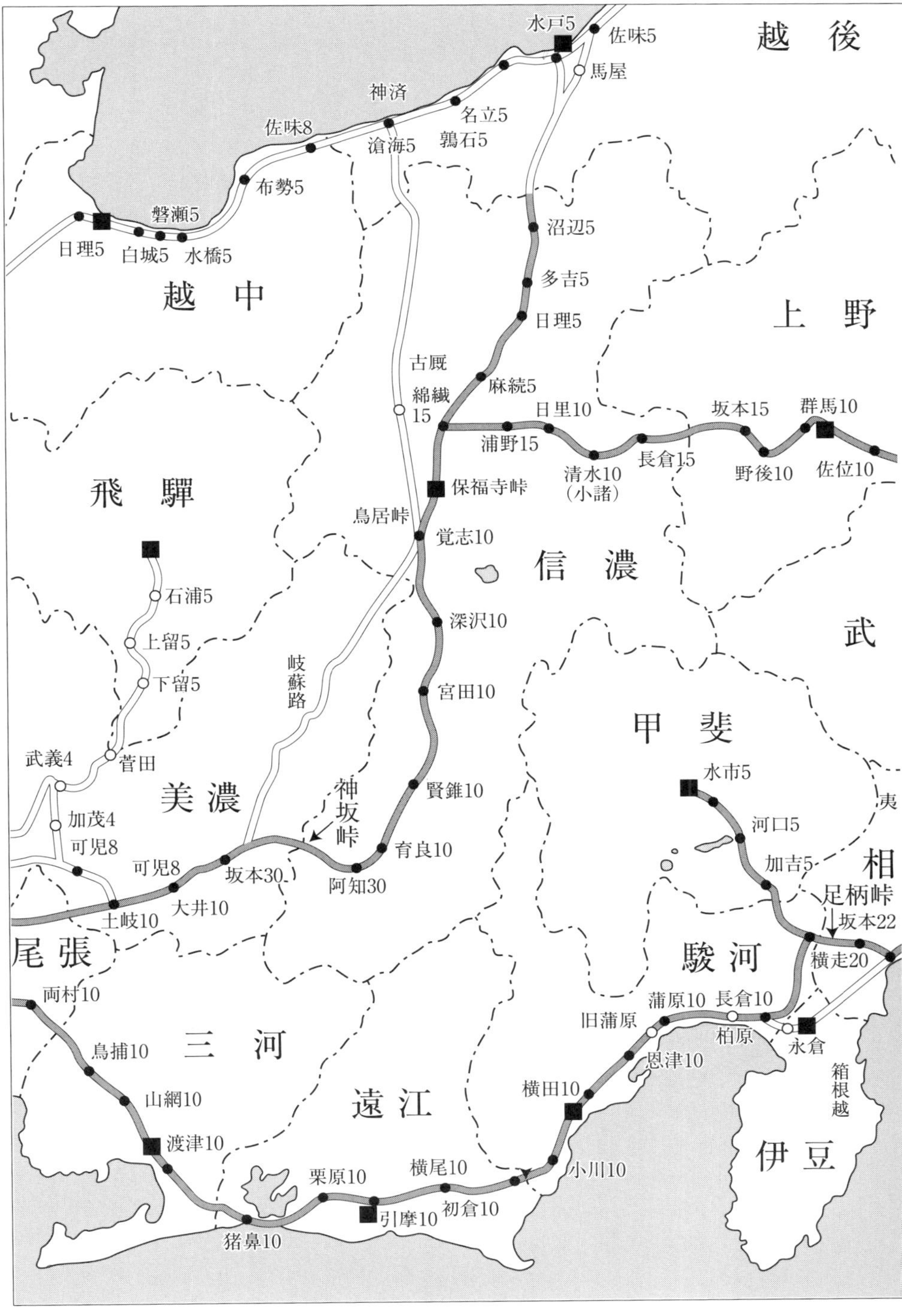
越後
水戸5
佐味5
馬屋
神済
名立5
鶉石5
佐味8
滄海5
布勢5
磐瀬5
日理5
白城5
水橋5
沼辺5
多吉5
日理5
越中
上野
古厩
綿織
15
麻績5
日里10
坂本15
群馬10
浦野15
清水10
(小諸)
長倉15
野後10
佐位10
飛驒
保福寺峠
鳥居峠
覚志10
信濃
石浦5
上留5
下留5
深沢10
武
岐蘇路
宮田10
甲斐
武義4
菅田
美濃
水市5
神坂峠
賢錐10
夷
加茂4
可児8
河口5
育良10
相
可児8
坂本30
阿知30
加吉5
足柄峠
大井10
坂本22
土岐10
尾張
駿河
横走20
両村10
蒲原10
長倉10
旧蒲原
三河
柏原
永倉
鳥捕10
恩津10
箱根越
山綱10
横田10
遠江
渡津10
伊豆
小川10
栗原10
横尾10
初倉10
引摩10
猪鼻10

第一章

遠江国の作歌者たち

（4321－4327）

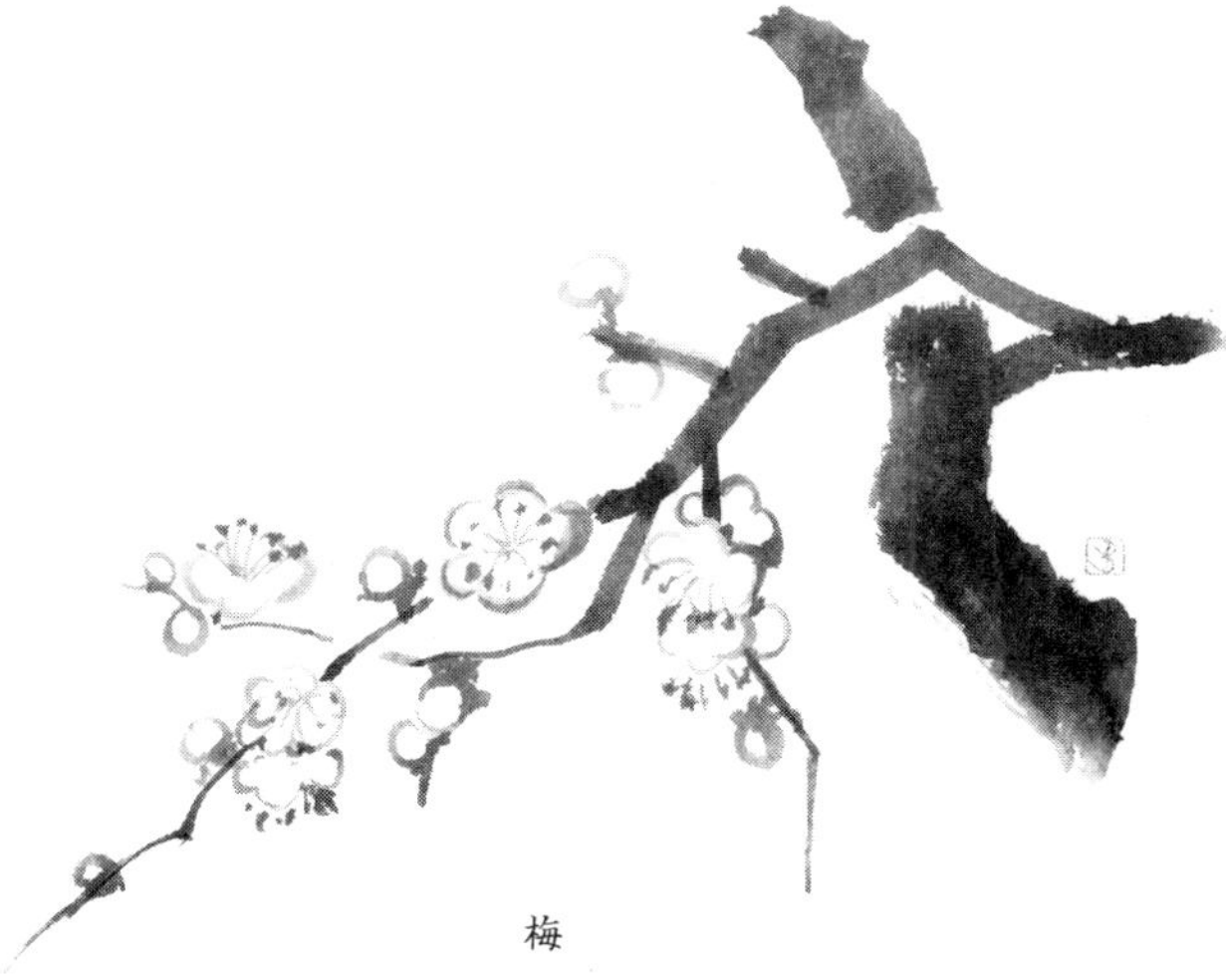

梅

遠江国略図（■は国府所在地）

家持　最初は遠江国《とほたふみのくに》です。西は浜名湖から東は掛川を越えて島田の手前辺りまで。ですから静岡県の中部から西部地域に当たります。国府は今の磐田《いわた》市です。難波津《なにはつ》から見て最も近い国で、難波津に到着されたのは二番でしたが、進上歌の提出は一番でした（二月六日。今の太陽暦では三月中旬）。遠江国は十三郡ですから、進上歌が十八首というのはノルマ（十三首）＋おまけ（五首）でしたが、出立時の宴と旅路途中の宴で歌を集められ、早々とノルマを達成しておられたので、難波津到着の翌日には進上、という運びになったようです。そして、最後が武蔵国《むざしのくに》で、進上歌が全部出揃ったのは二月二十九日（今の暦では四月上旬）。千人の防人が全員到着するまで、約三週間かかりました。

十か国の全員が難波津に揃うのを待ってから、さあ一斉に筑紫へ出航というのでは、最先着の遠江組にとっては、三週間から一月近くも難波津に留め置きとなります。そうなると、その間の宿舎や食事のことなど、難波津は大混乱。全員で約千人ですからね。それに、その人たちを船で筑紫へ一斉に移送しようとすれば、実にたくさんの船をいっときに集めなければなりません。難波津の海は、船着き場に入りきれずに海上で待機させられる輸送船で大混雑！

そんなことはできませんから、難波津での待機はせいぜい一週間ほどにして、ある程度揃ったら三十－四十人乗りの船に乗り合わせて順次、筑紫へ向かいます。遣唐使船が一一〇－一三〇人乗り程度でしたから、それに比べたら小ぶりですが、当時としては大船です。帆を張った大きめの船もありましたが、手漕ぎだけの船もありました。船旅は二月中旬－三月上旬（今の三月下旬－四月中旬）にかけての季節ですから、東風が吹きはじめ、瀬戸内海の船旅には好都合でした。筑紫への出航順で言いますと、

第一陣は、二月上旬到着・進上歌提出組　遠江、相模《さがむ》、駿河《するが》、上総《かみつふさ》の四か国。

第二陣は、二月中旬到着・進上歌提出組　常陸《ひたち》、下野《しもつけの》、下総《しもつふさ》の三か国。

第三陣は、二月下旬到着・進上歌提出組　信濃、上野《かみつけの》、武蔵の三か国。

第一陣、第二陣、第三陣の順に、筑紫へ向けて出航されました。出陣式のこと、覚えておられるでしょう？私も騎乗姿で参列していたのですが、いずれも数百人が参加する壮大なセレモニーでしたから、皆さんにとっては、どれが誰で、誰が何様か、どうでもよかったでしょう。勿論私の顔など、見覚えておられるはずはない。

これまで、防人歌と言えば農民兵士たちの歌と、私も思ってきましたが、出来上がった巻二十の作歌者を見ればお分かりいただけるように、役人出身者の歌もけっこう含まれていたんです。迂闊でしたね。役人が十四人、農民たちが六十人、見送りの家族が七人でした。遠江からの進上歌は、役人から始まり、農民兵士へと続きます。巻二十では、歌詩・単語・発音は勿論のこと、記載順序や作歌者名についても、すべて各国からの提出通り、つまり身分や地位を考えて再配列することも、方言を添削することも、一切しておりません。では、『万葉集』の記載順序に従って発表していただきましょう。遠江は七首です。

まずは物部秋持《もののべのあきもち》さんをご紹介します。『万葉集』では秋持さんの役職名が「国造丁《くにのみやつこのよぼろ》」と紹介されていました。ただ、この時代には「国造」という役職名は残っておりません。昔の「国造」は地方豪族として強大な支配権を持っていましたが、この時代になると、大和朝廷から派遣される「国司《くにのつかさ》」に実権が移っていました。大和

朝廷の支配力が東国にも強く及んでいました。むしろ畿内や西国に比べると、ほとんどの国が朝廷の直轄地になっていたと言えます。朝廷の命令が、誰はばかることなく、そのまま行き渡るという点で、私たちには楽でした。以前の「国造」であった人は、政治・経済的な実権は失っていましたが、祭祀を司る世襲制の名誉職として、農民の方々からは一目も二目も置かれる地方名士でした。秋持さんが「国造丁」と記録されていたのは、旧「国造」さんの直系であられたということでしょうか。

秋持さんの歌は『万葉集』の研究番号が（4321）。数字の並びが4→3→2→1の順になっている偶然に、今更ながら驚いています。では、カウントダウンします。4！3！2！1！スタート！

【遠江の一人目】物部秋持（もののべの・あきもち）

秋持　実はトップバッターとしては引け目があるのですが、それは後ほどのこととして、とりあえず、私から始めます。当時の私は、以前の「国造」の直系に当たることが幸いして、遠江の国府（県庁の所在地に相当）にあった役所「国庁」の役人をさせてもらっていました。比較的上級職の地位にありました。

「国造丁《くにのみやつこのよぼろ》」という言葉の中の「丁」というのは、二十一－六十歳の成年男子のことです。「丁」になりますと、朝廷や地元の国からいろいろな賦役（肉体労働）に駆り出されます。よく知られているのは、河川の修復、道の普請などです。それはまだよい方でして、辛いのは軍隊への徴兵です。大宝律令の中に軍防令《ぐんぼうりょう》*（全七十六箇条）というのがありまして、その第三条では、「丁」の年齢になると、一家で三人に一人の割合で軍務を命じられることになっています。多くは地方軍団への短期に編入ですが、運の悪い人には防人（任期三年）とか衛士《えじ》（都の警護、任期一年）といった遠隔地への長期の軍務が待っています。これが辛い。

この年、十三の郡から平均して七、八人ずつ、総勢百人弱の農民が国府に集められました。その方々の中から、主だった農民さんたちを招き、出立の宴を開きました。その場で私は、役人のトップとして、元気よく第一声を張り上げました。

＊大宝律令から養老律令への改定作業は既に終えていたが、養老律令としての施行の二年前。

（4321）遠江①
畏《かしこ》きや　命被《みことかがふ》り　明日ゆりや　草《かえ》が共寝《むた》む　妹《いむ》無しにして

歌の意味は、「畏れ多い大君のご命令をいただき、明日からは野宿して草（茅《ちがや》・萱《かや》など）を枕に寝ることになるのだろうか、それにしても妻が傍にいてくれないのだな」といったイメージでしょうか。

私は上級職的な役人でしたから、百人近い農民さんたちを、当面の集結地である難波津まで引率する実務的責任を負っておりました。重圧を受けていましたので、「天皇様から賜った有り難い使命だよ」と、みんなに伝えておかなければ道中の統制がとれない、という気持ちが最初の五・七・五に強く出ています。「畏きや」というのは畏れ多くて勿体ない、という意味ですが、その裏に、「この命令は拒否できない恐ろしいものだ。みんな明日からは粛々と行動してくれよ」という意味も含めています。私自身もそう思ったし、農民兵士たちにも伝えなきゃ……です。国庁での宴は、言わば出陣式です。開会の辞を述べるような緊張感の中で、さあ、明日から出発だ！　とみんなの気持ちを奮い立たせようとしたのです。私も若かったと思います。

そこまで歌って「明日ゆりや」と言った時、明日からは妻が同行してくれる楽しい旅ではない、寂しい一人寝の旅になるのだな、と自分の本当の気持ちが出てきました。大勢の農民さんたちと一緒に東海道を歩いて行くのですから、道々はワイワイ、ガヤガヤの賑やかな旅路になるでしょうけど、夜は野宿です。一人寝の寂しさが待っているんだと気付きました。睡眠中に毒虫や毒蛇に襲われるのを避けるための寒中出発となったことは分かりますが、空っ風は、冷たい、寒い、です。

遠江から難波津までの旅程は、手ぶらなら七泊八日程度＊とされていましたが、私たちの場合は、食糧や自炊のための炊飯道具、ほかに武具や三年間の着替えなど、たくさんの荷物を持っていましたし、大勢の集団移動であること、それに途中で体調を壊す人が出るかもしれないことを織り込んで、およそ十泊十一日程度の旅になるかな、との想定で出発しました。一月下旬（今の三月初旬）の出発です。

＊七五五年当時の資料がないので、約二百年後の延喜式（平安時代中期）の巻二十六に拠った。

ところで東海道というと、二十一世紀の皆さんはどんな道を想像されるでしょうか。一二六〇年も前の道だから、幅の狭い、曲がりくねった道を想像されるでしょうね。確かに集落と集落を結ぶ昔からの道路（伝路）は、そんな道でしたが、それとは別に、現代の高速道路に相当するような広幅の直線道路（駅路）ができていたのです。集落の有無を無視していますから、およそ四車線幅で最大三十キロに及ぶほどの直線道路でした。要は、遠くの地へ、情報、物資、軍隊などを大量・迅速に運ぶという役割だったのです。まさに高速道路でした。税物や貢物を都に運ぶための荷車も通りますからね。秋の収穫・納税期になると、往復の荷車がたくさんすれ違います。それに、その頃になると都の軍隊も整備されていましたから、軍隊を地方へ派遣して勢力を誇示しようという気持ちもあったのではないでしょうか。広幅の道が必要だったのです。

長くて大きい橋を作る技術はありませんでしたので、大きな川には小舟を繋いで、その上に板を敷き並べたような仮設橋を作っていたようです。渡し舟を備えたところもありました。寒中出発だったのは、渇水期の冬を狙ったということもあったのでしょう。雪解け水で川の水嵩が高くなることもありませんからね。

ところで難波津までの行程では、名目上の引率責任者として「防人部領使《さきもりのことりづかひ》」という役目の方が、毎年任命されます。遠江からは、坂本朝臣人上《さかもとのあそみひとかみ》という人が任命されていました。この方は私の直属の上司（役職は史生《しじょう》）で、私はその方の側近として、実はここ数年その上司に同行し、実務的な一切を引き受けてきました。つまり私にとっては、この防人行は年中行事だったんです。

三年任期の防人なのに「年中行事？」。びっくりされたことでしょう。事情を申し上げなければなりません。

難波津に着きますと、そこから先の筑紫までの引率は、筑紫からの出迎え役人にお任せし、坂本朝臣人上さんは、遠江に帰られます。私は直属上司に随同して国庁に帰ることになっていました。つまり、最終目的地の筑紫までは行っていないんです。ですから、本当は「防人」とは言えないのです。

たまたまその年は歌を出せという命令が来ていまして、それじゃ国庁を出発する時の宴で歌を集めようということになりました。例年の宴とは違う趣向となり、飲んだり食ったりだけではない緊張した宴になりました。そして宴の主催者側の実務筆頭者として、いきなり歌を作らされる羽目となり、そこで謡った歌がそのまま進上されたために、私が「防人」と誤解されただけなのです。私に悪気があったわけではありません。

防人としての苦難を味わわれた多くの農民兵士さんに混じって、同窓生としてこの場にいることに引け目を感じます。が、今となっては、事実を申し上げるのが私の務めでしょう。

私の歌が野宿の寂しさを表現していただけなのも、そんな背景があってのことです。筑紫まで行って三年の軍務に就かれた本当の意味での防人の皆さん方とは、辛さのレベルが違います。

当時、旅籠《はたご》なんてありませんし、大勢の人が行く集団旅行ですから、どこかの民家を借りて分宿する、というわけにはいきません。百人もの人たちを、仮に「二人ずつに分ける」としても、五十軒ですからね。

第一、そんなことをすると、徴兵されて気の立っている農民兵士さんたちのことですから、宿泊先の家でどんな迷惑を仕出かすか分かりませんし、監視の目が行き届かないのをよいことに、逃亡する人が出るかもしれません。スミマセン、ご出席の同窓生を前にして失礼な物言いになってしまって。

逃亡で欠員が生じたからといって、国許へ補充兵を依頼していたのでは、難波津までの行程計画が大幅に変更され、難波津到着が遅れます。国許としても、追加防人を急遽任命するってわけにいきませんからね。結局大迷惑を受けるのは引率実務者である私になります。人数が予定より少なくなったら、難波津で何を言われるか分かりません。大失態です。何と言っても、逃亡防止が私の最大任務でした。言わば逃亡防止策として一か所に集めて野宿させたというのが実態でした。

一月下旬（今の三月初旬）の出発ですから、雪こそ降りませんが、夜になると、まだ寒かったですね。寒さの中で監視を続けなければならず、正直言って疲れました。微睡《まどろみ》の間も妻が横にいてくれない。私にとっての年中行事とはいえ、草枕での一人寝の寂しさは、今でも忘れられません。最後にもう一度、スミマセン。

家持　そうだったのですか。フーッ。

当時を振り返りますと、それまでの地方豪族の強い支配力が大和朝廷の軍事力に取って代わられていましたが、一般農民さんの気持ちの中までは浸透しきっていなかった、という時代でした。

だから大和朝廷側からは、「中央支配力の強さを事あるごとに誇示するように！」との指示が地方官僚に伝えられていました。それを受けたお役人としては、声高に、大和朝廷、つまり天皇様の強い権力を農民たちに伝える必要があったのですね。繰り返し繰り返し伝えることで、脳の中にねじ込んでいく。言わば洗脳に努める役目を持たされていた、ということですね。

上からは強い指令を受け、目先の任務としては、たくさんの人たちを無事難波津に届けなければならない。そんな任務を負わされて、気苦労は多かったでしょう。軍事教練を受けて統率がとれた軍隊を引き連れていく、というわけではないですからね。にわか軍団の引率だったので、お疲れ様でした。

ここで「防人部領使《さきもりのことりづかひ》」のことを補足説明しておきます。先ほどの軍防令の二十条に「国司（守、長官）自ら当たる」と規定されています。この年、その通り実行されたのは相模と駿河の二か国だけでしたけど……。次官の「介《すけ》」が担当された国は下野、その下の「掾《じょう》」が担当されたのは武蔵国、もう一つ下の「目《さかん》」が担当されたのが上総、常陸、下総、上野の四か国、そして遠江はさらに下位の方。信濃は不明。信濃の防人部領使さんは、往路で病気になられてそのまま帰国と聞いています。

秋持さんがそんな役目の方だとは、全く知りませんでした。防人としての任務には就かれなかったのですか……。今になって考えてみると、各国から進上された歌を、私たちとしては、「防人として任地へ赴く人が作った歌」という額面通りの受け止め方をしており、その謡われた方が実際に船に乗って筑紫へ行かれたかどうか追跡調査するという考えは、全くなかったです。釈明にも弁明にもならないですね。

考えてみると、秋持さんは、かりそめにも「国造丁」と添え書きされるほどの人ですから、お国元では一目も二目も置かれる立場の人であったはず。とすれば一介の農民ではない、あるいは一介の役人でもない。そんな立場の人を、本当に筑紫へ追いやったのだろうか、という疑問を持ってもよかったのかもしれませんね……、あの時に……。スタート早々、びっくり。猛反省です。

次の若倭部《わかやまとべの》身麻呂《みまろ》さんもお役人さんでしたね。心配になってきました。

【遠江の二人目】**若倭部身麻呂**（わかやまとべの・みまろ）

身麻呂　ご心配には、最後にお答えします。私は役人の端くれ。「主帳丁《ふみひとのよぼろ》」、つまり書記と会計と庶務を兼務する何でも屋です。今度の難波津行きでは、都からの命令に従って皆さんに歌を謡ってもらい、それを記録して進上しなければならないということで、防人引率の旅としてはとても珍しいことですが、記録係として同行させられました。

先ほどの秋持さんの歌は、国許を出発する前の晩に、各郡の農民の中から中心的な役割を担ってもらえる有力な人たち、言わばリーダー的農民の方々に集まってもらい、激励と慰労を兼ねる宴を開いた時の出立《しゅったつ》の歌でした。主催者としてのお立場から、肩に力の入った歌になったのだと思います。それに比べて私はただの記録係でしたから、遠江の郡の数（十三首）の歌を記録することだけが私の任務でして、とても気楽でした。

農民の中でも中心的な人たちの宴ですから、たくさん謡ってもらえるかな、と思っていました。私は記録係に徹することとし、この時の宴で謡う気は毛頭なく、ただただ筆を握りしめて身構えていたのですが、謡ってくれた人が期待に反して少なかったです。これでは都のお役人様に顔向けできないと焦り、旅の途中で、もう一度宴を開くことになりました。「数合わせ」だからお前も、と言われ、結局謡わされる羽目になったのです。最終的にはノルマ・オーバーでしたけど。

出発の時の宴であれば、私も役人の端くれですから、それなりの緊張を持って、天皇様のご命令を受けて今こそ出発だ、という意気込みの詰まった歌を作らなければならなかったのでしょうが、旅に入ってからは、その縛りが緩んでいました。そんなわけで、その時の自分の気持ちを正直に言い表すことができました。

（4322）遠江②

我《わ》が妻《つま》は　いたく恋ひらし　飲む水に　影《かご》さへ見えて　世《よ》に忘られず

「私の妻が、私のことを強く恋しがっているからだろうか、それとも私が妻に恋焦がれているからだろうか、井戸の水面にまで妻の姿が現れるなんて、お互いに深く愛し合って忘れられないんだな」といった意味のつもりです。

さっき秋持さんは若妻のイメージで「妹」と謡われましたが、私は何となく「妻」と言いました。永年連れ添ったおばさん、ではないですよ。若くて綺麗ですよ。

旅先の駅馬《うまや》（宿駅）で井戸を使わせてもらった時、井戸を覗いた私の顔が、井戸底の水面では若くて綺麗な妻の顔に見えて、一瞬我が目を疑いました。

当時は、自分のことを想ってくれる人が夢に現れる、と信じられておりました。妻が私を恋しがっているから現れたのかもしれません。最初は私もそう考えて、初めの五・七では「我が妻は　いたく恋ひらし」つまり、「妻が私を恋しがっているようだ」という流れの歌にしました。だけど正直に言いますと、最後の七・七で「影さへ見えて　世に忘られず」と結んだように、想って忘れられないのは私の方です。「私の方こそ、妻を忘れられない」と結びました。

井戸底の顔は、独り残されて自信をなくしているような心配顔でした。寂しくて、自信がなくて。だけど心配気であるように見えたのは、妻と引き離されている私の表情だったのかもしれません。私の不安気な表情が妻の寂し気な表情と重なり合ったのだと思っています。

私が同行させられたのは、当初の命令では進上歌を記録する役目でした。最初にその任務を妻に伝えた時は、

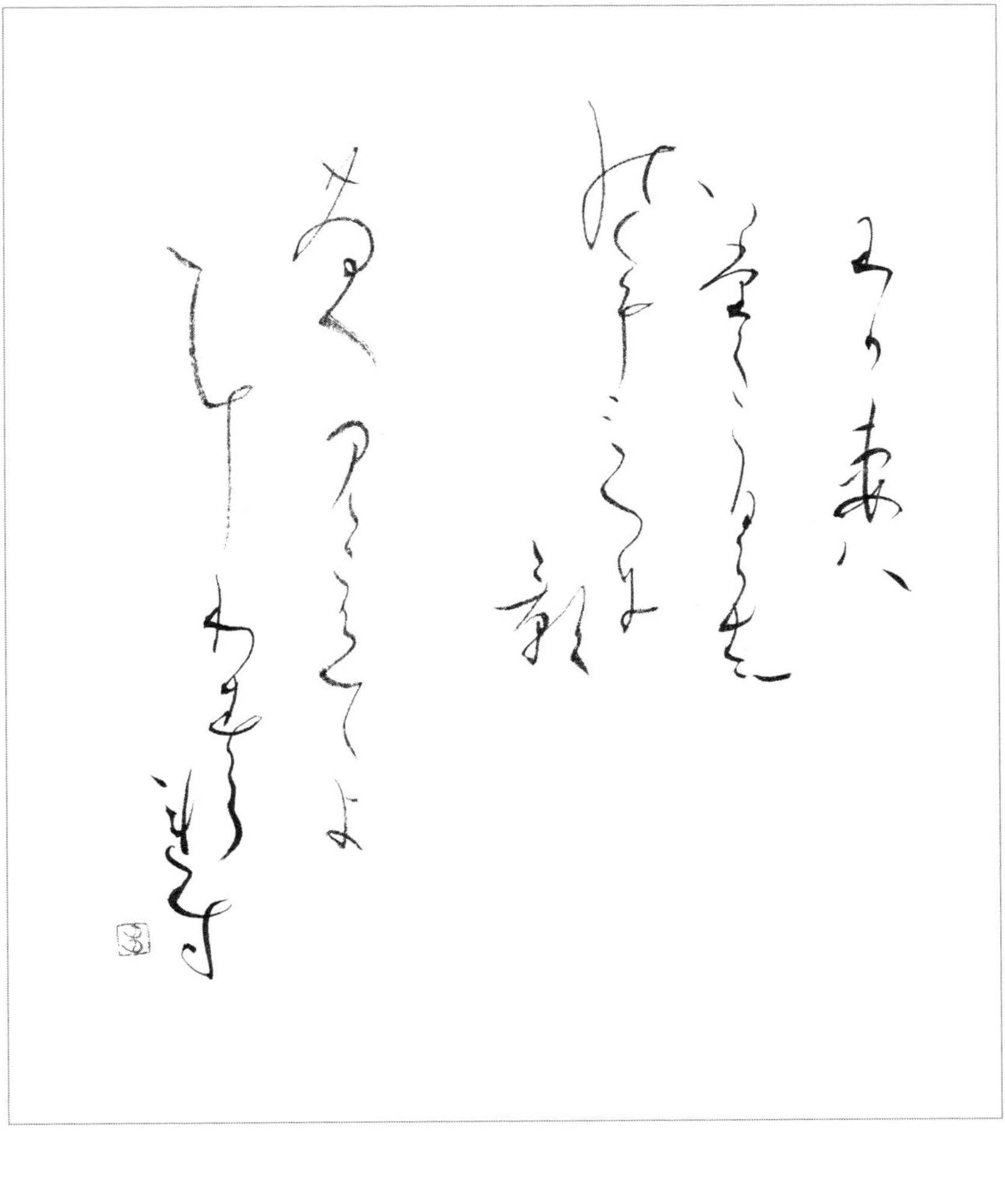

「難波津までの往復の旅路は大変ですね、体に気を付けてね」「お前も留守の間、子供や家のことを全部おっかぶせることになるけど、大事にしろよ」という話だったのです。

ところが出発の間際になって上司に呼び付けられ、任地における防人の様子を記録して国に持ち帰れ、との任務が追加されました。「話が違うよ！」と強く思ったのですが、何しろ上役からの命令は絶対服従しかないです。妻の驚きは大変なものでした。私にとっても、旅仕度の最後の段階で、妻との長い別離を強いられる大遠征に変わったことで、準備も一からやり直しですし、自分の人生設計が大きく変更されることへの怒りと腹立ちと悲しみと情けなさと不安と……。

そもそも私ら如き「主帳」が防人に送り込まれるなんてことは、今までなかったです。先ほどのお話では、歌を集めたいという家持さんの思い付きを受けて、あの年だけの防人行になったんですね。家持さんを恨みますよ。しかも遠江の上役が、ついでに筑紫での記録を取ってこいなどという、新たな思い付きで方針変更の命令を下したんです。偉い人の思い付きだけで私の人生が振り回された三年でした。

長かったですよ。歌で詠んだように、何かにつけて、妻の顔を追い求めている自分でした。元気なままで遠江に帰らなくてどうする！　その想いの強さが三年の苦しみを乗り越えさせてくれたんだと思います。妻と私、どちらが主でも副でもない、今の言葉ではパートナーというらしいですね。そんな歌になりました。

ここで、記録係として申し上げておきます。冷静を取り戻さなくっちゃ……。この時代の農民の人たちは字を読んだり書いたりといったことは、まだできません。そこで私たち主帳の者が、歌の「音」を一つひとつ、当時使われていた漢字（今で言う「万葉仮名」）で記録しました。まだ平仮名が発明される前でしたからね。私の「我《わ》が妻は」は「和我都麻波」です。「明日」は「阿須」。「水」は「美豆」。遠江の方言をその「音」のまま、万葉仮名で書きます。私自身、遠江人ですから、聞き誤ることなく正確に表記しています。全部遠江の方言に忠実に従ったつもりです。秋持さんの「草《かえ》が共《むた》寝む」なんて、方言丸出しですよ。万葉仮名では「加曳我牟多祢牟」と書きました。私の「影《かご》さへ見えて」も方言です。「加其佐倍美曳弖」と書きました。

それと、もう一つの報告。私たち記録係は、どの国からも最低一人ずつ難波津まで同行させられたようです。現地では主帳同士のグループを作っていました。ほかの国からの主帳の方も、それぞれ自国の方言のまま書いたんだと言っておられました。こうして書き上げられた歌の中から、「部領使《ことりづかひ》」さんが「良し」とされたものを進上歌として提出する、ここまでが私たちの本来の任務だったはずです。ほかの国の主帳さんも、筑紫までの海路や筑紫での任務中に作られた歌を記録したり、収集したりする、さらにはこれを都へ提出する、といった任務は一切受けていないとのことでした。難波津を発ってから先は、仮に歌を記録したとしても、都のお役人様に進上するルートは全く準備されていませんでしたからね。

ですから『万葉集』に残された防人の歌は全部、難波津止まりのはずです。私の場合は、それ以後の現地での記録を国庁に提出しただけで、朝廷には何も提出しておりません。

ところがです。帰国して二十数年後に聞いたところでは、国庁に提出した私の記録は、残されていないそうです。防人派遣がその数年後になくなったので、記録を今後のために生かす必要がなくなった、ということなのかもしれませんが、現地での防人生活の難渋ぶりが歴史から隠されてしまいました。

家持　この年は、多くの主帳の方にご迷惑を掛けたのだな、と改めて思い知っています。記録係さんが同行されたことによってこそ、『万葉集』の巻二十が成立したのですが、おっしゃるように、難波津出発以後は、殊更に宴を開いて、歌を作って披露する、ということが一切予定されていなかった。防人歌が別離の歌や出立の歌を中心とするものになったのは、そんな背景からだと理解してもらわないといけないですね。

ところで一言で「東国」と言っても、遠江、上総、常陸……、いっぱい分かれています。国や郡が違えば別の方言が使われることもあります。例えば身麻呂さんの「妻」は先ほど言われたように万葉仮名で「都麻」と記載されていたので「つま」と読みますが、駿河国《するがのくに》で謡われている（4343）の「妻」は万葉仮名で「美」と記載されていたので「み」と読みました。「都麻」も「美」も意味としては「妻」だからと割り切って標準語で記録したのでは、方言の良さが失われて、歌の味わいも変質してしまうでしょうね。「五・七・五……」のリズムも狂います。

「妹」の場合も、秋持さんの（4321）では万葉仮名の「伊牟」で記録されていたので「いむ」、上総国《しもつふさのくに》の（4351）では、「伊母」だったので「いも」と読んでいます。

さらに「妹」については、語尾に別の語を付けて、「妹こ」と言ったり、「妹ろ」と言ったり、地方によって本当にいろいろです。これから順番に発表されていく歌を、そのつもりでお聴きになると面白いですよ。

それにしても、ご夫妻共、振り回された無念の人生だったですね。短い方への変更ならOKですが、「超」長くなる方向への変更でしたからね。……その三年半だけでなく、帰郷後もしばらくは尾を引いて、生活リズムや人生設計が崩されて大変だったと思います。元の生活を取り戻すまでの間、ご苦労されたことと思います。

では次に　丈部真麻呂《はせつかべのままろ》さん、お願いします。

【遠江の三人目】丈部真麻呂（はせつかべの・ままろ）

真麻呂　私は役人ではありません。山名郡から来た農民です。前のお二人はそれぞれ奥様のことを謡われましたが、私は未婚でした。なので、妻との別れという辛さはなかったです。だからと言ってはおかしいですけど、その分、母との別れが寂しかったです。

(4323) 遠江③

時々《ときどき》の　花は咲けども　何《なに》すれそ　母《はは》とふ花の　咲き出来《でこ》ずけむ

「難波津までの旅の途中、一日一日が足早に進み、早春を彩ってくれる花々が次々咲き始めていたけれど、どうして母という名の花は咲き出してこないのだろうか」といった意味のつもりです。とにかく母恋しでした。さっき言いましたように、まだ恋人がいなかった、というのが本当かも。

難波津までの路々、黄、紫、白、赤……、彩り豊かに、というほどではないにしても、早春の花が咲き始めており、これは踊子草、これは菜の花、これはスミレ、これはハコベ、これはタネツケバナ、これはナズナなどと思いながら歩いていましたが、何故か「母」という名の花はないんだな、私の母は「さき」というのですが、「さき」という名の花もないんだな、などと思っていたことを覚えています。

ところで私の名前ですが、父や母からは、ただ「まろ」、「まろ」とだけ、呼ばれていました。「真麻呂」なんて仰々しい名前は私にはぴったりきません。私の歌が都のお役人に進上されるとのことで、箔をつけるために「真麻呂」なんていう四角張った名前が付けられたのでしょう。私としては、別に嬉しくもなし、かと言って格別の迷惑でもなし、というところですかね。

家持　有り難うございました。私もこの歌を拝見して初めて「はは」という名の花がないことを知りました。ずーっと後の世では、「チチコグサ」や「ハハコグサ」という名前の付いた雑草がある、ということを聞いていますが。先ほどの身麻呂さんは宿駅の井戸での体験を謡われ、今の真麻呂さんは野路の花を謡われました。この後、順次ご紹介いただく方々も旅路での思いを謡われています。

ここで「真麻呂」さんという名前のことについて、補足説明しておきます。私が各国の役人たちに、歌を進上していただく方々お一人お一人に、後世に残る立派な名前を付けるよう命じたことに依ります。皆さんは防人として、つまりは兵士・武人として筑紫の砦に行かれます。武人としての雄々しい名前をお付けして歴史の中に残しておきたかったのです。

私自身は大伴一族の長という立場から、巻二十の（4465：長歌）の中で、一族の人たちに檄を飛ばす歌を謡っています。結句の部分を紹介しますと、「……祖《おや》の名絶つな　大伴《おほとも》の　氏《うじ》と名に負へる　健男《ますらを》の伴《とも》」です。およそ兵士たるもの、氏と名を誇りにすべきだという信念を持ち続けていたからです。兵士としての「真麻呂」さんですから、どうか誇りを持って、大切にしてください。

「詠み人知らず」ではイメージが広がり難く、歌の持つ息吹を曖昧なままで終わらせるかもしれない。どのような人が、どのような時に、どんな所で謡ったのか、何も分からないのでは、作歌者の心情に踏み込んだ深い解釈はできません。もし仮にですよ、私の崇拝する山部赤人《やまべのあかひと》さんや柿本人麻呂《かきのもとのひとまろ》さんの歌が詠み人知らずだったとすると、言葉を解釈して状況や景色をイメージして、「秀歌ですね」でお終いになってしまい、赤人さんや人麻呂さんの人となりや背景などを含めた上での、深みのある理解や共感に至ることはできないと思いますね。

【遠江の四人目】丈部川相（はせつかべの・かわひ）

川相　私、丈部川相は正真正銘の農民、正真正銘の防人です。同じく山名郡から来ました。村では、ただ「かわ」「かわ」と呼ばれているだけでしたが、『万葉集』の中で「川相」になったのは、そういうことだったんですね。「川相」という名前を誇りにします。

家持さんのお話からすると、計算上、進上歌は一つの郡に一つでよかったのでしょうが、山名郡からは二名の農民が宴に出席し、二名とも謡って、二名とも進上されることになったんです。

（4324）遠江④

遠江《とへたほみ》 白羽《しるは》の磯と 贄《にへ》の浦と 合《あ》ひてしあらば 言《こと》も通《かゆ》はむ

先ほど、家持さんが「遠江《とほたふみ》」と言われたのは、都言葉でしょうか。私たちの地元では「とへたほみ」と言います。出身の山名郡は名前からは山の中と思われがちですが、実は南側が大海原に面しております。国府を出て浜名湖を過ぎ、さらに三河、尾張を通って伊勢国に入ってから、旅路での小休止となり、宴が開かれました。久し振りの海に出合った「贄の浦」という所での宴でしたので、「浜名湖が海に面している白羽の磯と、伊勢の贄の浦は海続きだ。それならば、ここ『贄の浦』で私が思ったり言ったりすることが、海続きの浜名湖に直ぐさま伝わり、それからさらに山名郡に向かい、妻や父、母、そして友達に伝わっていくんだろうな」という意味で謡いました。

日本が四方を海で囲まれた島国であるとか、どこに行っても海と海が繋がっているとか、詳しいことは知りませんでしたけど、難波津、瀬戸内、筑紫は、みんな海続きだ、とは聞いていました。どこへ行っても、海を通して、妻、父、母、友と繋がっていることを嬉しく思おう、という気持ちを込めたつもりです。

実際、任地での三年の間、というか、特に最初の頃は、海上監視のために筑紫の海岸に立っては故郷を想い、故郷に向かって、任地での体験や家族への想いなど色んなことを、嬉しい時は声に出して、嬉しくない時は声に出さないでも「上手く伝わってくれ！」と必死になって、たくさんたくさん伝え続けました。私にとっては、寂しさに耐える一番の方法でした。
ただ故郷から元気な声が聞こえてきたとは思えず、妻や両親がどうしているか、何の音沙汰もない毎日を過ごすことにやるせなさを感じ始め、やがて半年、一年、……。任期の半分が過ぎ、帰郷まであと一年と過ぎ、それでもまだ半年……。あまりにもゆっくりとしか進まない時の中で、海を通しての繋がりは何の役にも立っていないことに気付きました。それに筑紫から海へ話しかけても、それは北向きですから、南向きの浜名湖とは反対方向なのだと気付き、がっかりして止めました。

家持　私も任務で都から遠く、永く離れた経験があります。まず二十九歳で越中守として今の富山県へ、四十二歳では因幡守《いなばのかみ》として今の鳥取県へ、五十歳では大宰少弐《だざいしょうに》として筑紫へ赴任させられました。越中での最初の三年間は妻を同行できず、単身赴任の辛さが身に沁みました。とても寂しくて、歌を謡いまくっていました。

春の苑《その》　紅《くれなゐ》にほふ　桃の花　下照《したで》る道に　出《い》で立つ娘子《をとめ》（4139・巻十九）

もののふの　八十娘子《やそをとめ》らが　汲《く》み乱《ま》がふ　寺井の上の　堅香子《かたかご》の花（4143・巻十九）

それでは丈部黒当《はせつかべのくろまさ》さん、お願いします。丈部さんが三人続きますので、ここで「部」というものについて説明しておきます。「部」というのは、それ自身は苗字ではありません。地方豪族や皇族の方々が持っておられる私有地や屯倉《みやけ》に、その方々の苗字を組み込んで作られた田んぼや畑を意味します。黒当さんはそこで働いておられたということが分かります。

【遠江の五人目】**丈部黒当**（はせつかべの・くろまさ）

黒当　佐野郡から来ました。さっき真麻呂さんが、お母さんを対象にして、「花は咲けども」「母《はは》とふ花の」と謡われました（４３２３）。それに誘われて両親を対象に、同じく花を取り込んで謡いました。

（４３２５）遠江⑤
父母《ちちはは》も　花にもがもや　草枕　旅は行《ゆ》くとも　捧《ささ》ごて行《ゆ》かむ

という歌です。秋持さんや身麻呂さんは奥さんを想う歌を謡われました。私も妻との別れが辛く、妻を謡おうとは思ったのですが、それは心に秘めることとし、あの場では父母を持ち出して謡うことにしました。

妻はしっかり者、ちゃっかり者、元気者。どこから見ても佐野郡の女傑でしたから、その点で心配はありません。だけど両親が二人とも病身でしたから、つい、父と母への気掛かりが先に出ました。

この歌の意味としては「父と母が二人とも花であってくれたらいいのにな。そうしたら私一人が旅に出ることになっても、父や母を花と思って、花を旅先まで捧げ持って行けるのに」という意味です。

病いがちの父母を想って謡いましたが、その父母を親身に世話してくれる妻がおってくれるからこその我が家だったことを、謡った後で強く感じました。何事も安心して任せることのできる妻、頼りになる妻、それほどに、しっかり者の妻への依存心が私の支えだったんですね。

旅路の宴の場では父母を謡いましたから「捧ごて行かむ」と表現したのですが、もし妻を謡うのなら、頼もしくも力強い妻に相応しい大きい真紅の花を、「抱きて行かむ」の締め句になっていたと思います。故郷で父母の世話をしてくれている妻の、心だけでも一緒に連れて旅をしているのだ、という歌を謡っていたかもしれません。この気持ちは、体験した人でないと分かってもらえないでしょう。

難波津から船出して筑紫へ向かう船の中で、ようやく彼女を気遣う気持ちが出てきました。遅過ぎます。妻には謝らなければなりません。身麻呂さんが言われたパートナーの心を勉強します。

むろん、妻とは仲良しばかりではありません。さっきも言いましたように佐野郡の女傑ですから、激しく喧嘩することもありましたし、こん畜生と思ったこともあります。あるにはあったですよ。だけど実際こうして離れてみると、そんな些細な一つひとつが何とつまらないことか、私の生きがいを支え続けてくれていることの方が遥かに大切です。感謝の念を忘れている自分に気付きました。いつまでもどこまでも肌身離れず一緒でありたい、という気持ちが強かったです。

この歌で「も」を四か所で使ったのは、父母だけではなく、妻のことも含めて、あれもこれも、という欲張りな気持ちが頭の隅にあったからかもしれません。言い訳っぽいかな。

後ほど発表される歌を先取りする形になりますが、下野国《しもつけののくに》の「小黒栖《をぐるす》」さんが、

母刀自《あもとじ》も　玉にもがもや　戴きて　角髪《みづら》の中に　合《あ》へ巻《ま》かまくも（4377）

と謡われたそうですね。お母さんを玉になぞらえ、「お母さんを飾り玉として頭の角髪の中に巻き込んで一緒に行けたらいいのに」という意味だと思います。お母さんへの愛情が、私よりもっともっと深いものがあると感じ入ります。その歌でも「も」が四回使われていますよね。何か不思議を感じます。

帰郷した時、母は亡くなっていました。出立の時は風邪気味かなと思う程度だったのですが、その後こじらせ

て夏の間も元気がなく、次の冬には咳と高熱に苦しんで亡くなったそうです。帰郷後に会った妻は、まるで自分が悪かったかのように、沈んでいました。

そうではない、寿命だったのだ。留守の最初の一年の間、病み始めた母の介護に如何ほどの負担を強いたことであろうか。母が死んだ後、私が帰るまでのさらに二年余りの間、彼女は心苦しかっただろう。心の重荷を与えてしまって済まない、と思いました。これからは、残された父を支えつつ、母の冥福を祈り、自分こそしっかり者になって、何事からも妻を守ってやりたい、そう決意を固めました。女傑と言われて頑張ってくれるのは嬉しいけど、「気張り屋さん」だけではなくて、自分のためにこそ生きてね。

家持　お母さんの死目に会えないことを予感されたような歌だったのでしょうか。奥様との間に新しい信頼と愛情を築かれることになったのは、ひとえにお母さんのお蔭ですね。

では次に、生玉部足国《いくたまべのたりくに》さん、お願いします。

【遠江の六人目】生玉部足国（いくたまべの・たりくに）

足国　黒当《くろまさ》さんと一緒に佐野郡から参加しました。二人ともリーダー的農民だからということで、一緒の宴に参加させてもらいました。黒当さんの歌を聴いた直後に、黒当さんの歌が伝染したかのように謡ってたんですね。父母という言葉を最初の句に持ち出し、しかも全く同じように「も」のリズムに乗せられて謡っています。「百代」、「百代」の繰り返しです。

（4326）遠江⑥
父母《ちちはは》が　殿の後方《しりへ》の　百代草《ももよぐさ》　百代《ももよ》いでませ　吾《わ》が来《きた》るまで

両親の家の庭に百代草が生えています。それを思い出して謡いました。その百代草の名にちなんで、「お父さん、お母さん、お二人とも百歳まで長生きしてください。私が筑紫から帰って来るまで、元気に生き続けてください」という歌です。両親は七十歳に近いですから、一人っ子の私としては心配でした。聞いたところでは、大宝律令の中に軍防令《ぐんぼうりょう》というのがあって、そこには「祖父母や父母が高齢であったり病身であったりして、その世話をする必要があり、しかもその家にはほかに成・壮年男子がいない場合には、防人に充ててはならない」という規定があるそうです。防人のことは私たちの代ですでに九十年もの歴史があったので、古くからそんな話が語り継がれていて、私も知っていました。そこで私の場合は、それに該当しないのか、と尋ねました。だけど、いったん決まったことだ、と聞き容れてもらえず、とても不満です。事前にきっちり調べもせずに杜撰《ずさん》な当てずっぽうで選んでいたのと違いますかね。

もう一つ言いたいです。やはり軍防令の中に、「筑紫の防備に向かう防人は三年」、「都の警護を担わされる衛士は一年」と決められていたということなので、せめて私の場合は、家族構成を考慮して任期の短い衛士にして欲しかったのに、ということです。自分の国でもっと短い期間の軍役に就かせることもできたはずです。

幸い両親は私が筑紫から帰るのを、とても元気に迎えてくれました。元気でおってくれたことに感謝しました。お母さんと死に別れた黒当さんのお気持ちを汲むのが辛いです。

家　持　そんな話を聴くと、防人の制度については規定が守られておらず、皆様にご迷惑をお掛けしていたんですね。本当に申し訳ない気持ちでいっぱいです。確かに第八条、第十六条に、はっきり、そう書いてありましたよ。

「殿の後方」の「殿」というのは、ちょっと大きめの家でしょうか。大きなお家に住んでおられたんですね。「百代草」というのは菊のことだと考えられています。中国では「延年草」や「寿客《じゅかく》」などと呼ばれています。だから「百代」の名に相応《ふさわ》しい草ですね。

では遠江の最後、物部古麻呂《もののべのふるまろ》さん、お願いします。

【遠江の七人目】物部古麻呂（もののべ・ふるまろ）

古麻呂　歌の前に、私の不満を言ってもいいですか。たくさんあります。私が一人でいっぱいしゃべるよりも、みんなで分けてぶちまけましょう。今日のところは一つにします。

遠江から難波津までの移動中の食べ物は全部自前だったんですよ。軍防令に、難波津までの食糧は「各自持て」と規定されているそうです。第五十六条だそうです。さっきも言われたように、難波津まで、およそ十泊十一日の旅です。もっと遠い常陸や下野の方から言わせれば、何を！と言われるかもしれませんが、「一番近い遠江の者にとってすら、……」という代弁だと思って、私にしゃべらせてください。

食べ物としては、粟《あわ》、稗《ひえ》、黍《きび》、麦、豆などを蒸して乾燥させた物*のほかに、山芋・里芋・大根・冬瓜《とうがん》・蕪菜《かぶな》・蕗《ふき》・韮《にら》・干魚《ほしうお》などを準備しました。当然、鍋、釜も必要です。出発が冬から春にかけての頃だったので、冬物野菜は何とか揃えることができましたが、夏物はほとんど準備できなかったです。幸いなことに郷里が長下郡《ながしものこほり》で、海に面していましたから、海の魚や貝が手に入りました。干魚を持って行けたのは幸いでした。旅の途中の川で魚を釣る暇なんかありませんからね。旅路の途中、国庁のお役人が食糧を補給してくれるところがあって、これは大助かりでした。何も出してくれない国庁もありましたよ。

＊イメージ的には、「干飯《ほしいい》」ですが、米飯などはめったに農民の口には入りません。苦労して作ったお米は、ほとんど全部税物として納めなければならないのです。

道々、芹《せり》・蕨《わらび》・はこべを採ったり、ゆりね・葛根《くずね》を掘りました。木の実は季節柄少なかったです。田や畑では春先の野菜が育ち始めていましたが、それを盗むわけにはいきません。

食糧以外に、弓・矢・刀・砥石・革靴・水袋・塩桶といった武具・装備は当然のように自前ですよ。軍防令でも自前と決められていたそうです。この武具が、また重い。そのほかに、筑紫での着替えも持って行きます。筑紫の冬は北風が強く雪も降る、とても寒い所だと聞いていました。三年分の着替えですよ。嵩張《かさば》る、嵩張る……。重い、重い……。

軍防令には、防人十人を「一火」とし、「一火」に六頭の駄馬を与える、と書いてあるそうですが、そんなのは守られていません。裕福な農民の家からは、奥さんか使用人が馬を連れて参加し、難波津まで送り届けたら、その馬に乗って帰る、ということもできたそうですが、遠江からの防人には、そんな人は実際上、いませんでした。難波津に着いたら食事を出してもらえる。難波津から筑紫までの船では食事も出してもらえる。それだけを楽しみに、重い荷物を担いで陸路を辿り続けました。そんな苦しい旅に出る前の晩の宴で謡いました。

これまでの皆さんの歌は父母との別れを謡われていました。防人に行くことになったとの命令を里長《さとをさ》（村長）

から突然聞かされてからの、びっくりするほど短い準備期間。武具や食糧の仕度に奔走してくれた私の父母、筑紫での壮健を祈りつつ何かと身の周り品に気を遣って仕度してくれた妻の両親、後は心配ないから、とけなげに言ってくれた弟、僕らもできるだけの力は貸すからと言ってくれた竹馬の友、みんなとの別れはとても辛いです。我が家には武具も少なく、先祖伝来のものでは足りないからと言って、息子との長い別れになる辛さをよそに、知人や親戚の家を訪ね歩いて武具を掻き集める労に草臥《くたび》れた父母への感謝はいっぱいです。だけど私は、その宴の場では、妻をこそ謡いたい、そう思いました。

（4327）遠江⑦
我《わ》が妻《つま》も　絵《え》に描取《かきと》らむ　暇《いつま》もが　旅行く吾《あ》れは　見つつ偲《しの》はむ

国府での宴に間に合わせるべく、前日の晩、妻と二人で村を出ました。村外れまでは家族や近所の人たちが見送ってくれましたので賑やかな門出でしたが、村を出ると、二人きりです。寂しくはなりましたが、妻と二人きり、というのが嬉しかったです。強く強く、そう思いました。当時は通い婚（妻問い婚）でしたから、妻の家へ行ってもご両親や妻の兄弟・姉妹の中で過ごすことが多く、妻と二人だけのゆっくりした時間を持つことにも精一杯の気遣いが必要でした。伏屋《ふしや》とか妻屋とかいう小さな小屋を別棟で造ってもらい、夜はその小屋で二人だけの時間を持つこともできましたが、それでも周りへの気兼ね、気遣いはありましたからね。

その晩は、満月を少し過ぎたばかりで、お月様がとても美しく輝いていました。その時の風景は、今でも脳裏に美しく残っています。私たちの若い頃のデートは満月の夜とその前後に限られていました。その頃を外すと夜中は真っ暗闇ですから、神様の世界と考えられ、外に出ることも躊躇されました。通い婚として妻の家に行くのも月の明るい夜だけでしたからね。満月の前後だけが恋人同士の時間であり、夫婦の時間だったのです。月明かりに浮かび上がった妻はとても綺麗で、改めて惚れ直しました。「ああ！　この姿を絵に描き留めておきたい！」そう思いました。

私たち農民には「紙」という高級品は全く縁がありませんから、絵を描くことは勿論できません。といって、木簡に顔や姿の形だけを線で描くというのでは、月明かりに浮かび上がった妻のこの美しさは到底描けません。都の人たちや国府のお役人たちは「紙」というものに、彩りを施して実物そっくりの絵を描かれるそうです。私もそうしたかったけど、防人として筑紫に向かうことに決まってからというもの、私は私で、留守中の農作業のことや傷んだ農具の修理、家の戸や家具の修理などなど、忙しくって妻とゆっくり語り合う時間すらなかったです。絵を描けたらなんて、それこそ「絵空言」ですよ。

二人で語らいながら、国府までの夜道を歩き、明け方に国府に着きました。私を送り届けた妻は、暗くならないうちにと言って、昼過ぎに村へ帰って行きました。今度は私が妻を見送り続け、遠く去ってからも時々振り返って手を振る妻との辛い別れの悲しみに耐え続けました。そんな思いもあっての歌です。

「私の妻の美しさを、そのままに描きたかったのに、その暇もなかったな。もし絵を描くことができていたなら、旅路はもちろんのこと、筑紫へ行ってからも、その絵を見ては妻を想い、懐かしむことができるであろうに」と思いました。

足国　僕は古麻呂さんの奥さんを知っています。綺麗な奥さんですよ。古麻呂さんの説明と歌を聴きながら、綺麗な奥さんの顔が目に浮かんできました。今日の同窓会に夫婦同伴で参加してくれていたら、みんなにも紹介できてよかったのにね。

古麻呂　いや、何か言われるかも、と思って、僕一人で来たんだよ。実物を横に置いて本人の歌を紹介することには、ちょっと引け目を感じてたんだ。月明かりに浮かんだ妻の顔。自分の辛さを隠そうとしつつも、僕には心配を掛けまいと、顔を引き締めていたんだ、それが綺麗だった。

身麻呂　僕は井戸底に映った妻の顔を見て、「影《かご》さへ見えて　世に忘られず」と謡ったけれど、瞼に残った妻の映像は美しくも寂しげで、その映像は私と妻の幸せの原点になったよ。

足　国　僕も妻のことを謡えばよかったな。宴の中での雰囲気が、途中から何となく「父母」との別れを悲しむ歌の方へ行ったので、つられて父母のことを謡ってしまったよ。ちょっと後悔するな。

家　持　通い婚の実情をお話しくださった古麻呂さんの気持ちが、痛いほど分かりました。平安時代の短歌や小説などでは男の通いを待つ女性の歌などが取り上げられ、何となく美化されているようですが、実態はそんな綺麗ごとばかりじゃありません。「歌」というのは、どうしても様式化・美化される部分があるんですよね。
　絵に描くことのできなかった奥さんですが、その姿を胸の奥深くにしまい、時々それを胸底から引き出して、夜空に映し出し、あるいは山の端に掲げられていたことと思います。留守中の奥さんも、あなたの姿に恋焦がれておられたのではないでしょうか。
　これは後世の太平洋戦争の時の話として聞いたのですが、写真が一般化し始めていましたから、多くの兵隊さんは奥さんや恋人の写真を戦地まで持って行き、肌身離さなかったそうです。
地上戦では写真を抱いたまま大砲の弾を潜り、戦車の陰になって前進し、太平洋の島々では飢えに苦しんで、蛇でもトカゲでも、口に入るものはその種類を選べず、奥さんや家族、あるいは恋人の写真を胸に戦闘機に乗っては機銃を浴び、特攻隊員として死ぬだけの運命に飛び立ち、海では潜水艦、軍艦あるいは輸送船と共に海中に沈まれました。胸の写真を強く握りしめて。

作歌者としての名前が残らなかった防人の一人・A　私は女房と一緒になって十年で、八歳を頭に男一人、女二人の子供がいました。まだ母ちゃんのおっぱいを飲んでる児もいましたから、私が帰るまでの間、女房は大丈夫だろうか、畑仕事はどうなるのか、私たちの両親は四人とも元気ではありますが、なにぶんにも七十に近いので病気になるかもしれず、女房の負担を考えると暗澹としていました。もともと歌を作る才能もありませんが、こんな気持ちを歌にしたら、どういうふうになるのでしょうか。
実は任務を終えて帰国した時、おっぱいを飲んでいた下の子が病で死んでいました。私が出てから三年目の秋だったそうです。ああもう少し早く帰れたら会えたかもしれないのに。その子にはもう会えなかったです。女房の母が悲嘆にくれてそのまま死んだそうです。

家　持　辛い話です。幸せになれなかったお嬢ちゃん！　言葉もありません。

作歌者としての名前が残らなかった防人の一人・B　悲しい話だ。辛かっただろうね。
先ほど、「殿」という家の話がありましたけど、私の家は竪穴住居そのもの。庭の花なんて想像もできない。

作歌者としての名前が残らなかった防人の一人・C　貧乏暮らしの話が出ましたので、防人歌と関係ないのですが、私にも言いたいことがあります。

この時代、「公出挙《くすいこ》」という制度が東国にも少しずつでき始めていました。私たち農民は、今日の話題の中心である防人に代表される兵役、あるいは道普請といった無償の肉体奉仕が強いられる以外に、我が家で作った稲を「正税《しょうぜい》」として毎年たくさんとられます。収穫の喜びは同時に「正税」納付の苦しみでした。

問題はその後です。お役所ではそれを「官稲《かんとう》」と称して農民に強制的に貸し付けるのです。困っている人に貸す、というのではなく、ちゃんと税を納めた人間に、税を取られて自分たちが食べる米がなくなって困るだろうから貸してやる、というのです。

不作の年でも、納税を果たさせるために貸すということもありました。食べるものに困っているから貸してやろう、というのではないのです。もちろん利子付きです。どうです、この考え？　要は、今年の収穫の大部分を「正税」として納めたから、年内から来年にかけての食糧不足を埋め合わせるために貸してやろう、借りろ！　来年の収穫時に利子の稲「利稲」をつけて返せばよい、というのです。

そんな仕打ちを受け続けている家族を残して、働きの中心である成年男子を、三年もの間、無報酬で筑紫へ連れて行くというんですからね。

家　持　七〇一年に班田収授法ができて公地公民の考え方が進められましたが、その後七二三年に三世一身法、七四三年に墾田永年私財法などができて、「大化の改新」以来の口分田や公地公民の考え方が有名無実化し、実体的には貧富の差が残された、というか、さらに広がっていったということを忘れてはいけませんよね。

私の父・大伴旅人《たびと》の友人に山上憶良さんという方がおられます。父より五歳上の方で、私が十一、十二歳の頃、お目に掛かったことがあります。私が短歌を作り始める二、三年前のことです。

その方が筑前守をされていた時に、任地（福岡県中西部）の農民たちの悲惨な生活状況を悲しんで、例えば次のような長歌「貧窮問答歌」（巻五８９２）を残されています。貧しい人が二人いて、最初にAさんが自分の貧しさを語って、そんな自分よりもっと貧しい人は、こんな寒い夜をどう過ごしているのだろうか、と問い掛けたのに対し、もう一人のBさんが答える、という構成の歌です。

ここではBさんの部分を紹介します。

長歌

天地《あめつち》は　ひろしといへど　吾《あ》が為は　狭《さ》くやなりぬる
日月《ひつき》は明《あか》しといへど　吾《あ》が為は　照りや給《たま》はぬ　人皆か　吾《あ》のみや然《しか》る
わくらばに　人とはあるを　人並みに　吾《あれ》も作《つく》るを　綿もなき
布肩衣《ぬのかたぎぬ》の　海松《みる》のごと　わわけさがれる　かかふのみ
肩にうちかけ　伏廬《ふせいほ》の　曲廬《まげいほ》の内に　直土《ひたつち》に
藁《わら》解き敷きて　父母は　枕の方《かた》に　妻子《めこ》どもは　足《あと》の方《かた》に　囲《かく》み居て
憂へ吟《さまよ》ひ　竈《かまど》には　火気《ほけ》吹き立てず　甑《こしき》には　蜘蛛の巣かきて
飯炊《いひかし》く　ことも忘れて　奴延鳥《ぬえ》の　のどよひ居《を》るに

いとのきて　短き物を　端《はし》切ると　言へるがごとく　笞杖《しもとと》執る
里長《さとをさ》が声は　寝屋処《ねやど》まで　来《き》立ち呼ばひぬ　かくばかり
すべなきものか　世間《よのなか》の道

反歌
世間《よのなか》を　憂《う》しとやさしと　思へども　飛び立ちかねつ　鳥にしあらねば

歌の意味はおおよそ次のようになります。


天地は広いというのに、私のためには狭くなっているのか。

太陽や月は明るいと言うが、私のためには照ってくださらないのか。

世の中がみんなそうなのか。私だけがそうなのか。

たまたま幸いにも人として生まれたのに、人並みに精一杯働いているのに
綿もない袖無しの、海藻のように破れたぼろ布を肩に打ちかけ、
昔からの竪穴住居と少しも変わらない我が家。屋根は低い。潰れかけて傾いている。

家の中では、地面の上へ直に敷いた稲わらの上に、家族がかたまって寝る。

家が狭くて、父母は枕の方に、妻や子は足の方に、みんな、ブツブツ呻きながら寝ている。

竈《かまど》には火の気がなく、米の蒸し器には、蜘蛛の巣が張っている。

飯を炊くことも忘れ、鵺（トラツグミの古名）のようなかぼそい声をあげている。

「ひどく短いものを、さらにその端を切る」という諺《ことわざ》のように

里長《さとをさ》（村長）が、鞭をしならせて、家の前に来て、税を催促する。

何とかならないものか……。この世は。

（反歌）この世を嫌な所、身の置き場のない所と思うのだが、

どこへ飛び去ることもできない。人は所詮鳥ではないのだから

この歌の後（左註と言います）に「山上憶良頓首謹上」とありまして、憶良さんは自分よりももっと上の偉い人に贈ったようです。知って欲しかったのでしょうね。貧しい人たちの情況を。

第二章

相模国の作歌者たち

（4328—4330）

かたかご

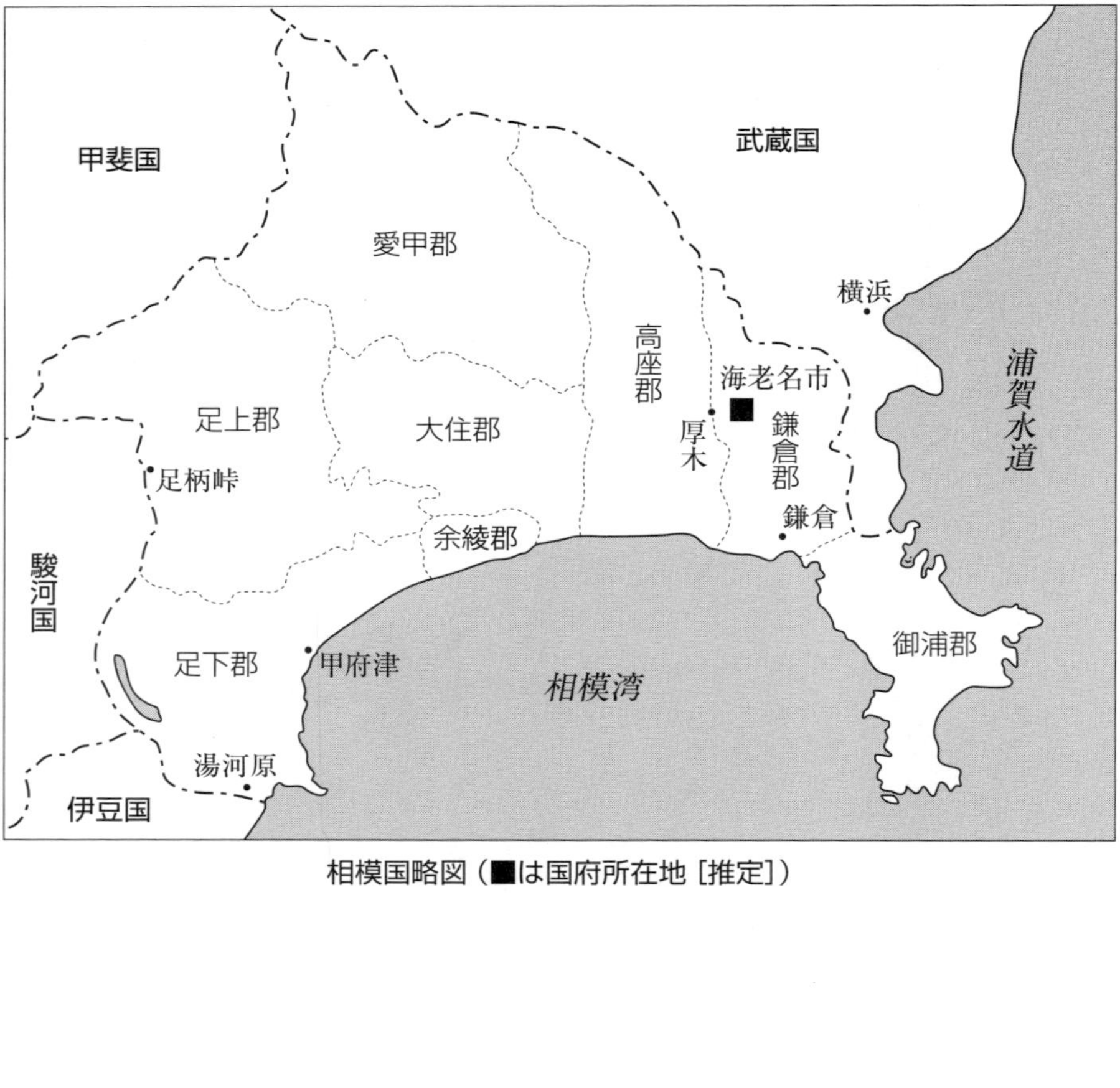

相模国略図（■は国府所在地［推定］）

家持　次は相模国《さがむのくに》の方にお願いします。今で言えば神奈川県の方々です。ただし横浜や川崎は当時相模ではなく、武蔵国《むざしのくに》でした。意外でしょう！

難波津《なにはつ》に到着されたのは遠江《とほたふみ》より早く、防人軍団のトップ参陣でしたが、難波津に到着された時点ではノルマの歌数に達していなかったため、船出の準備と並行して宴を開き、二月七日に歌を集めて進上されました。

まずは丈部造人麻呂《はせつかべのみやつこひとまろ》さん、お願いします。

【相模の一人目】**丈部造人麻呂**（はせつかべのみやつこ・ひとまろ）

人麻呂　私は相模の国庁に勤めていました。助丁《すけのよぼろ》と言って、上級職の方をサポートする立場で、現場での実務的責任者です。

私たちも出立《しゆつたつ》の時と旅路の途中で宴を開きましたが、先ほどの遠江の方々と違って、歌を集めることに気が行かず、ただ飲んだり食ったりの宴で終わりました。何人かは歌を出していたようですが……。

ですから難波津に到着してから、「飲み食いは後回し、まずは謡う」という、私に言わせれば中途半端な宴になってしまいました。八郡で八首、ノルマ精一杯の歌集めでした。間に合わせ作品ばかりで、出来映えが悪く、取載されたのは三首だけのようです。

相模からは手ぶらで十二泊十三日とされていますが、食糧や武具といった荷物が多いだけでなく、やはり病人の出ることも考慮に入れて十八泊十九日の見込みで出発しました。

私の歌は、船出の準備に忙しい中での歌ですから、目前に迫っている「船出」をテーマにしています。

（4328）相模①
大君《おほきみ》の　命畏《みことかしこ》み　磯に触《ふ》り　海原渡《うのはらわ》たる　父母《ちちはは》を置きて

「これから自分たちが乗り込んで出航することとなる船が港に停泊している。我々は天皇様のご命令を恐れ謹んで、この船に乗って、荒磯の岩にすれすれの狭い航路を渡っていくのだ。大切な父母を家に残したままで」という意味のつもりです。

宴には部領使《ことりづかひ》として、相模守である国司《くにのつかさ》さんが同席していましたので「助丁」の立場としては、上役たちから言われ続けた常用句を組み合わせて「大君《おほきみ》の　命畏《みことかしこ》み……」という力の入った歌い出しを示す役目があったのです。役人ですが、きちっと筑紫まで行きましたよ。

瀬戸内海のことなど、まるきり何も教えてもらっていませんが、小島が多く航路幅の狭いところがある、ということだけは聞いていました。ですから荒磯に波が打ち付ける荒々しい海峡を勝手に想像して身を引き締めていたのですが、船出してみると、確かに島と島の間を擦り抜けるような狭い所もありましたが、全体的には拍子抜けするほどに広くて穏やかな航路で、波もなく静かな海でした。ただ瀬戸内海を抜けて玄界灘、さらに対馬海峡に出ると、風や波が強まり、厳しい航海が待っていました。

家　持　難波津から筑紫までの海路は、延喜式で三十日と定められていました。多くは手漕ぎ船ですし、暗闇の航海は危険ですから、夕方の早めに泊《とまり》（港）に立ち寄って、そこで宿泊されていたようです。まだ早春ですから日も短く、それなりの日数を要するわけです。

相模の方は荒れた海の怖さも知っておられるから、瀬戸内海の旅程についても、その無事を祈られたのでしょう。その上で、さらに「困難を乗り越えるぞ」という心意気も謡われています。

ところで防人の人たちには、結婚前の若い人、結婚している人、妻だけでなく子供さんがいる人、いろいろです。そんな中で皆さんに共通しているのは、ご両親。ご両親との関係は「百人百様」でしょうが、そんなご両親との別れを、人麻呂さんは「父母を置きて」と謡われたのだと思います。聞きようによっては、アッサリし過ぎて感情を読み取ることができないほどの歌ですが、この「置きて」の句は、家に置きっぱなしにされることとなったご両親の茫然自失の表情とお二方の空虚感・脱力感を、我々に深く訴えてきますね。

次は丹比部国人《たじひべのくにひと》さん、お願いします。

【相模の二人目】　丹比部国人（たじひべの・くにひと）

国　人　私は農民防人です。難波津の港に到着すると、筑紫へ向かう船が集結して、船出を待っています。船には、防人たちを鼓舞しようと考えてか、甲板に綺麗な旗や幟《のぼり》を立て、船べりには飾りの紐を波打たせるように張り付けてありました。

故郷の足下郡《あしがらのしものこほり》は海に広く面している所ですから、農民であっても船を作る技術に長けた人が大勢います。私たちも見よう見真似で、船出の準備作業を手伝わされました。もっともっと飾り付けようと意気込んで作業に加わっていた時、フッと寂しくなって、こんな歌を謡いました。

（4329）相模②
八十国《やそくに》は　難波《なには》に集《つど》ひ　船《ふな》飾り　吾《あ》がせむ日ろを　見も人もがも

「多くの国々からたくさんの人や物資が集まって、難波の港は大賑わいだ。そんな中で防人たちも船出の準備に精を出している。自分もその一人として、旗を掲げ、飾り紐をつけて船飾りを進めている。そんな働きをしている俺の姿を、船着き場で『ああ、あの人が今日も頑張っている』と見てくれる家族がいたらいいのになあ」といったつもりの歌です。

防人仲間との間には、相模から同行して難波津まで歩き、さらに一緒に船飾りをしていますから、同じ目に遭わされた仲間同士としての同情感に満ちた友情も芽生え始め、寂しさは和らいできてはいるものの、夜寝る前のひと時は勿論のこと、昼間こうして働いている間も突然一人ぼっちであることに気付き、それまで当たり前のように同じ場にいた家族を目の端で探し求めている自分に気付いたのです。故郷にいた時は一人ひとりの家族のことなどあまり気にせず、時にはうるさい奴だ、などと勝手に煙たがっていただけですが、急に物凄く大切な家族であったことに気付き、一人ひとりの顔や言葉が偲ばれてならなかったです。

任地の筑紫へ行ってからの三年、海辺の砦で海上を監視する時、戦闘訓練をする時、屯田兵として畑を耕す時、作物の収穫をする時、どんな時でも、この歌で表した気持ちが何度も蘇ってきて、寂しさが消えることはありませんでした。家族の姿を目の端で探し求めていましたね。

歌を謡うことで自分の気持ちを改めて掘り起こし、整理したり表現したりするって、とてもよいことですね。

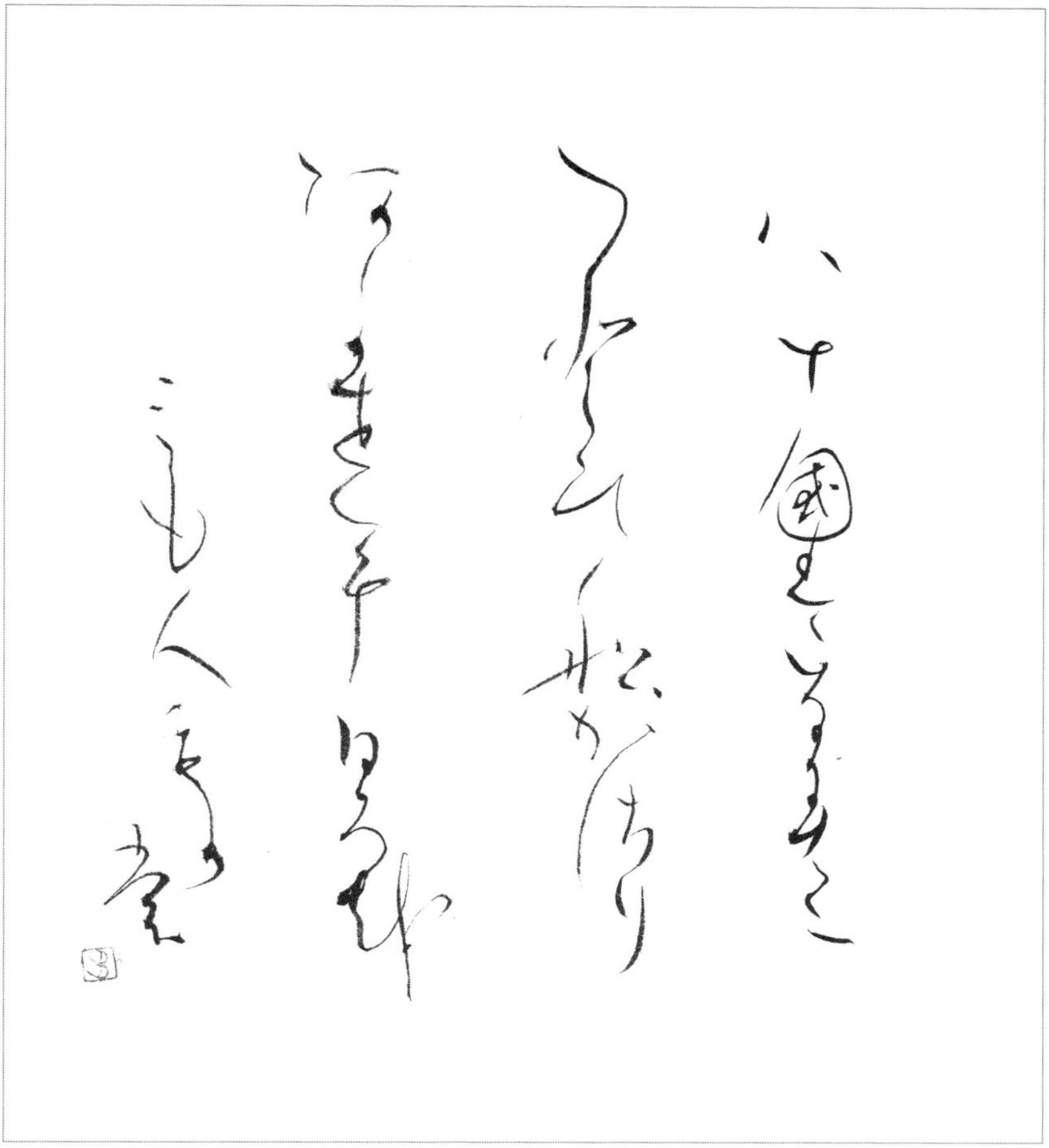

家持　「寂しい」とか「独りぼっち」といった類いの言葉を一つも使っておられないのに、空疎な毎日を過ごされていた貴方の状況を私達に伝えてくれますね。自分の言葉で自分の気持ちを謡うことは、私も大好きです。防人歌から横道にそれますが、私の歌で、いかにも自分らしさが出ているな、と思っている歌をご披露します。春愁三首と言われています。いずれも巻十九に収載されています。

春日遅々として、雲雀正に啼く。痛める心、歌にあらずば、払い難し。よりてこの歌を作り、以ちて締緒《むすぼほ》述《の》べたり。

（4290）春の野に　霞たなびき　うらがなし　この夕《ゆふ》かげに　うぐいす鳴くも
（4291）吾《わ》が屋戸《やど》の　いささ群竹《むらたけ》　吹く風の　音のかそけき　この夕《ゆふべ》かも
（4292）うらうらに　照れる春日《はるひ》に　雲雀《ひばり》あがり　情《こころ》悲しも　独《ひと》し思《も》へば

自然のひっそりした静けさの中で、小鳥たちの姿や鳴き声を、静かな風に揺らぐ竹の音に重ねて室内楽風に謡う心情的な歌だ、家持の真骨頂ではないか、と評価されているようです。嬉しいです。

『万葉集』の編集を全て仕上げた後の私は、左遷されたり、中納言まで上ったりの浮き沈みだったのですが、最後は陸奥の多賀城に左遷されました。大伴家の興隆が去り没落一途の中にいた私は、静かに歌を作ることで、自分の心の支えにしておりました。だけど、『万葉集』以降の二十数年にわたる後半人生の中で謡った私の歌は、どの書物にも一切残されていません。残そうとも思いませんでした。一人でポツンと謡っていました。いや、声に出さないで……。

忘れもしない七八五年、皆さんの歌の三十年後、体の調子を壊して陸奥から一時帰京しました。都に戻ってホッとしたのも束の間、即位四年目だった桓武天皇から厚い信頼を得ていた藤原種継が、その年九月に暗殺される事件が勃発しました。首謀者として大伴継人が逮捕され、処刑されました。帰京のタイミングが悪かったですね。大伴一族の頭としての私は、事件後の追求に翻弄され、疲れ果てて、翌十月、この世を去りました。巻頭の「挨拶」でもお話ししたように、葬儀が許されず、遺骨を抱いた息子と共に隠岐《おき》に流されました。大伴一族の中には、九年後ですが、大伴弟麻呂《おとまろ》のように征夷大将軍となって武勲を挙げた者もおったのですがね。

国人さんのお話に誘われて、話がそれてしまいました。スミマセン。丸子連多麻呂《まろこのむらじおほまろ》さん、お待たせしました。

【相模の三人目】 **丸子連多麻呂**（まろこのむらじ・おほまろ）

多麻呂　国人《くにひと》さんの続編的な歌を作りました。国人さんは出港準備の船飾りの真っ最中。私は船飾りが完了して、いよいよ出航の日を迎えた、という設定です。

（4330）相模③

難波津《なにはつ》に　装ひ装ひて　今日《けふ》の日や　出《い》でて罷《まか》らむ　見る母無しに

歌の意味は、「難波の港で、数日前から出航に備えての船飾りを進め、準備が完了した。いよいよ今日という今日は、船出して任地の筑紫に下って行くのだ。見送ってくれる母もいないままに」となりましょうか。「装ひ装ひて」の表現を用いることで、船飾りをいかに思う存分、一所懸命進めたかを表したつもりです。寂しさを紛らわすための一所懸命に過ぎません、心は虚ろでした。「今日の日や」というところは、文字通り読めば、「正に今日という今日、乗船して出発……」という流れでしょうか。

歌を詠んだのは、皆さんと同じように宴の場です。歌の意味自体は出航当日みたいになりますが、来るべき出航当日をイメージしての想像作品です。実際に歌を作った場面を再現して説明しますと、宴の中で先ほどの国人さんが謡われたのを聴き、「そうか、まずは船飾りだな。そして船飾りが終わったら、出発の時を待つのみか」と想像が広がった次第です。見送ってくれる家族がいないな、という点も同じですね。

人麻呂さんが「父母を置きて」（父母を家に残して）と謡われ、国人さんが「見も人もがも」（折角の自分の船飾り作業を見てくれる家族がいない）で終わられましたので、私は「見る母無しに」の表現で呼応したわけです。同じ境遇に立たされた者同士の間でこそ、通じ合う歌でしたね。

家　持　防人歌は、そういった集団歌として作られたものだったという位置づけで理解しなければいけない、ということですね。相模の進上歌は、三首とも船出をイメージした歌でした。まるで三人四脚を思わせるような共通体験を謡う中で、家族との別離状況を一人ひとりがそれぞれに固有の寂しさ表現で謡われています。お互いをいたわり合うような連歌だったのかもしれません。

船飾りから船出にかけての短い時間も、家族、特に父母との「共有の時間」、「共有の場」、「共有の想い」を持てないという残念さが、滲み出ています。

防人の任務を与えられ、沿岸防備兵として三年もの長い任期にわたって遠い筑紫へ派遣される。それでも難波津に来るまでは、家族とは陸続きでいられるという連帯感があった。だけど、いよいよ船に乗って出発ということになると、陸続きの世界から放り出されて、異郷の筑紫に引き離される。その苦しさ、切なさ、やるせなさ、如何ばかりか。

作歌者としての名前が残らなかった防人の一人・D　先ほどからの相模の歌は、故郷で体験できなかったことを題材にして謡われています。歌の後半には、故郷に残した家族への想いを織り込んでおられました。

私は、皆さんの歌から少し離れて、民謡で謡い慣れていた男と女のイメージを前面に出して、ストレートに故郷の女友達との共寝のことを謡いました。そんな女友達と結局は一緒になれないままで今度の筑紫行きが決められ、それを恨みに恨んだ歌も作りました。二つとも下手くそだったみたいで、選外になりました。

帰郷した時には、その女友達は別の男と結婚していました。若い時のあの三年余の空白。一体、私にとってどんな意味があったのか、生涯を通じて、ぽっかり穴の空いた時間でした。

家　持　そんな苦しくて辛い体験をされた方も多かったんですね。「悲しい」や「寂しい」では済まされない……。貴方の歌を取載できなかったこと、お詫びします。『万葉集』という公の歌巻に載せることを意識しておったものですから……。

作歌者としての名前が残らなかった防人の一人・E　話は変わりますが、防人生活の間の食べ物のことで文句を言いたい。これは任地でのことですが、畑を与えらえて、そこで作物を植えろ、と言われました。前の年から引き続いて残っておられる先輩防人からいろいろ教えてもらいながら、野菜を植えたり芋を植えたりしました。だけど私たちの故郷で育てていた野菜と筑紫で作る野菜では、同じ芋、同じ大根といっても、成長の仕方や早さも違いますので、そう簡単ではありません。種撒きの時期や収穫の時期も違いますし、雨の量や気温も違いますから、十分な収穫を確保することは決して楽ではありませんでした。

一回でも収穫が悪いと、次の作物が収穫できるまで食べ物が確保できません。隣りの畑の人から、分けてもらう、もらえない、そんないさかいも絶えませんでした。

家持　農業のことを何も知らない私が言うのもおかしいですが、「農民だから田や畑での作業は簡単だろう」というのは、無責任だったでしょうね。皆さんは、それぞれのご出身地で、それぞれの気候の下で、先祖代々伝えられてきた農法で作物を作っておられたでしょうからね。お役人防人の方々にとっては、いっそう苦しかったでしょうね。

遠江と相模の歌を読ませていただいた後、私の感想歌を六首入れております。そのため、相模の最後が（４３３０）で、次の駿河の歌が（４３３７）から始まります。番号が六つ飛びます。

この後も、番号が飛ぶのは、全て私の感想歌を入れたことによります。ご承知おき願います。

この六首を含めた私の感想歌二十首は、巻末にまとめてご紹介します。

第三章

駿河国の作歌者たち

（4337－4346）

わらび

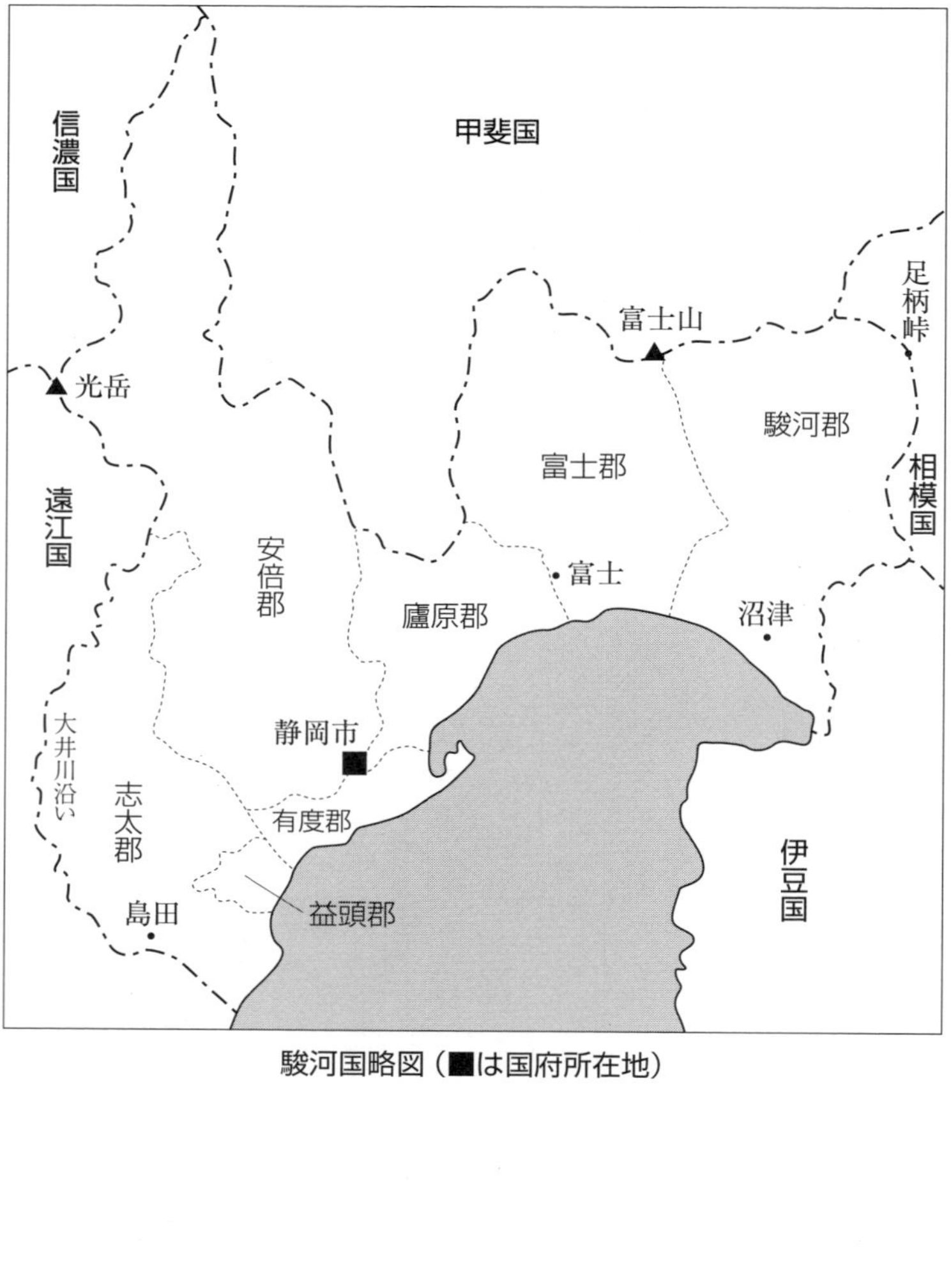

駿河国略図（■は国府所在地）

家　持　では駿河国《するがのくに》の方々、お願いします。今で言えば静岡県の中部から東部ですね。当時、伊豆半島は別の国、伊豆国とされていましたが、伊豆の方からの進上歌はありませんでした。その年の防人徴兵では、伊豆の方は駿河に組み込まれていたのかもしれません。難波津に着かれた時にはノルマを達成されていたようで、到着の翌日、二月九日には進上歌を提出されました。進上されたのが二十首で、その内十首を取載させていただきました。まずは有度部牛麻呂《うどべのうしまろ》さんです。「上丁《かみつよぼろ》」と紹介されていますが、この年の防人歌で「上丁」と紹介された方が二十四人もおられるのに対して、単純に「丁」、あるいは「中丁」、「下丁」などと紹介された方は一人もおられません。進上の時に気を遣われただけかもしれませんね。

【駿河の一人目】有度部牛麻呂（うどべの・うしまろ）

牛麻呂　そうなんですよ。「丁」に上中下のランクはありません。ただの農民を「上丁」などとおだてているだけです。

七つの郡《こほり》から二十首も進上できたというのは、それだけでもすごいことでしたね。ノルマのほぼ三倍です。

最初の遠江《とほたふみ》と同じように、国府を出発する時の歌と旅の途中での歌が合わせて十首取載されたと聞くと、嬉しいです。駿河からは手ぶらで十二泊十三日とされています。荷物が多く、やはり長旅を覚悟していましたが、幸い故障者も出ず、十六泊十七日で難波津に到着しました。

（4337）駿河①

水鳥の　発《た》ちの急ぎに　父母《ちちはは》に　物言《ものは》ず来《け》にて　今ぞ悔しき

私が防人としての徴兵命令を受けたのは、出発の十日ほど前です。お役所では、「早めに伝えると、逃亡を図ったり、役目を逃れる事情をあれこれ作り上げたりしてくるだろうから、そういうことをさせないように直前に伝えるのだ」と考えているらしいという噂《うわさ》を聞いたことがありました。まさかこの私がその運命に当たるとは！　お役所では、何かにつけて「知らさぬように」、「知られぬように」というやり方が行われていたようです。

奈良時代のお役所の人たちは、自分たちのやっていることはあれもこれも秘密事項だと考える癖があったようです。というか、自分たちのやっていることは隠しておきたい、知られたくない、何かにつけてミスがばれるのは嫌だ、という気持ちが強かったのではないでしょうか。農民たちは駿河全体のことを知る必要がない、だから知る権利もない、畑を耕してお米を納めておきさえすればいいんだ、と考えていたみたいですね。

後の世では特定秘密保護法みたいなものを作ったようですが、何が秘密かは自分たちで決める、それを秘密にする必要があるのかについては実質的なチェックをさせない、漏らしたら罰を与える、そんな法律らしいですね。それじゃあ何が秘密か分からないので、味噌も糞も隠しまくるほかない。そんな事態が進んでいるようです。他所《よそ》の国では一定の年月が過ぎたら全て公開しているらしく、えらい違いです。

それはさておき、私の歌を解説しなければなりません。

歌の意味としては、「水鳥が突然飛び立つのに似た出発の慌ただしさに紛れて、お父さん、お母さんに、物も言わないうちに来てしまった。それが今、無性に悔しい」ということになるでしょうか。「残念」を通り越しています。駿河では、相模と同じように、駿河のトップ（守）である国司《くにのつかさ》さんが、自ら部領使《ことりづかひ》として我々を引率されましたが、私たちの国司さんは酒席がお嫌いなのか、宴には同席されませんでした。それに出発時の宴と旅路の宴で、合わせてノルマの二十首が早々と集まったということもあって、目的の難波津に着いたからといって格別の宴を開くこともせず、労《ねぎら》いの言葉すらないまま側近の方と早々に帰国されました。あっさりしたもので、防人にやられる農民の苦しさなど、どこ吹く風といった様子でしたね。

そういう国柄ですから、駿河では、郷国出発の儀式張った宴の中ですら、かなり自由な雰囲気で歌を作っていたように思います。「大君《おほきみ》の」といった「言立《ことだて》」で神妙さを取り繕うような真似をする人は一人もいませんでした。私の歌も、国庁集合日の直前に徴兵の伝達を受けたので、準備期間を十分与えてくれなかったじゃないか、という不満をストレートに表現したものになりました。

「物《もの》言《は》ず」というのは、物を言う時間もない、ということです。しゃべる気もなかったというのではありません。出発に備えて、準備、準備、準備の息つく暇もないほどの慌ただしい毎日となり、自分の気持ちや、これから三年間の家族の心配事など、ゆっくり話し合う機会もなかったではないか、という不満の意味です。

防人の長い歴史の中で、これまで実戦らしいものは一度もなかったということを聞いてはいましたが、自分たちの駐屯するこれからの三年の間も来襲はない、と保証されているわけではありませんから、呑気な旅立ちではなかったです。軍務から逃げられない以上、心の準備、食糧や衣類、武具といった装備のこと、何一つ疎かにできない緊張感でいっぱいでした。その辛さだけは理解してください。

もっとも昭和の皆さんが、太平洋戦争末期に突然の徴兵命令（赤紙）を受けた時の衝撃「ほぼ確実な死の宣告」とは比べものにならないと思います。文句を言うことが許されない点では同じですけどね。

太平洋戦争当時の「出征兵士」で味わわれた、文字通り「死を覚悟しての別れ」ではなかったことは確かです。「出征」＝「お国のための戦死」の時代でなくてよかったと思っています。私たちの時代では、滅私奉公といった美辞麗句がまだなかったですから、防人に行くのが嫌だというだけで、直ちに「非国民！」などと言われる時代ではなかったのは幸いでした。それでも、防人に行く辛さや父母との別れの悲しさを口に出すと、「国司様が決められたことに、不平・不満があるのか」と白い目で見られたり、そのことで家族が肩身の狭い思いをするのではないか、と恐れました。逆に私が防人に行っている間は、家族の者にとっても世間体がよくなるということはあったようです。だから外見上は、喜んで防人に行くんだ、という態度で出発までを過ごしました。

それ以前の自分を思い起こしますと、ほかの人が防人を命じられた時は、同じような視線で見ていましたね。そして自分だけは防人徴兵を受けないように、お役人の前ではよい顔をしたり、逆らって睨まれないように努めたり、コソコソしていました。でもそんなことは何も役立たなかったみたいです。

この年は、そんな私にも徴兵の通知が来ました。外見上は、有り難くお受けするという優等生を演じました。村から出立する時も、強がりな自分を演じていました。

ただ、任地の筑紫で病没された方のことも聞いていましたので、明日いよいよ出発という宴の中で、今度の決定と遅すぎる伝達に対して、突然、無性に腹が立ってきまして、忌々《いまいま》しいという想いが沸き上がってきました。弟や妹もまだ幼いので、父や母と、あれこれゆっくり話をしてこなかった自分のことが責められます。

家　持　自分を責めないでください。防人の人たちは、多くの方が突然の命令を受けられたようで、「知らさぬように」、「知られぬように」というのが普通のやり方として慣習化していたのかもしれませんね。ところで出発する時の慌ただしさについては、常陸《ひたち》の広足《ひろたり》さんからも、よく似た心境の歌が紹介されています。後ほど発表してもらいましょう。

（4364）防人《さきむり》に　発《た》たむ騒きに　家《いへ》の妹《いむ》が　業《な》るべき事を　言はず来《き》ぬかも

次は生部道麻呂《おふしべのみちまろ》さん、お願いします。

【駿河の二人目】　生部道麻呂（おふしべの・みちまろ）

道麻呂　私は駿河の国府に勤めている役人で、助丁《すけのよぼろ》でした。牛麻呂さんの話を聞いて耳が痛いです。軍団長と言えるほどの立場ではありませんが、防人さんたちを束ねる上での責務もあり、そのまま三年間、防人任務を完遂してきました。

先ほど、役目柄という理由で難波津から直ぐ帰国された方の話を聞いて羨ましかったです。そんな言い方をすると、農民防人さんからは何を甘ったれているのか、と叱られますよね。

（4338）駿河②
畳薦《たたみけめ》　牟良自《むらじ》が磯《いそ》の　離《はな》り磯《そ》の　母《はは》を離れて　行《ゆ》くが悲しさ

最初の「畳薦《たたみけめ》」というのはイネ科のマコモのことで、ここでは「牟良自《むらじ》」にかかる枕詞として使っています。

「牟良自」は私の家の近くの海岸の名前です。ローカルな話題で、他所《よそ》の方には分かりにくい歌になっていますが、私たちの村の民謡では「畳薦《たたみけめ》　牟良自《むらじ》が磯の」という言葉がセットで節回しを付けて謡われることが多く、言わば、決まり文句というか、しゃべり癖みたいになっている謡い方です。私の独創的な使い方ではないです。

歌全体としては、「牟良自が磯には、海岸から離れた沖の海面に岩が飛び出している。その離れ岩のように、私は母さんから離されて行くのか。ああ、悲しいよな」と謡ったつもりです。

先ほどの牛麻呂さんは「父母に　物言《ものは》ず来《け》にて」と歌われて、ご両親をセットにして別れの辛さを謡われましたよね。私も皆さんに合わせて父・母から離れて行くことを歌にしよう、とは思いつつも、防人任務を伝え聞いた時の母さんの泣き顔が目の奥でうずき続けていました。子供の頃から父には厳しく叱られ、そんな私を母がいつも庇ってくれていました。何かにつけて「お母さん！」でした。

当時は通い婚の時代でしたから、ずうっと母の実家で育っていまして、時たま会う父には幼い頃の想い出がありなく、長じてからは、五月蠅《うるさ》いだけの存在でした。いずれ自分も結婚して子供ができた時、特に男の子からは同じような目で見られるかもしれませんね。イヤ、私を踏み越えて成長してくれれば嬉しいです。

家持　枕詞の使い方だけでなく、「牟良自《むらじ》が磯《いそ》の」「離《はな》り磯《そ》の　母を離れて」のところで、「磯」、「磯」を繰り返し、さらに「離り」と「離れ」を上手く使い分けましたね。「母」の「は」に続けて「離れ」の「は」が並んでいます。これも抜群のリズム感ですよ。感心しています。

ここまで、別れの歌は十首です。妻との別れ三首、母との別れ三首、父・母セットの別れ四首です。妻や母との別れでは、心から滲み出るように訴えてくる歌題や言葉遣いを感じましたが、父を含めた別れでは、概念的というか、定型的というか、やや取って付けた感のある歌題で、サラーっとした言葉遣いを感じました。謡われた方の心情を軽んじるわけではないですが、そうやって父を乗り越えていくんでしょうね。

さて虫麻呂さんという名前がこの後も続きます。違う郡、違う里（村）の「まろ」さんだったと思いますし、「部」も違うので、駿河のお役人さんも安心して同じ「虫麻呂」さんと名付けたのでしょう。「真」麻呂、「仲」麻呂、「武」麻呂……といった別の名前にして欲しかったな、という気持ちも残っています。

刑部虫麻呂《おさかべのむしまろ》さん、ご免なさい。いらぬお節介でした。「虫麻呂」さんの名前が悪いというわけでは決してありません。よろしくお願いします。

【駿河の三人目】刑部虫麻呂（おさかべの・むしまろ）

虫麻呂　どの農家でも、賦役に取られると働き手が減る、という問題を抱えていますけど、私の家は大々家族の小々農でしたから、私が出ることで食い扶持《ぶち》が減るので、かえって喜ばれるという面がありました。だから、というわけでもありませんが、私は比較的呑気でした。特に誰かとの別れを謡うのではなく、あっさり、皆さんお達者で、と謡いました。

（4339）駿河③

国巡《めぐ》る　獦子鳥《あとり》鴨鳧《かまけり》　行き巡《めぐ》り　帰《かひ》り来《く》までに　斎《いは》ひて待たね

「国々を飛び回る『あとり』や『かま』や『けり』などの鳥たちのように、私が国々を巡って帰ってくるまで、神に祈って、どうか私が元気に帰るのを待っていてください」という歌です。

「獦子鳥《あとり》」というのは雀よりちょっと大きい鳥で、秋から冬までいます。春の訪れと共に北へ去ります。「鴨《かま》」は鴨《かも》のことです。やっぱり秋にやって来て、春には去ります。「鳧《けり》」はカラスくらいの大きさで、冠毛が美しく、お腹が白く、ケリリと鳴きます。やっぱり渡り鳥です。後の世では「タゲリ」とも呼ばれているようですね。

渡り鳥を三種類挙げて、「私も一度は去りますが、また戻ってきます。その間、どうぞ神様にお祈りして、お達者にお待ちくださいね」と謡いました。「勿論私の壮健も祈ってくださいね」です。

家　持　渡り鳥の名前をリズムよく並べて、とてもきれいな歌に仕上げましたね。これも上手なテクニックでした。やはり民謡を謡い慣れておられたので、踊りたくなるようなリズム感が身についておられるのでしょう。

なお、ここで渡り鳥を取り上げられましたが、先ほどの（4337）で牛麻呂さんが、「水鳥の　発《た》ちの急ぎに」と謡われており、宴の中で「鳥」のイメージが伝わって行ったのかなという解釈が、後の世の学者さんから提示されているようです。

虫麻呂　自分では気が付かなかったですが、知らぬ間に影響されていたのは間違いないでしょう。ただ、もともと民謡の中で新しい歌を作る時も、そういう歌の伝染を気にせず、というか、むしろ積極的に伝染させながらお互いの気持ちを通い合わせていって、それをみんなで楽しむ、という遊戯的なところがありました。正にゲーム感覚でした。ゲームをしながら、みんなで分かりやすく共感できるという面で歓迎されていました。そうだからといって、途中から別の話題に変えていった人に対して、空気が読めない奴だなんて仲間外れにするようなことはしなかったですよ。そこからは別のゲームが始まります。楽しけりゃＯＫです！

次も虫麻呂さんなので、お調子よく出しゃばってもいいでしょうか。エヘン！　私は司会者です。

虫麻呂《むしまろ》さん、お願いします。

【駿河の四人目】川原虫麻呂（かわはらの・むしまろ）

虫麻呂　ＯＫ！　承知。宴の中で直前に貴方が「斎《いは》ひて待たね」と謡われたので、私の番になった時、その句を、そっくりそのまま頂戴しました。さっきは「鳥」が伝染し、今度は「斎ひて待たね」が伝染しています。最初の句に「父母え」を持ってきたのは、私にとっては父も母も同じくらい大好きだったからです。

（４３４０）駿河④

父母《ちちはは》え　斎《いは》ひて待たね　筑紫なる　水《み》漬《づ》く白玉《しらたま》　取りて来《く》までに

歌の意味としては、「お父さん、お母さん。どうかお二人の無事と私の無事を祈って、お達者で待っていてください。私は大丈夫、元気に過ごしてきます。筑紫の海水に漬かっているという真珠を取って、それをお土産に持って帰りますから、どうか私が帰ってくるまでの間、病気をせず、元気で待っていてください」となります。真珠は我々農民とは無縁の貴重な宝物です。そんな宝をきっと、きっと持ち帰りますから、と謡いました。というのは、私の家が海辺近くにありまして、子供の頃から海に出て泳ぐのが大好きで、父が教えてくれた素潜りは得意中の得意でした。だから、筑紫でも海に潜って遊ぶチャンスがあれば……と思ったのです。

残念ながら、筑紫での実際の任務を説明しますと、海辺の高台に立っての見張りと、軍事訓練と、屯田兵としての農作業が忙しく、海に潜って遊ぶ時間など取れません。真珠どころではなかったです。

軍防令の中に、防人を務めた者は向こう三年間、全ての役務から解放されるという規定があったようで、帰ってからの三年間は安心して精一杯両親を助けて働きました。両親は、真珠よりもお前の元気が最高のお土産だったよ、と言ってくれました。

やっと獲得できた安心感の中で、結婚に踏み切ることもできました。迎えた妻に、防人徴兵の不安を掛けることもありませんからね。

家　持　仲良し親子だったんですね。ご両親の嬉しそうな顔が見えるようです。三年もこき使われて、免除されるのがわずか三年（軍防令十四条）……間尺に合いませんね。

次は丈部足麻呂《はせつかべのたりまろ》さん。やっぱり村では「まろ」と呼ばれていたのですか。駿河国からの進上歌で取載された十人のうち、何と九人の方が「まろ」さんですね。

【駿河の五人目】丈部足麻呂（はせつかべの・たりまろ）

足麻呂　はい、「まろ」でした。私の歌では「父」だけを謡っています。実は母を早くに亡くしていまして、父一人子一人の家庭でした。まだ結婚していません。そんな父をたった一人残して行くことに、後ろ髪を引かれながらの出発でした。

実は父も若い頃、防人を命じられたそうです。私が四歳の時だったと聞いています。防人を命じられて母と私を残して筑紫へ行き、今度は私が父を残して筑紫へ行かされることになりました。父子で、辛い別れを二度もさせられたのですよ。

母が若死にしたのは、夫を防人に取られた後の留守中の無理や心労が重なったからだ、と父から聞かされておりました。幼い頃からそう聞かされていましたので、自分の妻となる女性に母の二の舞をさせたくない、結婚は先延ばしだ、というブレーキを心の中で強く踏み続けていました。若者らしさのない青春でしたね。

それに私自身、母のいない家庭はとても寂しかったです。言葉では説明できません。両親揃っているのが当たり前の友達が羨ましかったです。自分の子供には両親の揃わない寂しさを味わわせたくなかったです。

(4341)駿河⑤

橘《たちばな》の　美袁利《みをり》の里に　父《ちち》を置きて　道の長道《ながち》は　行《ゆ》きかてのかも

橘というのは私たちの住んでいる小さな丘陵地帯の名前です。今で言えば静岡県の清水市から少し内陸側に寄った地域です。その中にある美袁利という名の小さな里に住んでいました。その里に父をただ一人残したままで、筑紫への長い旅路につくことになった。なんとも、行きかねることだなあ、と思いました。この「長道《ながち》」には、筑紫までの距離的な遠さだけでなく、その後の三年という長い期間を含めています。若い私にとっての三年余ではなく、初老に近づいた父にとっての三年余です。私が結婚を先延ばしにしていましたので、父としても、話し相手のいない孤独な三年だったでしょう。

父は必ずしも頑健というわけではなく、私と二人で何とかこなしていた畑仕事を、一人になっても元気にやっていけるだろうか。こんな父子家庭なのに平気で防人任命が下されたのですよ。

筑紫で屯田兵としての畑仕事をする間も、「美袁利の皆さんは優しいので、ご近所の方に助けてもらって、何とか頑張ってほしい」と念じ続けていました。任務を終えて帰郷した時、幸い父は元気でした。それが何よりでした。助けていただいたご近所の方々に感謝の挨拶をして回りました。お土産なしの手ぶらです。

ようやく結婚しようか、と前向きの気持ちになり、父を安心させることができました。

家持　よかったですね。本当によかった。有り難うございました。父子二代で、防人を務められたんですね。そんな家族もあった、ということに改めて気づかされました。

成年男子で防人に任命される率はどのくらいなのか、ちょっと計算してみました。私たちが生きていた奈良時代の人口は六百万人くらいとされていました。東国の人口比率は分かりませんが、大和近辺や西国に比べて少ないでしょうから、せいぜい百万人、半分が男子として五十万人。その内、防人の徴兵を受ける危険のある若年から成年層の方が三分の一とすれば、ほぼ一七万人。防人徴兵が毎年千人ですから、「1000人÷17万人＝0.6％」、毎年千人に六人です。徴兵が二十歳台に集中したとすればもっと高い確率、二倍弱の確立、とすれば千人に十人、ということは百人に一人……。

大雑把に言えば、結婚適齢期に達した人は、毎年、どの村からも誰か一人か二人が防人に引っ張って行かれる恐れがある、ということになりますね。早く結婚するか、先延ばしにするか、決断を迫られます。

実は軍防令《ぐんぼうりょう》の第三条に、「同戸の内、正丁《せいてい》三人に一人は兵士として徴発される」という規定がありました。一つの家族に正丁男性が三人おれば、必ず一人は兵隊にとられるんですね。多くは地方軍団への組み込みでしょうが、当然、防人（三年）や衛士（一年）も含まれています。

農民の方々は、新年を迎えるたびに、年齢と関係なく、今年かも……、という怖れを感じておられたのですね。

ところで信濃国からは、足麻呂さんと同じく父子家庭の方、ただし父が子を置いて出立する歌が紹介されます。後でじっくりお話を伺いたいと思っています。こんな歌です。

（4401）韓衣《からころむ》　裾に取り付き　泣く児らを　置きてそ来ぬや　母《おも》無しにして

では次に、坂田部首麻呂《さかたべのおびとまろ》さん、お願いします。当時の農民としては大変珍しく、首《おびと》という姓をお持ちで、富裕農家さんだったのでしょうか。古くは大人《おおひと》という尊称だったようですね。

【駿河の六人目】坂田部首麻呂（さかたべの・おびとまろ）

麻呂　「小豪族の末裔《まつえい》だ」とは聞かされていますが、富裕だったのは二、三代前まででしょうね。首姓だったので、名前の「麻呂」にはそれなりの気を遣って「麻呂」のままで進上されたのだと思います。

（4342）駿河⑥

真木柱《まけばしら》　讃《ほ》めて造れる　殿の如《ごと》　いませ母刀自《ははとじ》　面変《おめがは》りせず

お母さんを謡いました。歌の意味は「檜や杉といった、真直ぐ伸びた高級な木から作った立派な柱を用い、讃め称え、寿《ことほ》いで建てた（永遠に続くと思えるほどに揺るぎのない）御殿のように、どうかいつまでもお達者なままで私の帰りを待っていてください。お母さん、決して面やつれなどなさらずに、今の艶々したお顔のままで私の帰りを迎えてください」という気持ちを込めての歌です。

富裕とは言えないですけど、古くから残る私の家はそれなりに大きく広かったです。ただ、この歌の「殿」は私の家ではなく、当時、各地で造られつつあった国分寺のような、もっと格段に立派な建物です。真直ぐの長くて太い柱が使われています。

父にも元気でいて欲しいですよ。だけど父は放っておいても大丈夫です。父との別れは、何となく解放されて、かえってホッとするみたいなところがありました。母は大丈夫かな、心配でした。

家　持　母親がいつまでも若やいでいるというのは嬉しいですね。私の実母は長生きしてくれまして、高齢になっても若く見えました。

駿河の方は、民謡の中で難しい言葉を使い馴れておられたのでしょうね。歌が上手いです。

今、気付いたのですが、駿河国のこの歌では母刀自の「母」は万葉仮名で「波波《はは》」でしたが、下野国《しもつけのくに》の小黒栖《をぐるす》さん（4377）では、母刀自の母が「阿母《あも》」です。

では玉作部広目《たまつくりべのひろめ》さん、お願いします。

【駿河の七人目】玉作部広目（たまつくりべの・ひろめ）

広　目　みんな父や母のことを謡ったんだよね。私にとっても、みんなと同じように父母のことが思われてしまうんだけど、それよりも、小さな男の子が三人もいるのに妻一人を残して行くことの方が気にかかった、辛かった。

残された妻は、子育てや年老いた両方の親のこと、畑仕事のこと、そんなことで苦労を重ねて、きっと一気に老けてしまい、痩せてしまうかもしれない、妻こそいつまでも若やいでいて欲しい、という歌になりました。

麻呂さんは、お母さんに対して「面変《おめがは》りせず」と願われましたよね。私は妻のことが「子持ち痩《めや》すらむ」と心配だったです。よい方向へ向かうことを願われた麻呂さんと、悪い方向へ向かうのを心配する私では、精神衛生上、真逆ですね。

（4343）駿河⑦
我《わ》ろ旅は　旅と思《おめ》ほど　家《いひ》にして　児持ち痩《めや》すらむ　我《わ》が妻愛《みかな》しも

歌の意味は「俺の旅はどうせ辛い旅だと覚悟しているから、どんなに苦しくても我慢できるが、家に残されて、三人もの子供を抱え、世帯の苦労が重なり、きっと痩せ衰えるに違いない女房が可哀想だな。三年後の再会の時には、女房がどんなになっているのか心配でたまらない」ということです。駿河では「妻」を「み」と言っておりました。

三年後の再会では、やっぱりやつれていました。だけど精一杯の化粧をして元気に振る舞ってくれたのを見て、顔で笑って心で泣きながら彼女を抱きしめました。そのまま抱え上げたら、やっぱり少し軽くなっていました。降ろして改めて向かい合い、静かに長い間、心ゆくまで頬擦りしていました。

子供たちは留守中に随分成長しており、体が大きくなっただけでなく、母親思いの優しい人間になっていました。嬉しかったです。母親の苦労を知って育つ中で、自分がしっかり母親を支えなくては、と思ったに違いありません。妻から聞いたのですが、上の男の子は妹と弟の面倒見がよく、父親代わりで頑張ってくれたみたいです。中の女の子は母親のよい話し相手になってくれていたようです。そして下の男の子は兄貴や姉貴を見ていたせいか、弁《わきま》えのよい子になっていました。とはいえ、元気さでは誰にも負けない腕白坊主でした。何よりも三人が自分にも他人にも素直に生きていることを感じました。きっと母親が子供たちの言動をあれもこれも十分に受け容れ、そのことで子供たちは居心地のよい毎日を過ごすことができ、その中で優しい人に育ってくれたんでしょうね。ただ母親としては、夫のいない間、一人で頑張り、自分の心身に疲れを溜め込んだのだと思います。これか

らは妻の負担を少しでも軽くしなければならないと考えました。私も妻を見習って、よい父親になります！　子供たちを抱え上げると三人とも重くなっていましたよ。子供が大きくなってくれることは、親をこんなにも幸せにしてくれるんですね。

その後は防人に行かされる不安もなくなりましたので、妻と子供にとって、よい夫、よい父親であり続けることを願って生きました。

家持　私も妻との別れを悲しんで歌を作ったことがありますが、奥さんの身をこんなにも具体的な形として案じ、そしてその不安を切々と訴えられた歌に比べると、私の歌はお遊びに近いです。

夫の協力が突然失われた所帯を抱えて、たくさんおられるお子たちの養育に追われ、畑仕事に疲れてしまわれるであろうことへの貴方の心遣いが、目に見えるような歌ですね。再会の喜びが伝わってきます。

きっと広目さんのご夫妻は、何でも一緒に心を通わせて、本当の意味で苦楽を共にする家庭を切り盛りされておられた。まさにほんまのパートナーですね。「家のことや子供のことはお前に任せた」といったタイプの夫ではなかったのだと思います。「愛《かな》しも」という愛情表現、私は大好きです。

次は、商長首麻呂《あきのをさのおびとまろ》さん、お願いします。あなたも首姓ですね。

【駿河の八人目】商長首麻呂（あきのをさの・おびとまろ）

麻呂　はい。先ほどの坂田部首麻呂《さかたべのおびとまろ》さん（4342）と同じように、名前をいじらず「麻呂」のままで進上されたのだと思います。旅路の途中で歌を作りました。

（4344）駿河⑧

忘らむて　野行き山行き　吾《わ》れ来れど　我《わ》が父母《ちちはは》は　忘れ為《せ》のかも

と謡いました。「父さん、母さんのことを忘れよう忘れようと努めながら、野を歩き、山を越えて、俺はここまで来たのだが、どうしても父母を忘れることができないんだなあ」という意味です。

駿河国からの旅路は、重い荷物を背負ったり、担いだりしてひーひー言いながらの行軍ですから、野原を走ったり、山を越えたり、というピクニック・イメージで謡うのは嘘っぽいですよね。最初の「忘らむて」は、これから筑紫へ行かされる辛さと両親との別れの苦しさを、少しでも忘れよう、忘れようという気持ちを言い表しています。「野行き山行き」という一見楽しげな表現で、筑紫行きの悲しさをカムフラージュしていますが、結局のところ、最後の「忘れ為《せ》のかも」では、父母を忘れることができないという繋がりになっていますから、我ながら、やや精神分裂症状であったのかもしれません。

三年プラス往復の行程、合わせて三年半近くも拘束されることになってしまったので、何事に対しても、やけくそになっていましたね。謡えと言われたから歌の形にしただけです。

「野行き山行き」のところを少し補充しますと、この季節は冬の終わりですから、木々の葉は全て散っていました。もっとも早春を迎える時期でもありましたので、新芽が少し膨らみ始めていて、もうしばらくすれば新芽が一層大きくなって山一面に赤みがさし、いずれはきれいな新緑に変わっていくであろう景色の移り変わりを想い描くことのできる時期でした。筑紫へ行ったら常緑樹が多く、三年間過ごしている間、冬でも青々している山が見えるのには驚きました。

家持　忘れようとしても忘れられない。血の繋がった家族だからこその喜びであり、悲しみですよね。さっき、坂田部首麻呂さんのところで実母を思い出させてくれる話題になりかけたのですが（89頁）、ここへ来て、私の家族のことをしゃべりたくなりました。脇道にそれますが、お付き合いください。

私は父が五十三歳の時の子供で、しかも長男ですが、どういうわけか、実母（丹比郎女《たじひのいらつめ》）は終生、大伴家に入っていないのです。実母の代わりに、父の正妻（大伴郎女）が養母となってくれました。私が十一歳の時にその養母が亡くなり、父は友人の山上憶良さんに、「断腸の想い」を伝えています。父の悲しみは私にも伝わっています。そしてその父は、私が十四歳の時に亡くなりました。六十六歳でした。大伴家の没落が始まる頃だったので、二人共、先々の心配に押し潰されるような思いの中での逝去でした。辛かっただろうと思います。それはそれとして、生みの母である丹比郎女は、私が六十四歳になるまで、元気な生を全うしてくれました。長命です。しかも実年齢より十歳以上若く見える人でした。嬉しかったです。せめてもの救いです。

ああ、ついでですが、万葉集では額田王に次ぐ最大の女性歌人とされる坂上郎女は、私の叔母であり、実は私の妻の母でもあるのです。私は、この叔母から歌のことをいろいろ教えてもらいました。言ってみれば、歌のお師匠さん！　さあ、次へ行きましょう。

【駿河の九人目】春日部麻呂（かすがべの・まろ）

麻呂　春日部麻呂です。私の歌は、

（4345）駿河⑨

我妹子《わぎめこ》と　二人吾が見し　打《う》ち寄《え》する　駿河の嶺《ね》らは　恋《くふ》しくめあるか

です。「打ち寄《え》する」というのは、「する」の部分が「駿河」という言葉を引き出すという意味で、「駿河」にかかる枕詞のつもりです。もともと「打ち寄する」というのは、三保の海岸に波が打ち寄せることをイメージする言葉だったのですが、駿河湾に流れる富士川、安倍川、大井川の急流、特に雨季の濁流もイメージしています。ですから歌の意味としては単純で、見掛け上も、「わが妻と一緒に眺めた富士山の姿が恋しいな」というだけです。「打ち寄《え》する」「駿河」という組み合わせ表現は、駿河民謡の常套句でした。だから私も気軽に、気楽に使っています。

この歌では、「我妹子と」と「二人吾が見し」を重ねて、妻を二回登場させています。私も登場人物です。登場の仕方は、「二人」「吾が見し」で二回ですが、その前の「我」妹子を入れると三回です。そして駿河の嶺が「恋しいな」と締め括っています。くどいと思われるかもしれませんが、妻と二人っきりで、誰にも邪魔されない空間で、肩を寄せて手を握り合った、あの日あの時が大切なのです。あんなに「私たち二人」を大切にし合った私の妻は、今頃どうしているだろうか。妻恋しさのあまり、今の私は狂うほどの気持ちになる、と謡いたかった。富士山の姿そのものが恋しいのではなく、富士山を眺めていた時の二人の姿を含めた風景全体が恋しい、という気持ち、分かっていただけますよね。

そう言えば、防人に行かされることが決まった日からは、あれこれの準備で何かと忙しく、富士の裾野に出かける余裕もありませんでした。もっとも、富士の麓は山からの冷たい吹きおろしが厳しく、とても行けなかったでしょう。それに、四、五年前に富士山が噴火し、火山灰で苦しめられただけでなく、噴煙が止みませんでしたから、不気味でもありました。

家持　お気持ち、分かった上での取載でしたよ……。ところで、遠く平城の都で聞いていた「富士山」は、みんなの憧れでした。山部赤人さんの有名な歌が知られています。富士は、不尽、不死、不二に繋がると考えられていました。

（万葉集、巻三）　田子の浦ゆ　うち出て見れば　真白にそ　富士の高嶺に　雪は降りける

（小倉百人一首）　田子の浦に　うち出て見れば　白妙の　富士の高嶺に　雪は降りつつ

だけど駿河の方で「富士山」を取り入れられたのは、麻呂さんのこの一首だけですし、東海道を通って富士山を見ながら西へ向かわれた常陸《ひたち》、上総《かみつふさ》、下総《しもつふさ》、武蔵《むざし》、相模《さがむ》の方を含めて、なぜ富士山を謡われなかったのか、不思議に思っていました。ずーっと気になっていたのですが、今のお話を伺って、火山灰で苦しめられた畑のことや、その後いつまでも富士の頂から上がる噴煙を想像することができ、ようやく納得できました。七〇〇年頃、七五〇年頃（今のお話の四、五年前）と噴火が続いていましたので、親しみを持ち難かったのでしょうね。都の人間には分からない面があったのですね。それに、考えてみれば、皆さんにとっては、物見遊山じゃないですからね。

とはいえ、広い裾野から見上げる富士山は、噴煙は別として、その姿だけはとても綺麗ですね。私も幾度か見ました。裾野に広がるススキの大平原の中に入ると、誰からも見られない二人っきりの世界ができるのでしょう。そんな静寂の中で、二人で心行くまで抱き合われたこともあったのだと思います。

そんな場面を大切に心に秘めておられたからこその、素敵な想い出の歌になっているのだと思います。雪を被った富士山を、その裾野でたたずむ二人の姿も含めた風景全体を想像しながら鑑賞したい歌ですね。

さあ、駿河のラストバッター、丈部稲麻呂《はせつかべのいなまろ》さんです。

【駿河の十人目】丈部稲麻呂（はせつかべの・いなまろ）

稲麻呂　富士山は後には信仰の山になったようですが、地元の人間としては、富士山にそれほどのあこがれは感じませんでした。私の歌も富士山と関係ありません。

（4346）駿河⑩
父母《ちちはは》が　頭《かしら》かき撫で　幸《さ》く在《あ》れて　言《いひ》し言葉《けとば》ぜ　忘れかねつる

歌の意味としては、「いよいよ出発という時、父母が私の頭を撫でんばかりに、無事に務めを果たして元気に帰っておいでと言った言葉が思い出される。あの時の、あの言葉とあの顔が、私の身体に深く染み込んでいて、忘れようとしても、どうしても忘れることができない」ということになります。

ただ断っておきますが、「父が頭かき撫で、母が頭かき撫で」と謡っているのではなく、父母をセットで表現していますように、両親の愛情の深さを表現したかっただけです。この「かき撫で」によって、私がまるで年少兵だったように解釈する人も後の世におられるようですが、もう立派な成年でしたよ。

そうではなくて、十二、三歳頃までは、事あるごとに、抱きしめてくれたり、肩を叩いてくれたり、そして歌で表現したように頭を撫でてくれたりして、私の成長を楽しんでくれました。成人するにつれてそんな仕草は減っていきましたが、ずーっと、目と言葉で私を受け容れてくれた両親でした。私が想い出す両親の顔は、私の話を聞いてくれている時の優しく開いた黒い目と緩んだ口許です。

実は……、残念ながら、私はその両親に再会できなかったのです。

現地で結婚したから帰らなかった……のではありません。

帰郷したら、両親が病死していた……のでもありません。

私が筑紫で大病を患い、病死した……のでもありません。

筑紫での三年が終わり、ようやく帰国となりました。船が少ないので乗船の順番待ちを辛抱しなければなりませんでした。一つの国単位でまとまって一緒にではなく、早い者勝ちの乗船競争となり、同郷の人たちとも別れ別れになりました。難波津では、帰旅のための食糧を支給され、故郷に向かって歩き出しましたが、そこから先は、みんなバラバラな想いをもって、みんなバラバラに歩き始めました。

それでも私は小集団の異郷の人たちに混じって、歩き出しました。一日、二日と歩くうちに、元気な人は速く歩き、少し風邪気味で疲れを感じ始めていた私は、ちょっとずつ遅れ出し、三日、四日、いつの間にか、一人ぼっちの旅になりました。みんな同じ方向なのに、いっときでも早く家族に会いたい。早く、早く……。まるで競歩のような急ぎ足で歩いて行きます。一人離され、一人抜かれしているうちに、バラバラのひとり旅と言っていいほどになりました。軍団として一緒に行動させる、という面倒見はゼロです。

駿河はそんなに遠い国ではないという理由からか、支給された食糧が「えっ！」と思うほどに少なく、心細い出発でした。食糧が少なくなったら、旅路の途中でお役所に駆け込んで頼めばよい、と言われたので、それを当てにして歩いていました。

食糧は少しずつ底を見せ始め、歩き始めて多分八日目頃、何とか遠江まで辿り着けた段階で食糧がなくなりました。お役所があちこちにあるわけではありませんから、道々の家に食糧を分けて欲しいと頼み込みました。分けてくださった家もありましたが、私の服装が戦さ備え風であったことが嫌われたのか、あるいは大勢の人たちが同じようにいろいろな家に食糧を求めに行った後だったためか、多くの家で断られました。とうとう十日目頃の夜には歩けなくなり、道端に倒れ込みました。

往路の時とよく似た季節で、寒いし、腹が減りすぎて、何か食べたいという気持ちも失せてきました。食べ物のことだけでなく、何も考えられなくなりました。

新月の頃だったと思います。夜は真っ暗闇ですが、空には無数の星々がキラキラ輝いていました。やっとのことで父と母の、あの目とあの口許を思い出しました。そしてそのまま、夢を見たり、見なかったりを繰り返しながら、いつの間にか死んでしまったようです。

父と母の周りでは、そろそろ防人の人たちが帰り始めていたでしょうから、我が息子も今日、明日には帰って来るだろうと胸を弾ませ、ひょっとするとご馳走を準備し始めていたかもしれません。待っても待っても帰って来ない一人息子。どんな思いだったでしょうか。もう帰って来ないんだと諦めがつくまでに、どれほど長い間、どれだけ深く胸を痛めたことでしょうか。私の心が潰れます。

家持　何ということに……。若い身空で、将来への夢が断たれてしまわれた稲麻呂さん！

稲麻呂さんが倒れられたのは、防人赴任のために出立された七五五年から計算すると、三年の任期を終えた後、つまり七五八年ですね。それ以前からも、帰途の路傍で倒れる方があり、そのことが話題になっていました。防人さんだけでなく、一般的な行き倒れも結構多かったです。

ようやく翌七五九年の五月に常平倉《じょうへいそう》を設けて、道々での食糧補給をすることになり、簡単な夜具を備えた小屋を作るようになりました。それとて、実体は穀物の価格変動を押さえるために設けられた一時的貯蔵庫で、早くも七七一年には廃止された代物です。

稲麻呂さんの無念を思うと、なぜもっと早くから手を打てなかったのか、朝廷の役人の一人として、誠に申し訳ないことで、お詫びの言葉もありません。


（春日部）麻呂　私も帰国途次、危うく餓死するところでした。浜名湖辺りまで戻ったところで食糧が底をつき、稲麻呂君と同じように、あちこちで食糧をもらいながら、正直言いますと、実は畑に入って野菜を盗むこともして、何とか前へ歩いて行きました。

稲麻呂君がそんな目に遭っていたとは、同郷とはいえ離れた郡に住んでいたし、国に帰ったら帰ったで、毎日毎日が働きづめ。仲間で再会して楽しみの機会を持てるような、そんな余裕のある生活ぶりではなかったから、全く知らなかった。済まなかった。筑紫では、新任の防人さんたちが到着するのを待つようにして五月雨《さみだれ》式に現地解散となり、帰り支度のできた人が我先に帰りの小さな船に分乗して難波津に向かったから、到着日もかなり相前後してしまって、同郷人と一緒に帰ることができなかったという事情もあったよね。私もみんなとはぐれて一人旅という感じでした。みんなが国府に集合して解散式やご苦労さん会を開くということもなかったし、まさに「往きはチヤホヤ、帰りは放ったらかし」だったですよね。

やっと前方遠くに富士の山頂が見えました。先ほどご紹介した私の歌「我妹子《わぎめこ》と　二人吾が見し……」を思い出しましたよ。

「ああ、やっとここまで来たんだ。妻と肩を寄せ合って眺めた富士山も、もう少しだ。もう一度富士山の麓で妻と抱き合える日が来るまで頑張ろう。そうだ、もう少しだ」。その気持ち一つで、畑の野菜を盗むことも躊躇しなくなり、何とか命をつないで故郷に戻りました。

途中で食糧がなくなったら最寄りの役所に行って事情を話せばもらえるはず、という無責任さ。ようやく役所を見付けたところで、一、二日分ほどの食糧を、渋々、文句言いながら突き放すように出すんですからね。情けないの一言です。

家　持　考えてみれば、千人の人が難波津に戻られたんですよね。その千人の方が、やっぱり手ぶらではなく、たくさんの服や炊事道具、武器などを持っておられたわけでしょう。帰途は、遠い国、近い国を大雑把に平均しておよそ二十日ほどの陸路を通って帰郷されるんですよね。

この当時は一日二食だったのですが、重い荷物を担いでの歩きづめですから、詳しくは知りませんが、後世のカロリー計算ってやつで考えると、一日三食分に相当する量は必要だったのではないでしょうか。そうすると、

3食×20日×1000人＝6万食

難波津ではこれほどの食糧をいっときには準備できなかったでしょうから、駿河は近い国だと言って食糧をケチったのでしょうか。郷国への帰途は正に「欠食」地獄だった……。

作歌者としての名前が残らなかった防人の一人・F　稲麻呂さん！　辛かったな！

私は四十七歳の年で徴兵されました。もう両親もいませんし、三人の男の子は成人して結婚しているし、残された人生は妻と二人で、と思っていた矢先の徴兵でした。これまで地元の兵隊として八年ほどの勤めを果たして

いましたので、まさか防人にされるとは思いもしませんでした。もっとも、息子の身代わりに行けるんだという気持ちもあって、私がグズグズ言ったら息子に白羽の矢が立つかもしれず、半分は喜びました。

軍防令では、先ほど言われたように、防人に徴兵された者は、向こう三年、兵役から免除される、との規定があるそうです。若いうちは防人や衛士として引っ張られることがなくてラッキーと思っていたのですが、この規定は、私には関係なかったですね。

ご両親に再会できないまま、無念の死を遂げられた稲麻呂さんのことを考えると、家に帰って妻や息子に再会できた私はラッキーだったと思わなくてはならないですね。帰国したのは五十歳でした。妻との安定した老後人生が、ようやく始まったのです。もちろん租税に追いまくられての苦しい老後ではありましたが、帰国した翌年には東国からの防人派兵が中止となり、息子や孫たちを防人に取られる心配がなくなりました。「安心」が最高の幸せであることを知りました。よかったです。夫婦で長い人生を全うできました。

家持 壮年になってからの軍隊勤務は辛かったでしょうね。筑紫での任務も若い人と同じだったでしょうから、気力も体力も随分消耗させられた上での帰郷を果たされたわけですね。

奥様との老後人生の中で、子供さんやお孫さんたちに囲まれて何とか人間らしい生活を過ごされたと伺って、ほっとしました。五十歳を目前にしての防人生活。その苦労を取り戻していただけたようですから、私としても少しだけ肩の荷が下りたような気持ちです。

今おっしゃったように東国からの防人派遣が西海道からの防人派遣に変更されまして、さらにその数年後には防人制度自体が廃止されました。ご安心ください。

第四章

上総国の作歌者たち

（4347－4359）

卯の花

上総国と安房国略図（■は国府所在地）

家持　遠江《とほたふみ》、相模《さがむ》、駿河《するが》と続きました。辛い話も伺いました。

この三国は東海道沿いの国でしたが、次の上総国《かみつふさのくに》の方も東海道を歩かれ、四か国の難波津《なにはつ》到着日は二月上旬に集中し、上総の方々からは駿河と同日の二月九日に進上していただきました。何と十九首です。

上総国は房総半島の中部から南部ですが、半島の最先端部は、当時、別の国、安房国《あわのくに》でした。この年の安房からの防人徴兵は、上総に組み込まれたようですね。上総の進上歌の中に、安房の方の歌が二首入っていました。上総の国府は今の市原辺りにありました。房総半島の根元部は別の国「下総《しもつふさ》」で、今の千葉市は下総の方に組み込まれていたようで、下総の国府は今の国府台でした（一八四頁参照）。「国府」の名前が今に残されているんだと驚く反面、嬉しいです。古い地名を大事に継いでくれた日本人って素敵です。

この機会に「上総」と「下総」の関係、それから「上野《かみつけの》」と「下野《しもつけの》」の違いをご説明しておきましょう。これは平城京に近い側を「上」、遠い側を「下」と分けていたからです。JRで東京に近づいていく路線を「上り」、東京から遠去かって行く路線を「下り」と言うのと同じです。

巻頭の地図（26、27頁）を見ていただくと分かりやすいです。上野が西、下野が東にあります。都からの帰途は東山道を通って西→東ですから、まずは上野に至り、それから下野ですね。上野の方が都に近いのです。

上総と下総の関係を見ると、上総が南で下総が北です。地図では上下が逆なので勘違いしやすいですが、平城の都からは東海道を、遠江→駿河→相模と歩いてきます。その後は、湿地帯の多い武蔵《むさし》に向けて北上するルートを取るより、三浦半島の先端まで少し南下して海辺に出、そこから船で浦賀水道を西→東に横断するルートを取れば、対岸（上総の天羽郡《あまはのこほり》辺り）まで、あっという間です。そして陸路を北上すれば、上総→下総の順でそれぞれの国に至ります。つまり上総の方が都に近いんですよね。都からの使いを差し向けるにしても、北の下総は南の上総より遠方に当たると考えられていたようです。

そうはいっても上総の方々の今回の難波津行は、安房を含めた大人数ですし、難波や大宰府と違って大きな船はありませんから、上総から船に乗って相模に渡るというルートを取るのではなく、上総→下総→武蔵と北上する陸路を取って東海道に合流し、その後は、武蔵→相模と進まれたと聞いています。

ついでに言っておきますと、「上・下」の関係以外に、「前・後」で分けているところもあります。「越前、越中、越後」や「備前、備中、備後」、「筑前、筑後」などですね、横道に逸れてしまいました。

さて上総の第一首は、国庁で開かれた出立の宴に「お父さん」の立場で参加された日下部《くさかべ》さんの歌です。ご子息の歌は、その後に紹介してもらいます。

では、日下部使主三中《くさかべのおみみなか》さんのお父様です。

【上総の一人目】日下部使主三中の父（くさかべのおみ・みなか　のちち）

日下部使主三中の父　三中の父として、国庁での宴に参加して歌を作りました。

三中は国造丁《くにのみやつこのよぼろ》を名乗っておりますが、これは、私の家系が国造の後裔に当たるということで、皆さんから一応の敬意を表していただいていたことによります。ですから二十一歳になったばかりの正丁一年生の若造「国造丁」です。実は長男と次男が国府で祭祀を務めておりまして、三男坊の三中は別の道ということで、役人になりました。国司さんからはとても可愛がられ、若い内に苦労をして来い、と言われたのは嬉し・辛しです。

何しろ兵士の年齢要件を満たす歳になった途端の防人指名ですから、父親として心配でならなかったです。防《さき》人《もり》部領使《のことりづかひ》としては「国庁」の上司の方が采配をお振りになり、息子は形の上での補佐役を命じられたようですが、頼りない若造です。果たしてそのお役目を果たすことができるのか、筑紫へ行って三年も大丈夫か。心配のあまり、両親揃って宴に参加させていただきました。

先ほどの遠江の国造丁さん（秋持さん）は難波津へ防人を送り届けた後、防人部領使さんに随行して、国でのお役目大事ということで国府に戻られたようです。羨ましかったです。だけど我が息子は正丁になったばかりで、国庁での仕事もまだ大層な役目を与えられていなかったので、居っても居らなくても同じ、と思われたんでしょうね。そこで「行って来い！」ということになったのだと思います。「可愛い子には旅を！」という気持ちには、まだまだなりきれませんでした。

子離れできていない親の歌です。

（４３４７）上総①

家《いへ》にして　恋ひつつあらずは　汝《な》が佩《は》ける　太刀《たち》になりても　斎《いは》ひてしかも

「家に残って、あいつは今頃どうしているかなあと案じる毎日なんかイヤだ。いっそのこと、お前が腰に帯びている太刀になってでも、一緒に付いて行って、お前を守ってやりたいものだ」という意味です。息子を送り出したあと、三年の任期の間、じーっと家に閉じ籠もって、息子の身を案じ続けなければならない親の立場として、こんな歌を作りました。誠にお恥ずかしいです。

同席の妻も一緒に謡わせていただきましたが、私の真似歌だったので、同じような歌が並んでいたのでは妙味がないですよね。進上歌の中に入れてもらえませんでした。私は男親ですから、「太刀になりても」と謡いましたが、女親は私の歌を真似つつ、「袚りになりても」だったかな、「衣になりても」だったかな？　要は、野宿の寒さから息子を守ってやりたいといった、子供可愛さ一途の、いかにも母親らしい歌でした。二人とも子離れできていなかったです。

宴が終わった後で、私たち夫婦の歌を聴いておられた見送りの方々から、「よくぞ謡ってくれました。本当に悲しいですよね、三年以上も息子を手放さなければならないなんて……。病気しやしないか、怪我をしやしないか、無事に帰ってきてくれるんだろうか、これから毎日毎日、心配し続けなきゃならないなんて、むごい……」といった言葉を掛けられました。留守家族同士で慰め合ってたんですよ。

家　持　皆さん、本当に苦しかったでしょうね。辛かったでしょうね。三年後の帰郷の時、息子さんはいかがでしたか。もう立派に任務を果たした元気な若武者として成長されていたんでしょう！

三中の父　はい、お蔭さまで、「親の心配、どこ吹く風」という顔をして帰ってきました。上総の皆様のお蔭です。有り難うございました。国司さんにもお礼を言いたいです。

【上総の二人目】日下部使主三中（くさかべのおみ・みなか）

三中　もう、恥ずかしいな。昔の話じゃないか。一二六〇年前のことだよ。どんどん前へ進みましょう。だけど、あの日の出発の時の寂しさを謡った歌を改めてご披露しなくちゃならないとは、これまた、恥ずかしいな。両親があんな調子ですから、父や母との別れを謡うのも気恥ずかしい限りでした。そうかといって、親を無視した別の歌を作るのも場の雰囲気にそぐわないので、直前に詠まれた母の歌をだしにして、それに返歌する形で母との別れを謡いました。

さっき父が言っておりましたように、母は旅の野宿の寒さを心配した歌を贈ってくれましたので、歌巻に並んでいる父の歌と私の歌では見掛け上、すれ違いですが、宴の中では母と子の歌が並んできれいな唱和になっていたとは思います。

たらちねの　母《はは》を別れて　まこと吾《わ》れ　旅の仮廬《かりほ》に　安く寝《ね》むかも

（4348）上総②

「おっ母さんと別れて、本当に俺は、旅の夜を安らかに眠ることができるだろうか」という、文字通りの意味です。文字以上でもない、文字以下でもありません。母を目の前にして母を歌うのですから、照れて照れて、……あっさり謡ったつもりです。あのー、……、家持さん、……あのー、「たらちねの」は母の枕詞ですよね。息子の私が母から遠く離れた所に行き、その遠くに別れてしまった母を偲んで「垂乳根の」と謡うのはいいとして、現に目の前にいる母をつかまえて「垂乳根の」と謡うのは変なのでしょうか。家持さんにお伺いしたいです。

ところで上総に関しては、国府を出発する時の歌が四首、旅の途中での歌が六首、難波津に到着してからの宴での歌が三首、合わせて十三首が取載されています。上総は採用数でトップであるだけでなく、採用率の面でも進上歌十九首に対して十三首ですから、打率トップですね。親父の歌が含まれたお蔭でトップになったのだとすれば、あんまり自慢できませんが、家持さんのお情けでしょうか。

上総からは手ぶらで十四泊十五日とされていますが、二十二泊二十三日という長旅でした。先ほど、家持さんからのご説明がありましたように、私たち防人軍団は、上総国から下総国、武蔵国、相模国、と遠回りして都へ向かいましたから、上総国から海を渡って直接相模国へ出て都に向かう通常行程に比べて、かなりの遠回り行軍でした。

家持　『万葉集』の中では貴方がお母様との別れを謡われていたので、後世の学者さんの中には、お父様への唱和になっていない、と非難される方がおられます。先ほどお父様が言われたように、お母様の歌はそもそも進上されていなかった。だから見掛上は唱和にならなかったけれども、実はお母様の歌への唱和だったということですね。それを伺って私もホッとしました。

さて「たらちね」のことですが、貴方はお母さんのお乳をいただいて育ったのでしょう。「たらちねの」は、子供が母を謡う時にこそ使うべき言葉だと思っています。貴方たち兄弟のためにお乳をいっぱい出し続けて、お母さんの乳房が「垂乳根」状態になったことを改めて認識し、「たらちねの」の一語に万感の思いを込めつつお母さんへの感謝を謡い上げたのであれば、お母さんが目の前におられる、おられないにかかわらず、母子が繋がり合った素敵な歌になりますよ。

枕詞を使う時には、みんなが使うからとか、習慣だからというのではなく、わずか三十一音の中に、その言葉を自分が殊更に選んで使っているのだ、ということを十分に認識し、残された語数をどんな言葉で謡い上げるかを大切にするのであれば、言葉遊びを越えて他人に伝わると思います。

三中さんが汗をかいておられますので、前へ進みましょう。

次は助丁《すけのよぼろ》刑部直《おさかべのあたい》三野《みの》さんです。突然ですが難波津へ到着されていますよ。よろしく。


【上総の三人目】助丁刑部直三野（すけのよぼろ・おさかべのあたい・みの）

三野　えーっ！　旅路の歌を飛び越えて私の難波津の歌ですか？　順番が後先になりますね。私の歌は難波津に到着して、これから船旅だ、という状況の歌です。

（4349）上総③
百隈《ももくま》の　道は来にしを　また更に　八十島《やそしま》過ぎて　別れか行《ゆ》かむ

「ここまでの旅路では、多くの曲がり角を曲がって、やっとの思いで難波津に来たばかりなのに、またさらに今度は船に乗って、多くの島々の間をぬって別れて行かなければならないのか。ああ、故郷はますます遠ざかっていくばかりだな」という歌です。東海道は直線道路が多く、「百隈の道」は嘘ですね。

父母との別れとか、妻との別れとか、子供との別れといったセンチメンタルな歌は、私の性分に合わないので、できるだけ軽め軽めに「ああ、みんなと別れて行くのだな」と、あっさり締めくくっています。

歌の中で使っている言葉を改めて見直すと、「百隈の道」とか、「八十島」とか、やたら、たくさん、たくさんを強調していましたね。

「いっぱいあちこち歩かされ、まださらに、あちこちの島影を過ぎて遠くまで行かされるのか」という憤懣やるかたない、というか、かなり投げやりな、不満だらけの歌ですね。ただ遠くまで連れて行かれる者にとっての実感は、我ながらよく出せています。自分で言うのも変ですが。

家　持　「百」とか「八十」とかは、みんなが使っている分かりやすい「譬《たと》え言葉」的表現ですよね。使いまくり、という感じであるとよくないですが、謡われた時点では陸路だけで二十三日、さらにこれから始まる船旅が約三十日。*旅のど真ん中ですよね。少しも楽しいことのない長旅の中で、まして行き先への不安も感じての歌ですから、実感的に伝えることができていると思いますよ。

では出立の宴に戻りましょう。帳丁《ふみひとのよぼろ》若麻績部諸人《わかをみべのもろひと》さん、お願いします。

＊延喜式に従いました。

【上総の四人目】帳丁若麻績部諸人（ふみひとのよぼろ・わかをみべの・もろひと）

諸　人　順番が戻りましたね。私の歌は国庁の中庭で開かれた宴で作ったものです。

（4350）上総④　庭中《にはなか》の　阿須波《あすは》の神に　小柴挿《さ》し　吾《あ》れは斎《いは》はむ　帰り来《く》までに

「出立する時、我が家の前庭に、家族みんなで、阿須波の神に祈る想いで、招代《おぎしろ》としての小柴を地中に挿してきました。そして家族とともに、旅の安全をお祈りしてきました。私が出発した後は、元気に帰郷するまでの間、家族たちが、ずーっと私の無事と安泰を祈ってくれることだろう。私自身は旅路でも任地でも潔斎《けっさい》しよう。そうすることで、三年後に任務を終えて帰ってくる日までの、家族の無事と安泰を神に祈る日々を送ろう」という意味です。

阿須波の神というのは、須佐之男命《すさのおのみこと》の子供さんだそうで、穀物の神様、言わば「かまど」の神様です。かまどの薪になる小柴を供えて祈ったという次第です。

この歌は、小柴を挿して祈るという共同作業を通じて出来上がった歌ですから、私一人で作った歌ではなく、家族との合作と考えてください。

三年後、我が家の門前まで帰ってくると、庭中に新しい小柴が挿してありました。枯れ枝ではなく、緑の葉をつけていました。時々、新しい小柴に取り替え続けてくれていたようです。

家族のみんなが大喜びで私を迎えてくれ、その日、改めて新しい小柴に取り替えて、元気に再会できたことのお礼と、家族揃って再出発することの決意を神様に申し述べました。

私は記帳の役人ですが、筑紫へ行ってまで歌を記録する任務はありませんでした。現実問題としても、他国の人たちと同船し、あるいは現地に行って、それぞれの任務に応じてあちこちの駐屯場所にばら撒かれますと、仲間同士で歌を謡うという機会も作れず、そもそもそんな雰囲気はなかったですね。

家持　防人歌として残っている短歌や長歌は、所詮、①出発の時、②難波津までの旅路、③難波津を出航するまでの待機中、この三つに限られるほかなかったですね。防人としての任務中の歌は一つもありませんから、「防人歌」というのは正確な表現でないかもしれない。

家族の皆さんが揃って阿須波の神に祈られている情景が、まるで動画のように脳裏に浮かびます。

学者さんの中には、この歌の「吾《あ》れは斎《いは》む　帰り来《く》までに」という部分を取り上げ、「外に行ってしまう自分が家族と一緒に祈り続けることなんてできるわけないでしょ。変な歌」と評する人もいますが、そんな物理的なことではなく、家族と自分の心が三年先まで一緒になって祈り続ける毎日でありたい、と自分自身に言い聞かせている、そういう気持ちの深さこそを理解して欲しかったですね。

「小柴」というのは、「お爺さんが山へ柴刈に」という時の小さな枝ですね。ただしここでは枯れ枝じゃなく葉付きのね！　何度も何度も新しい小枝を取ってきて、それに取り替えられたんでしょうね。三年以上、ご家族の皆さんはその繰り返しをなさった、すごいことですよ、これは。言うは易し、でしょうが、実際、それをやり続ける、というのはね。

次は、玉作部国忍《たまつくりべのくにおし》さん、お願いします。

【上総の五人目】玉作部国忍（たまつくりべの・くにおし）

国忍　私の歌は旅路の途中で開かれた宴で作ったものです。一月中旬頃（今の暦で二月下旬頃）の出発ですから、野宿の寒さは格別でした。

（4351）上総⑤
旅衣《たびころも》　八重《やへ》着重ねて　寝《い》のれども　なほ肌寒むし　妹《いも》にしあらねば

というのが私の歌です。「旅衣を何枚も重ね着しているのだが、夜の野宿は、『寒い』と言うより『冷たい』と言う方が当たっています。着物は所詮着物、妻ではないのだから」という意味です。「寝《い》のれども」というのは私たちの国の方言です。彼女の温かい柔肌が忘れられなかった、という歌です。

歌い出しの「旅衣」は、防人行きが決まった後、昼間は畑仕事で忙しい妻が、毎夜毎夜、寝る間を惜しんで縫い上げてくれた厚めの着物です。晩冬の旅立ちが待っています。筑紫では玄界灘という北風の強い寒い所での生

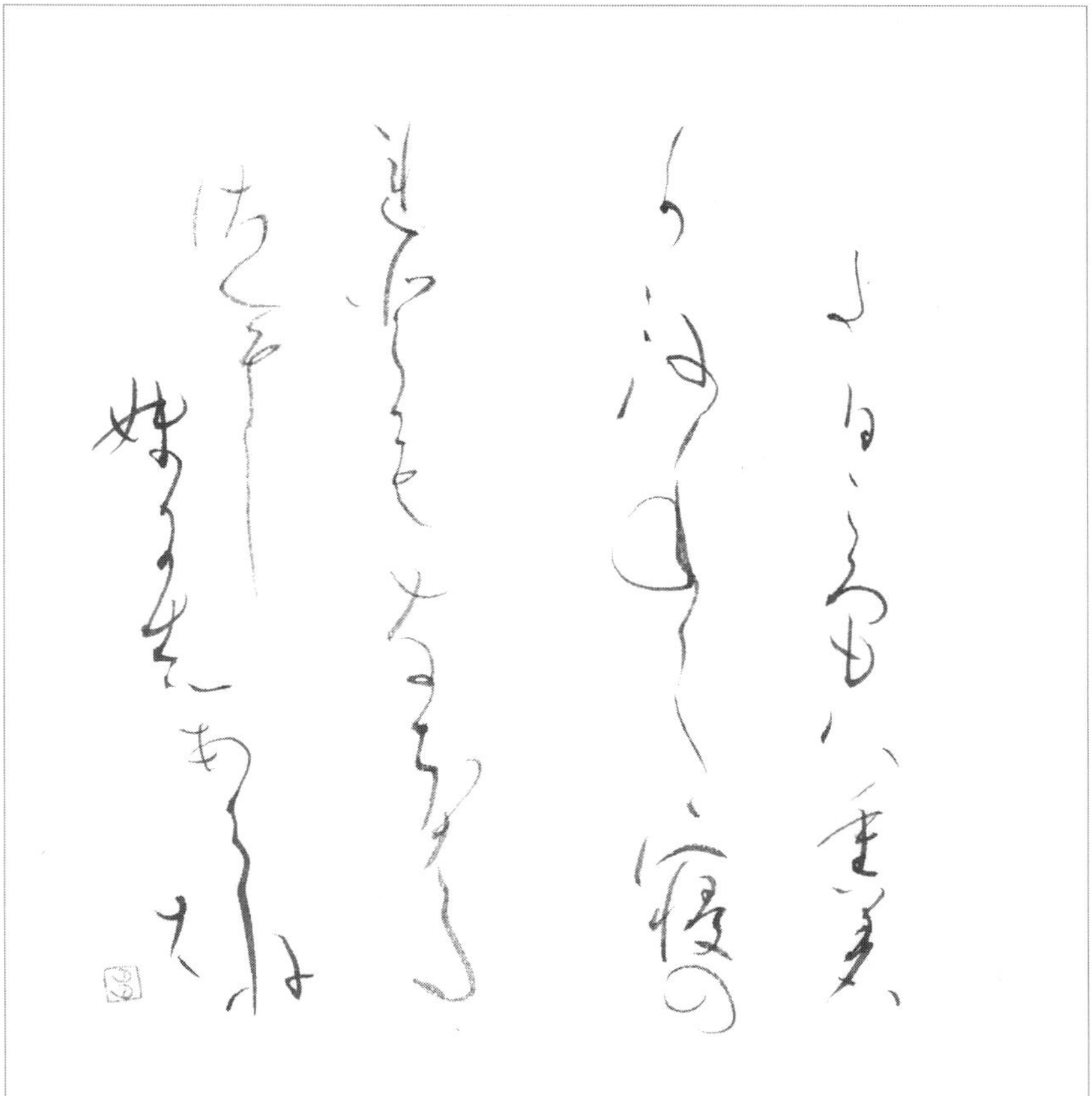

活が待っているらしいです。妻が私のために必死で作ってくれた着物なのです。

この着物を重ね着することで、冷たい地面からの直接的な冷たさを凌《しの》げましたから、とても有り難かった、と妻に感謝しつつの毎夜でした。けれど妻の肌の暖かさとは比べものになりません。この気持ちは、筑紫へ行ってからも、薄らいでいくことはありませんでした。

もともと妻は働き者だったと思いますが、いつの間にかそれを当たり前のこととしてしまい、有り難うも、済まないも言えない自分になっていたことに気付きました。あの時、家族が寝静まって暗くなった家の外へ出て、体が凍てつくような寒さの中で月明かりを頼りにやってくれていた針仕事のことが、私の脳裏に鮮明に残っていました。彼女は、野宿したことはないけど三十分や一時間ではその辛さが分からないだろうと思い、同じ所で三時間も四時間も動かないでじーっとしていなきゃ、と覚悟を決めて、針仕事をできるだけのろのろ進めたのよ、と言ってました。出発の前夜に聞いたのですけど。並じゃないな彼女は、と思いました。

あの針仕事のお蔭で、今の俺は寒さを凌げているんだ。こんな体験を持って初めて妻への感謝を取り戻した、というのは、お粗末でお恥ずかしいことです。

家持　夫婦の日常生活に慣れ合ってしまい、それが当たり前と思ってお互いに感謝し合うという心を忘れていたのでしょうね。今の言葉から推察すると、かつての国忍さんは「お前が俺のためにそうすることは妻の任務・役割であって、そんなことに、いちいち有り難うなんて言えるか」「俺の方こそ頑張っているのに、その俺に対して有り難うを言ってくれることがほとんどないじゃないか」と切れかかっておられた。だけど、奥様の深い心情と実行力を知ることで初めて、奥様への感謝に思い至られた。ようやく気付いた。だけどその気付きを生かす間もなく、突然夫婦の仲が割かれる、切られてしまう。とんでもない運命に巡り合わされたんですね。

白村江への出兵によって隣国との間に強い緊迫感を作ってしまい、その尻拭いを農民に被せてしまっていたんですね。後世でも対立感情を煽る一方で、抑止力とか何とか言って、軍拡競争に明け暮れていると聞きます。どこかで破綻するかも、と考えるのは、ただの心配性なのでしょうか。

人間は「万が一」ということを考えるのが苦手なんですね。二十一世紀には大きな大きな大きな爆弾ができていて、一回使うだけで、周りの何もかもを焼き尽くしてしまうそうだし、爆発で飛び散った「放……」何とかいう毒が土や水の中に染みこんで、その毒が生き物の体に入ると、生き物の体を作る「D……」何とかいうものを変えてしまうらしいですね。誰も逃れることはできないそうですから、もはや、一体、誰が、どこで、何を「反省」できるというのでしょうか。怖くなりました。話題を変えましょう。

丈部鳥《はせつかべのとり》さん、お願いします。

【上総の六人目】**丈部鳥**（はせつかべの・とり）

鳥　怖いことですね。はい変えましょう。今で言えば浦賀水道に面する湊川流域、天羽郡《あまはのこほり》から来ました。集合地の国府へ向かう長い海辺沿いの道端には野茨が大変多く、この茨を取り込んで謡ってみました。国府を出て難波津に向かう陸路のほとんどは自然林に囲まれており、野茨に出合うことはあまりなかったです。ですから、国府に到着してからの宴で詠んだ歌だということをご理解いただけると思います。

（4352）上総⑥

道の辺《へ》の　茨《うまら》の末《うれ》に　這《は》ほ豆の　からまる君を　別《はか》れか行《ゆ》かむ

改めて謡い直してみると、何とも凝りに凝った歌ですね。分かりにくい歌になっていますので、私から解説させてください。「道端に生えている、野茨の枝先まで這いまつわっている豆の蔓のように、妻は私に縋《すが》り付いている。こんな妻と別れてまで、行かなければならないのか」という意味です。

この歌で特に気を遣ったのは、普通は「妻」と言ったり「妹」と言ったりするところを、思い切って「君」という言葉にした点です。

自分は並の人間であって、貴女から強く慕われるほどの男ではない。何の値打もない普通の農民風情で、貴女の夫として格別喜ばれるようなことをしてあげられたわけでもない。そんな私に縋り付いて別れを悲しんでくれる貴女を見ていると、とても神々しい人に見えた。

貴女は私にとって雲の上の人のようだ、「君」と呼ばせてほしい、そんな気持ちにさせるような人でした。私こそ貴女に絡まり付いて、縋り付いて、離れたくない、そんな気持ちでした。改めて色んなことに気付かせてくれる人でした。

ところでこの「君」について、「ご主人の子供さん」という解釈が広く行われていると聞きました。その子が私に懐いて私との別れを嫌がった、という解釈ですが、私は一介の貧乏農民です。ご主人とか若君といったものは、私の生活とは無縁です。「君」はあくまで妻です。

家持　そんなお気持ちが「君」に繋がったのですね。素敵な歌、有り難うございました。『万葉集』では「大君」という言葉はあちこちに出てきますが、「君」というのは少ないと思いますよ。「君」という言葉には、崇拝と親愛の気持ちが含まれていて、とても素敵ですね。ただ後世では、例えば国会などで格好付けの「○○君」という言葉が乱発されているようです。「言葉」は誰でも使える道具であるだけに、外面《そとづら》をよくする目的で気安く弄《ろう》されてはならないと思います。

では次に、丸子連大歳《まろこのむらじおほとし》さん、お願いします。

【上総の七人目】**丸子連大歳**（まろこのむらじ・おほとし）

大歳 私の出身は朝夷郡《あさひなのこほり》と言って、安房《あわ》から来ました。防人徴兵では、上総《かみつふさ》の中に組み込まれましたが、心は安房国の人間です。

安房から上総に出て、その後、下総《しもつふさ》、武蔵《むざし》を通って東海道に入りました。そこから西へ西へ向かう途中の宴で詠んだ歌をご紹介します。

（4353）上総⑦
家風《いへかぜ》は　日に日に吹けど　我妹子《わぎもこ》が　家言《いへごと》持ちて　来る人も無し

「故郷の安房からは随分離れたな。春が近づいて、我が家、我が故郷の方からの東風が日増しに強く吹くようになってきたが、その風が妻の便りを運んでくれるわけではなく、誰かが家の便りを持ってきてくれるわけでもない」という意味です。私たちを追い越していく旅人が、故郷の話題で話しかけてくれることもありませんし。歌では「家風《いへかぜ》」や「家言《いへごと》」といった変わり表現をしてみました。皆さんにとって、もちろん私にとっても馴染みのない表現ですが、私の気持ちが、行先である難波津や筑紫へ向かわず、かえって日に日に遠ざかる家へ、家へと向かっているということを表したかったのです。家のことしか思いつかない、という状況です。ここでは妻だけを謡いましたが、子供もいます、年老いた両親もいます。そんな家族を残して三年を超える長期出張ですよ。

手紙も電話もない！　なによりも家族のことが心配でした。

「日に日に吹く」という言葉も変と思われるでしょうね。強い東風が「日に日に」、昨日《きのう》より今日《きょう》、きっと今日より明日《あした》、一日一日遠ざかれば遠ざかるほどに強くなって私の背中を押しやるのだけれど、肝心の家族たちの様子は「日に日に」薄らいでいくよ、誰か助けに来てくれ、という気持ちを含めて表したかったのです。

家持　旅路の中で少しずつ引き離されていく切なさを、日に日に感じながら、正直に謡われていると思いました。

ところで上総国からの取載歌十三首の内訳を見ますと、国府を出立される時の歌が四首、旅の途中での歌が六首、難波津に着かれてからの歌が三首です。

国府や難波津では、宴を開いて歌を作るに相応しい場所がそれなりに準備されたと思いますが、旅の途中でも宴を開くということになれば、場所探しは大変だったのでしょう。

大歳　昼間の明るい時分ならば、河川敷や海辺などに広い場所を見付けることもできますが、昼間から宴を開くという気分にはなれませんね。そうかといって夜は、満月の前後を外すと真っ暗闇で、それこそ宴を開く気分になりませんし、そんな場所もありません。ですから旅路の途中で立ち寄った国府で、地元のお役人様から国庁の中庭を提供していただいて、そこでの寝泊まりを許していただいたチャンスを利用して、宴を開きました。寝泊まりを断られる場合もありましたが、どの国も宴だけは許してくれたと聞いています。

防人の長い歴史を聞いたところでは、以前は、防人をそれぞれの国から難波津まで送るのに、逓送《ていそう》方式というやり方の時代があったようです。このことは家持さんの方が詳しいと思うのですが、この方式ですと、例えば上総国からの農民は、「上総→下総」、続いて「下総→武蔵」というように国と国の間で移送され、その後も国と国の間での移送を繰り返して「武蔵→相模」、「相模→駿河」、「駿河→遠江」、「遠江→三河」……というふうに、各国の役人がその逓送役を引き受けていたようです。ですから、通過軍団の受け入れ、応対、送り出しなどがあって、その頃は各国の負担が相当大きかったのではないでしょうか。

私たちの時代では、逓送方式が終わって、部領使《ことりづかひ》さんが一気通貫で難波津まで連れて行く、という方式に変わっていました。だから国府に入って国庁を通過する時にちょっと挨拶する程度だったのですが、逓送方式時代のことを知っておられた年配のお役人たちは、どこの国でも防人のことにはそれなりの慣れをお持ちで、先ほどの話に戻りますが、「旅路の途中ですが、宴を開きたい」と申し出ると、とってもよく理解してくれました。国庁の中庭を宴のために夜遅くまで貸してくださいました。

【上総の八人目】丈部与呂麻呂（はせつかべの・よろまろ）

与呂麻呂　同じく安房国から参加した丈部与呂麻呂です。長狭郡《ながさのこほり》から来ています。突然の防人徴兵の命令を受けて急いで出発することになりましたので、出発の慌ただしさを「立《た》ち鴨《こも》の」という枕詞を使って「発《た》ちの騒きに」と表現してみました。上総の国庁の中庭に集まった時の出発の歌です。

（4354）上総⑧

立《た》ち鴨《こも》の　発《た》ちの騒きに　相見《あひみ》てし　妹《いも》が心は　忘れ為《せ》ぬかも

歌の意味は、「出発の慌しさの中で、辛うじて、ほんの少しの間、二人だけで顔を合わせる時間を作ることができました。わずかの時間ですから、一言、二言の言葉を交わすだけでしたが、互いに見合わせている目と目が、その時間の不足を補ってくれました。彼女の心は決して忘れないぞ」です。彼女と結婚したい、結婚したい、と思っているうちに、防人の徴兵を受けてしまったのです。彼女は三年でも四年でも、心変わりせずに待つ、と言ってくれました。

その彼女の、その心を、決して忘れない、と誓った歌です。勿論彼女にも出発の時、この歌と同じ心を、もっとストレートに伝えています。

以前、私と同郷の方が防人に行ったまま帰って来ないことがあり、「彼奴《きやつ》は筑紫で結婚したようだ」という話が広まったことがあります。ご両親が悲嘆に暮れて、弟さんや妹さんも可哀想でした。幸いその人の場合は、故郷での結婚の約束がなかったので、そのことだけが救いでした。

この話はかなり広まっていましたので、「僕は絶対に貴女のところへ帰ってくる、貴女も絶対ほかの男と結婚しないで待っていて欲しい」と伝えました。

二人はきっちり約束を守り、私が帰郷した後、結婚し、三人の子供と共に幸せな家庭を築くことができました。その子たちの時代には、防人制度が廃止され、大変うれしかったです。

赴任先の筑紫は男ばっかりの世界でしたが、彼女の方は、周りから言い寄ってくる男共がたくさんいる中での三年。よく辛抱してくれたと思います。むしろ私の方が気弱で、ずーっと変わらずに待ってくれるか、信じてはいるものの、心が虚ろになりかけていました。同じ安房から一緒に来た大歳《おほとし》君が「安房女は絶対大丈夫」と励ましてくれました。

彼女の方はご両親から、あんな男を待たず、早く結婚しろ、と強く言われたみたいですね。それだけに、三年の間、心変わりせず待ってくれた彼女には心から感謝し、その感謝を肝に命じて、仲良し夫婦生活を長く続けることができました。彼女のご両親には「娘が辛抱強く彼を待ったのは正解だったな」と思ってもらえたと確信しています。今日改めて大歳君に報告し、有り難うと申し上げます。

家持　未婚のまま恋人を残して赴任された方の気持ちは、とても複雑・不安だったでしょうね。もう結婚して夫婦関係が固まった後であれば、それはそれでその関係に安住しないで一層深めていくためのお互いの努力は必要ですが、奥様との別れの辛さがあったにしても、そこには、かっちりした人間関係の基盤みたいなものが築かれているという安定感があって、それが任地での気持ちをある程度和らげてくれたでしょう。しかし、貴方の場合は結婚という確定した人間関係を作る前の恋人、しかも人目を避けるような段階で、三年以上、全くの音信不通で引き離される……。辛かったでしょうね。

大歳　安房から来たのは、与呂麻呂君と僕と、今日は来ていませんが、もう一人の男でした。筑紫でも仲良しグループでした。与呂麻呂君の毎日は、正に今の歌の通り、恋人の悩みで終始していました。私は、さっきも謡った通りの妻がいましたから、妻への甘えがベースになっているという点で心が安定しており、彼の立場とは違って私なりの人生基盤みたいなものができていました。だから、その分、与呂麻呂君に対しては、聞き役であったり、励まし役であったりの友人でした。

彼女のことは知らなかったですが、先ほどの「安房女は絶対大丈夫」は、私の確信です。絶対大丈夫の一点張りで彼を励まし続けました。先ほど申し上げたもう一人の仲良しが私に同調してくれまして、「お前も安房男だろうが、安房女を信じないでどうする！」と励ましに加わってくれました。

与呂麻呂　彼女を信じないわけではなかったのですが、安房を愛する大歳君たちの話には迫力がありました。彼らに元気づけられたことで、「安房男の面子」に気付き、三年間の任務に耐え続けることができたのだと思います。彼らには心から感謝しています。

家　持　自分の故郷と、そこに住む人たちに誇りと自信を持つことの大切さを、今日改めて教えられました。次からは上総の方に戻ります。丈《はせつかべのやましろ》部山代さんです。

【上総の九人目】丈部山代（はせつかべの・やましろ）

山　代　武射郡《むざのこほり》から来ました。

難波津に着いてからの歌です。後世の学者さんの中には、本来なら拙劣歌であり不採用だ、と酷評する人がおられるとも聞いています。

（4355）上総⑨

外《よそ》にのみ　見てや渡《わた》らも　難波潟《なにはがた》　雲居《くもゐ》に見ゆる　島ならなくに

難波津で見染めた女に声を掛ける間もなく、そのまま見過ごして船旅に出発することを残念に思っての歌であろう、と解釈する学者さんもおられたようです。

とんでもない。難波津に着いて、一週間そこそこで任地行きの船に乗り込まなければならない立場の防人ですよ、私は。言葉通り単純に読んでくださいよ。どうしたら、そんな気楽になれるのですか、教えてくださいよ。

「難波津の浅瀬（潟）に立っていると、小さな波が寄せている。その向こうには手に取れるほどの近さに淡路島が浮かんでいる。右回りにぐるーっと見渡すと、六甲《ろっこう》、能勢《のせ》、生駒《いこま》・信貴《しぎ》・葛城《かつらぎ》・金剛《こんごう》の山々で囲まれている。みんな名前のついた身近な山々。それなのに、まるで雲間遠くに見える離島であるかのように、ボンヤリ眺めたまま海を渡っていくのであろうか。今の我が身や引き離された家族のことを考えることもできず、というか、今何を考えてもどうにもならないという投げやり状態の自分。身を入れて見るものが何もないままに、この難波の港で佇んでいることよ」という心境です。

旅路の途中で見た幾つかの静かな景色、難波で見た神々しい山々、難波宮の大きくて古い建物、港に浮かぶたくさんの船。だけど何を見ても、まるで自分の居場所ではなかったです。

何もかも自分とは何の関係もないものとして、ボンヤリ眺め過ごし、このまま無為に筑紫へ渡ることになるのであろうか、という想いに耽っていた自分のことを謡ってみました。

家　持　上総国は平野地が多く、全体的になだらかな丘陵地帯だと聞いています。ご出身の武射郡は目の前が大海原ですね。遙か遠くの難波津に来て故郷とは全く違った風景を前に、港で、ただただ佇んでおられたのでしょうね。農民としての仕事を取り上げられ、難波津では船飾りのほかに格別の仕事もなく、何一つ手につかなかったのでしょう。拙劣歌だとは思っていません。

さあ次は、物部乎刀良《もののべのをとら》さん、お願いします。本日の一番乗りと聞いています。

【上総の十人目】物部乎刀良（もののべの・をとら）

乎刀良　国府から難波津に向かう行程の宴の中で、出発の前日を思い出して謡いました。

（4356）上総⑩
我《わ》が母《はは》の　袖持《も》ち撫でて　吾《わ》が故《から》に　泣きし心を　忘ら得《え》のかも

山辺郡《やまのべのこほり》の我が家を出る前の晩、家族でお別れの団欒のひと時を過ごしました。後片付けを終えたお母さんが一人そっと、家の外に出て行くのを見ました。少し遅れて私も外に出ると、母は出入り口の暗闇の中に立って月のない暗い空に輝く星を見上げて泣いていました。いよいよ別れの時を迎えて、涙が出たのだと思います。涙が落ちないように、上を見て泣いていたのだと思います。

私は思わず、お母さん！と呼んで背中から両肩を摑みました。母は袖で涙を拭きながら、振り返って「をと！」私の名を呼び、私に縋り付くように私の両腕を袖の上から摑み、何度も何度も撫でながら、また私の顔を見上げて新しい涙を流していました。家の壁に空いた穴からは、炉端の火がチロチロ漏れていました。

乎刀良という名前は、「をと」から来ています。

私のためにこれだけ泣いてくれるお母さんの気持ちを考えると、私は、任地での三年間は言うに及ばず、生涯にわたってお母さんの優しさを忘れてなるものかと思い、謡ったのです。

後世の学者さんの中には、母が自分の袖で私の頭を撫でてくれたなどと解釈される方もあったと聞きますが、二十一歳を超え、兵隊として戦地に出されることになった立派な成人男子です。もう子供でもない私と母の二人を並べたら、とてもそんな情景は思い及ばないと思うんですけどね……。

家　持　お母さんと貴方が向かい合って、お母さんが泣いている情景を思い浮かべたら、お母さんが貴方の頭を撫でている場面ではなく、お母さんが貴方の両袖に取り縋って撫でながら貴方の顔を見上げ、涙を流しておられる場面が見えてきます。

三年以上も完全に引き離されることになったお母さんの気持ちが、本当によく表現されていると思いますよ。上手でした。有り難うございます。

次は刑部直《おさかべのあたひ》千国《ちくに》さん、お願いします。

【上総の十一人目】刑部直千国（おさかべのあたひ・ちくに）

（4357）上総⑪

葦垣《あしかき》の　隈処《くまと》に立ちて　我妹子《わぎもこ》が　袖もしほほに　泣きしぞ思《も》はゆ

千　国「私が、ふと裏庭側の背戸に目をやると、葦造りの粗末な垣根の片隅で、一人隠れるように立って、ずっと泣き悲しんでいた可愛い妻。その姿が思い出されることだ」と謡いました。泣き顔を見せると私が辛くなると思ったのでしょう。私はそう感じたものですから、傍へ行って肩を抱いてやることに一瞬の躊躇を覚え、遠くから眺めているだけになりました。きっと着物の袖までもびっしょり濡らすほどに泣いていたのだろう、と思っています。その時、躊躇せずに彼女の傍へ行って一緒に泣く場を作る勇気がなかった私、今になっても反省しきりです。痛恨の極みです。「吾が妻」と言わず「我妹子」と言ったのは、長年連れ添って慣れ親しんだ妻というより、いつまでも恋人のように可愛い彼女だったからです。

妻との間には喧嘩もありましたし、嫌気を起こしたこともあります。だけど、この時の別れは、改めて妻への感謝と、妻への愛と、妻への詫びと、妻の本心への気付きを、私に教えてくれました。妻と一緒であることの幸せを心から感謝しました。

三年の任期を終えて帰ってきた時、彼女は、昔のままの若やいだ恋人そのものの表情で私を迎えてくれました。本日、ここに妻が同席しておりますのでご紹介します。


千国の妻　袖までびっしょりというのは、ちょっとオーバーですが、一度止まった涙がまた溢れてくる、という繰り返しをしていました。それに、泣いたのはその時だけではなく、一日の内、何度も泣きました。

これから三年も独りぼっちにされるのかと思うと、「なるようになるさ！」と言ってくれた実家の両親の言葉に、かえって不安が増し、悪いことばかり想像されたのです。私にとっても夫との別れが改めて夫への愛を取り戻す機会になりました。別れの辛さを乗り越えて夫婦愛が深まったと言えます。別れが惰性を変えてくれました。だからといって、防人徴兵の制度を美化する気はありません。

夫が出発してからは、泣くことが少しずつ減りましたが、数か月は続きました。その夫が無事に戻ってきてくれました。三年ぶりの夫は、真黒な髪と真黒な髭に埋まった懐かしさと喜びに満ち溢れた目。その目をキラキラ輝かせて、私の名前を叫んでくれました。ああ帰ってきてくれたんだ！　あの時の胸の高鳴りと嬉しさは、生涯忘れることのできない最高の一瞬でした。体つきが細くなって、ちょっとやつれた感を受けました。きっと食べ物が不自由な三年だったのでしょうね。その三年を、それからの四十年がかりで取り戻しました。

家持　よかったですねー。そんな話を伺うと、心の重石が軽くなって、我がことのように嬉しいです。

裏庭とは、奥さんのご実家でしょうか、それともご主人のお宅でしょうか。通い婚の時代でしたから、ご夫婦が語り合う時間も場所も制約されて、心ゆくまでのお別れのひとときを持つことができなかったのかもしれません。泣き顔を見せたくない、心配させたくない、という奥様、それをあえて正面に回って見据えにいくような振る舞いに躊躇されたご主人の……辛い、……辛かった短くも長い一刻。再会の嬉しさは一入《ひとしお》だったでしょうね。

次は物部龍《もののべのたつ》さん、お願いします。

【上総の十二人目】**物部龍**（もののべ・たつ）

龍　名前の「龍」は「辰年生まれ」だからです。「大君の命を有り難く受けて国許を出た」という元気な歌い出しになっています。

（4358）上総⑫
大君《おほきみ》の　命畏《みことかしこ》み　出《い》で来れば　吾《わ》の取りつきて　言ひし児なはも

歌の意味としては、「天皇様のご命令を恐れ謹んで、家を出ようとすると、俺にしがみついて、悲しい想いのありったけを言った。ああ妻は、今頃どうしていることだろう。私なしでも、元気に過ごしてくれているだろうか」となります。先ほどの千国《ちくに》さんの歌（4357）では、夫から隠れて一人静かに泣いておられる奥さんの姿が瞼に浮かんできました。私の妻は私にしがみ付いて泣き崩れていました。

最初の五・七・五は、「大君の……」の格好づけだったので、歌の後半には、私に取り縋って泣いている妻を描きました。旅路での宴で、故郷を出る時のことを思い出して謡いました。

歌では「妻」と言わず、千国さんの「我妹子《わぎもこ》」でもなく、ただ「児」と言いました。私にとっては、駄々っ子のような幼い妻だったです。子供はまだ生まれていませんでした。もし子供ができていたら、彼女は父なし子を元気に育ててくれるだろうか、と不安が増し、きっと一層辛い別れになったと思います。出立の時には身ごもった様子もなく、結果的にはそれが幸いでした。

帰郷して再会してからの夫婦人生が約四十年、できた子供が四人です。

家　持　四人の子供さんが誕生！　おめでとうございます。ところで「辰年生まれ」ということで、しかもその時点で子供がいなかったとなると……、暦によれば天平勝宝七歳というのは、二周りの「辰年」を過ぎて三年目。ということで、龍さんは当時二十七歳だったということですね。結婚が少し遅かったのかな？

悲しみの表し方は二人の奥さんで違うのは当然ですよね。今日、ここに出席されているおよそ二百名ほどの防人の方の内、半数は既婚者だったでしょうから、奥さんとの辛い別れを百通り、それぞれに体験されたのですね。今となってはそれぞれの物語とエピソードになってしまうんでしょうが、一つひとつを想い描くと、その濃厚さは、想像を遙かに超えるものがあったのでしょう。

ここで「吾《わ》の取りつきて」の「吾の」について説明しておきますと、万葉仮名では、「和努」と書かれていまして、音としては、「わに」とはならず、「わの」または「わぬ」になると思います。

そこで龍さんにお尋ねしたいのですが、これは「吾の」または「吾ぬ」と詠んで「吾に」の意味と理解するのか、それとも「吾に」の間違いだったのでしょうか、不躾ながら、教えていただけませんか。

龍　私は、「吾の」と謡いました。方言ですよ。「吾の」と詠んで「吾に」の意味と理解していただければいいのです。「吾ぬ」と言うこともあります。妻が私に取り縋って、「残された私はどうなるのよ！」と泣きわめく状態でした。君が元気に迎えてくれる日の夢を三年の間、毎日見続けるから、君も僕が帰る日の夢を三年の間、毎日見続けてくれと、抱きしめるほかありませんでした。今、考え直すと、そんな夢を毎晩見続けてたら、目が覚めるたびに、夢と現実の違いを三年以上にわたって思い知らされ続けることになるんですね。地獄以上だ、それは。妻の苦しみの深さに想いが及ばず、自分勝手な想いだけで一方的に親切ぶっていただけですね。

家持　言葉が見付かりません。帰郷されてから四人のお子さん。そのことを全ての救いにさせてください。
では上総のアンカー若麻績部羊《わかをみべのひつじ》さんへ、バトンタッチです。

【上総の十三人目】若麻績部羊（わかをみべの・ひつじ）

羊　私の干支は羊です。だから龍さんの三つ下、二十四歳だったということがバレますね。まだ結婚しておらず、決まった彼女がいるわけでもなく、両親と兄、妹との別れはありましたが、まだ若いということもあって、早く帰りたいとは思うものの、それほどの深刻さはありませんでした。長柄郡《ながらのこほり》から参りました。

（4359）上総⑬
筑紫方《へ》に　舳《へ》向《む》かる船の　何時《いつ》しかも　仕《つか》へ奉《まつ》りて　国に舳《へ》向《む》かも

歌い出し部分は、「筑紫の方に舳先を向けていよいよ出航だ……」です。難波津で作った歌だということがお分かりいただけると思います。歌の見かけ上は、自分が船に乗って出航しているようなイメージになってはいますが、実際は先発の防人さんたちが船出して行く姿を見送っている状況の中で、この歌を作っていただけです。

「仕《つか》へ奉《まつ》りて」と謡っている部分は、格好づけの「言立《ことだ》て」ですね。

そして「……今度はこの船が舳先を反転させて私たちを筑紫から難波津に連れ戻してくれるはずなのだが、防人の任務を終えて後、この船が故郷の方に舳先を向けて帰るのはいつ頃になるのだろうか」と謡い終えています。任期は三年と決まっています。三年先であることは約束事として分かってはいるのですが、その時が来たら絶対帰るんだ、という強い気持ちを込めて、作っていたんでしょうね。

家　持　後世の学者さんたちが「往路既に帰路を思ふ」という感想を述べておられます。

作歌者としての名前が残らなかった防人の一人・G　筑紫の村々では夏祭りが開かれます。二、三日続くこともあります。軍防令《ぐんぼうりょう》では「十日に一日は休暇」と決められているようでして、その休日が夏祭りにかち合うこともあります。とてもラッキーなことなんです。

私はその村祭りで知り合った娘と結婚する羽目になりました。羽目、とは言いましたが、とても嬉しかったです。初めのうちは、方言と方言が全く通じずモタモタしていましたが、要は心です。故郷に帰れず、父や母を心配させたかもしれませんが、上総での同郷、山辺郡《やまのべのこほり》の方、実は乎刀良《をとら》さんに、帰国したら両親にうまく伝えて欲しいと頼みました。さっき同窓会の始まる前に乎刀良さんに会って、故郷での様子を聞いて、安堵しています。今日の同窓会を計画していただいたことを、とても感謝しています。

子供もでき、妻の両親とも親密になることができ、防人になった不幸を幸福に置き換えることができた、数少ない人間だったと思います。

乎刀良　さっき君に伝えた通りだが、最初はお父さんはすごく怒ったよ。鬼のような顔をして、なぜお前はそれを黙って許したんだとね。何のこともない、僕が怒られたんだ。お母さんは声も出ないほどに悲しんだよ。悲しみのあまり、お父さんや僕にも何にも言わなかった。

これはダメだと観念して、いったん家に帰り、僕の母を引っ張り出したんだ。僕の母親は聴き上手でね、別に格段の説得はしなかったけれど、ご両親の怒りや悲しみを頷きながら聴いてくれているうちに、だんだんお父さんとお母さんの怒りや悲しみが薄らいでいって、要は息子が幸せな家庭を築いてくれさえすれば、それが本人にとっての幸せだ、というふうに納得してくれて、次第に収まっていった。僕も、心《しん》からそう思った。

それよりも君の二人の弟さんたちが偉かった。僕たちが兄の代わりをするから、と言って、ご両親が心配する暇もないほどに頑張って働いたし、四六時中、ご両親の話し相手になってくれていたんだ。ご近所の若い娘たちもそんな弟さんたちを放ってはおかなかったよ。次々にいい彼女ができて、弟さんたちと結婚し、お孫さんがたくさん生まれていった。結果は三方オーライだ！　その孫の一人が大きくなるにつれて、なんと君に似てきたんだよ。君に見せたいほどだよ。お父さんもお母さんも、ものすごく喜んでいた。本当だよ。

防人・G　乎刀良君、本当に有り難う。実は僕の次男坊が弟を想い出させるような若者に育っていったんだ！　同窓会が終わって家に帰ったら、妻に伝えておくよ。

妻もそのことが心残りで、自分たちだけで幸せになって本当によかったのか、ずーっと心に引っかかっていたようだから。

妻は、自分たち二人で筑紫から上総まで歩いて行って、ご両親にご挨拶できたらいいんだけど……と、ずっと悩んでいたんだよ。行けるわけないんだよね。

家　持　乎刀良さん、ありがとうございました。

軍防令の六十三条に休暇の定めがあります。「十日に一日」。その決まり通りに実行されていたんですね。よかった。

第五章

常陸国の作歌者たち

（4363―4372）

月草

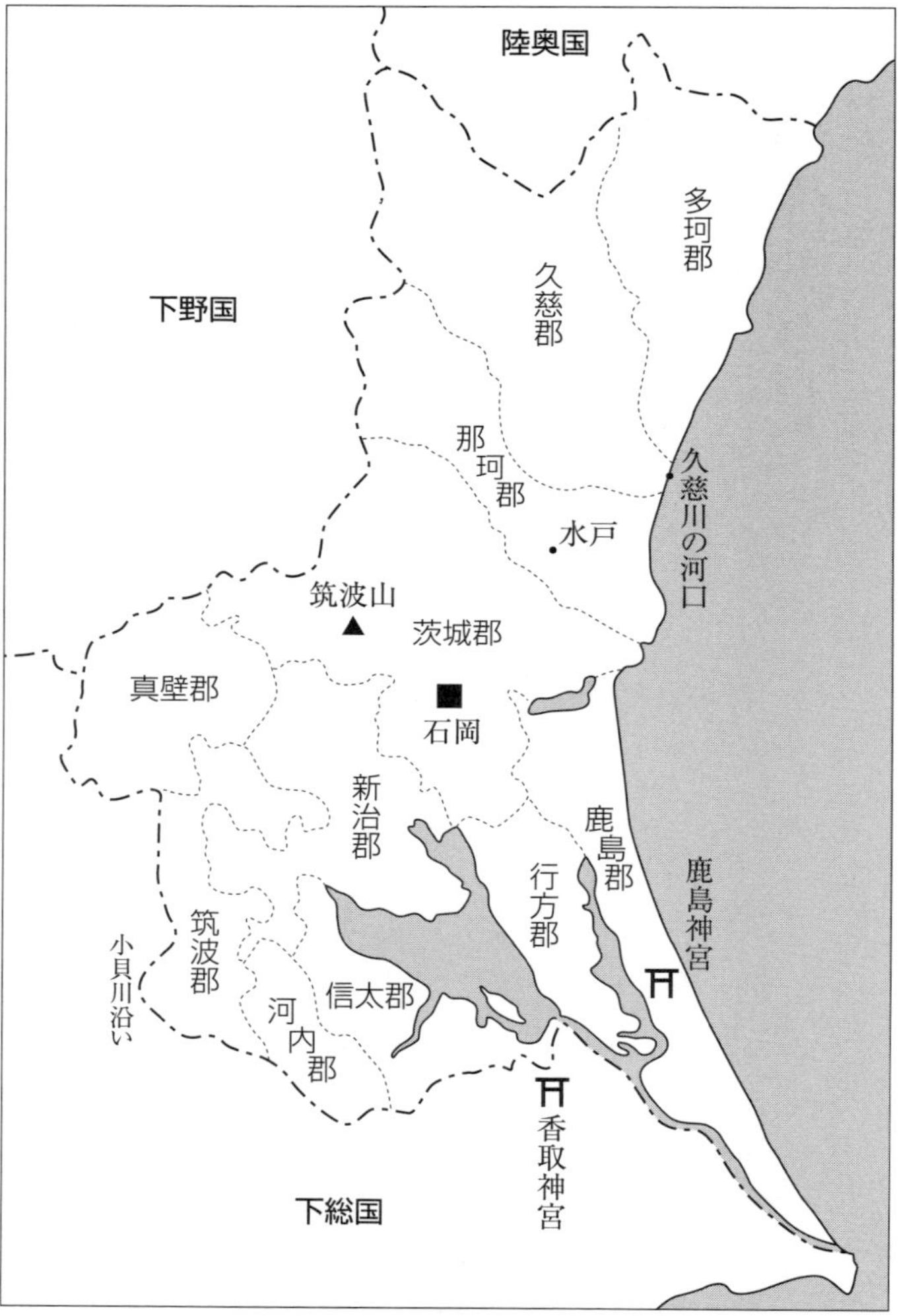

常陸国略図（■は国府所在地）

家　持　難波津《なにはつ》到着の第一陣グループが終わりました。少しの日をおいて二月中旬到着の第二陣グループ、常陸《ひたち》、下野《しもつけの》、下総《しもつふさ》が次々に難波津へ到着されました。まずは常陸国の方にお願いします。今で言えば茨城県です。難波津から見て最も遠い国です。常陸の南部地域まで通じていた東海道を通って難波津到着が二月十二日、進上歌提出は二月十四日です。

常陸国の取載状況を説明します。ほかの国と大きく違う点があります。

第一に、今回の防人歌進上の中で、ただ一人、長歌を詠まれた方の歌が一首入っています。長歌を作るのには大層な技量と経験が要ると言われていますが、とても良い出来でした。常陸国の最後に紹介していただくことになると思います。

第二は、一人で二首を取載させていただいた方がおられる。しかも三人ですよ。常陸には、歌の上手な方がたくさんおられるということですね。十七首の進上に対して十首の取載でした。

トップバッターは若舎人部広足《わかとねりべのひろたり》さん。

【常陸の一人目】若舎人部広足（わかとねりべの・ひろたり）

広足　一月末（今の三月初旬）の常陸は、まだまだ寒い。寒さの中で形通り出立《しゅったつ》の宴が開かれました。だけど、とても寒くて、歌を謡うという雰囲気ではなかったですね。私たちが国府（今の石岡）を出発する時の宴では、常陸国全体でたった一首でした。実は、それが最後に紹介される長歌でした。みんな圧倒されて、後に続くことはできませんでした。旅路の中では宴が開かれることもなく、ですから、それ以外の進上歌は全部、難波津に到着してからの宴で何とか数を集めて間に合わせたというのが実情です。好きな奴は何首謡ってもいいぞと言われました。何といっても数合わせに必死でした。

常陸からは手ぶらで十四泊十五日とされていますが、やはり荷物が多く二十四泊二十五日という長旅になりました。私は二つ取載されました。最初のは、

（4363）常陸①

難波津に　御船《みふね》下ろ据《す》ゑ　八十楫《やそか》貫《ぬ》き　今は漕ぎぬと　妹《いも》に告げこそ

「難波の港に、私たちの乗る官船が下ろし浮かべられている。既にたくさんの楫《かい》も取り付けが終わった。いよいよ、今の今、筑紫に向かって出航した（本当は出航前の宴での歌ですが、たった今出航した、との想定の下で作っています）と、どうか故郷の妻に知らせておくれ」という歌です。

気が逸《はや》っていたというより、作った歌がお役人に進上されるのは難波津での宴が最後の機会だ、と聞かされていましたし、出航したら、もう記録しないよ、謡っても誰も記録しないし、お役人にも出さないよ、ということ

なので、取り敢えずと思って、慌てて作りました。まるで出航気取りの元気いっぱいの歌のように聞こえるかも知れませんが、気持ち的には出航の日が近付いたことで、かえって鬱気味でした。そこでわざと元気を装った歌を作ったのです。部領使《ことりづかひ》さんがこの歌を留守家族に届けてくれることを願っていました。

出航の準備ができ、たくさんの楫を漕いで元気よく出航したことを、私の妻に伝えて欲しい、というだけで、格別の中身はありません。何事も妻に伝えておきたいというだけです。だけど部領使さんは僕たちのそんな気持ちには全く無頓着だったみたいですね。帰ってから妻に聞いてみたのですが、そんな歌は教えてもらったことがないって言ってましたし、僕たちが出立した後は、三年半にわたって何のフォローもなかったようです。

二首目は、

(4364) 常陸②

防人《さきむり》に　発たむ騒きに　家《いへ》の妹《いむ》が　業《な》るべき事を　言はず来《き》ぬかも

「さきむり」(佐伎牟理)というのは常陸言葉です。この歌は、故郷を出発する時のことを思い出して作ったものです。一首目では船に乗っての出立を妻に伝えたい、ということでしたが、二首目では、そう言えば、郷里を出発する時、その妻に対して何一つ大事な話ができなかったな、という反省を謡っています。

「防人として出発しようとする慌しさのために、留守を頼むことになる妻に対して、生活の手立てのことなどを、あれこれ伝える暇もなく来てしまった。心残りだらけだ」という歌です。

家を離れてから言い忘れたことが山ほど思い出されたとしても、今のような携帯やメールはないですからね、全てが後の祭りです。後は妻を全面的に信じ、全面的に任せるのみです。今度の徴兵をもっと早く伝えてくれたならば、こんな不満を言うこともなかったのでしょうけど。

家　持　留守家族の方々へのフォローをいかにするかなど、全く意識の底にもなかったです。当時の朝廷内ではそんな気遣いなど、およそ考えの外でしたね。申し訳ありません。歌のことに戻らせてください。二首とも、奥さんのことを謡っておられます。常陸の皆さんは、この後の発表で追々分かっていただけると思いますが、奥さんのことを謡う歌が圧倒的に多かったです。反対にご両親を謡った歌はゼロなんですよ。

ところで、この二首目の歌は、駿河《するが》で発表された（4337）と似ていますよね。もっとも駿河の牛麻呂《うしまろ》さんの歌はご両親に向けての歌でした。常陸の広足さんの歌は奥様に向けての歌です。常陸の特色そのものです。牛麻呂さんの歌を思い出してください。

水鳥の　発《た》ちの急ぎに　父母に　物言《ものは》ず来《け》にて　今ぞ悔しき

でした。

出発の慌ただしさを詠んだ歌が二つです。徴兵命令が突然だったため多くの防人さんに悔いを残させたことが、二人の証言によって明らかにされたと思っています。

次は物部道足《もののべのみちたり》さん、お願いします。

【常陸の二人目】**物部道足**（もののべ・みちたり）

道　足　私の二首は、二首とも妻への心を詠っています。一首目の結句の「七・七」は広足さんの一首目のコピーみたいなものです。ただ、枕詞だけは自信があります。

（4365）常陸③

押し照るや　難波の津ゆり　船装《ふな》ひ　吾《あれ》は漕《こ》ぎぬと　妹《いも》に告《つ》ぎこそ

常陸から難波津への陸路は、近江国で東海道から東山道へ合流する道と、宇治川を渡って難波津に向かう脇道がありますが、部領使さんの都合で二手に分かれました。私たちのグループは大和国に入り、普通なら緩やかな竹内《たけのうち》街道を通るところを、勢いよく二上山《ふたかみやま》越えで難波に向かいました。二上山の雄岳と雌岳の間の峠道から見ると、正面遠くに難波の海が広がっていました。西へ傾いたお日様の光が海面に照らされてキラキラ光っているのを見て、思わず、うわーっ、と叫びました。綺麗でした。

難波津に着いてから教えてもらったのですが、その綺麗な様子を「押し照るや」と言い表して、難波津の枕詞として使うんだそうです。そこで私は早速それを取り込んで、「押し照るや　難波の津」と謡ってみたのです。下の句（七・七）は広足さんの一首目（4363）の完全な真似ですが、広足さんの「告げこそ」を「告ぎこそ」と謡い換えていることに気付いてもらえたでしょうか。これは遊びです。常陸ではどちらでも通じます。私が謡った音通りに記録してくださっていますね。家持さんが採用してくれて、光栄です。

一首目が「妹《いも》に告《つ》ぎこそ」、二首目が「妹《いも》に知らせむ」。妻に語りかけることばかりですね。

（4366）常陸④

常陸指《さ》し　行《ゆ》かむ雁もが　吾《あ》が恋を　記《しる》して付けて　妹《いも》に知らせむ

一首目は、「俺の乗った船は、華々しく飾り上げて勢いよく船出をしたと、故郷の妻に伝えてくれ」でした。

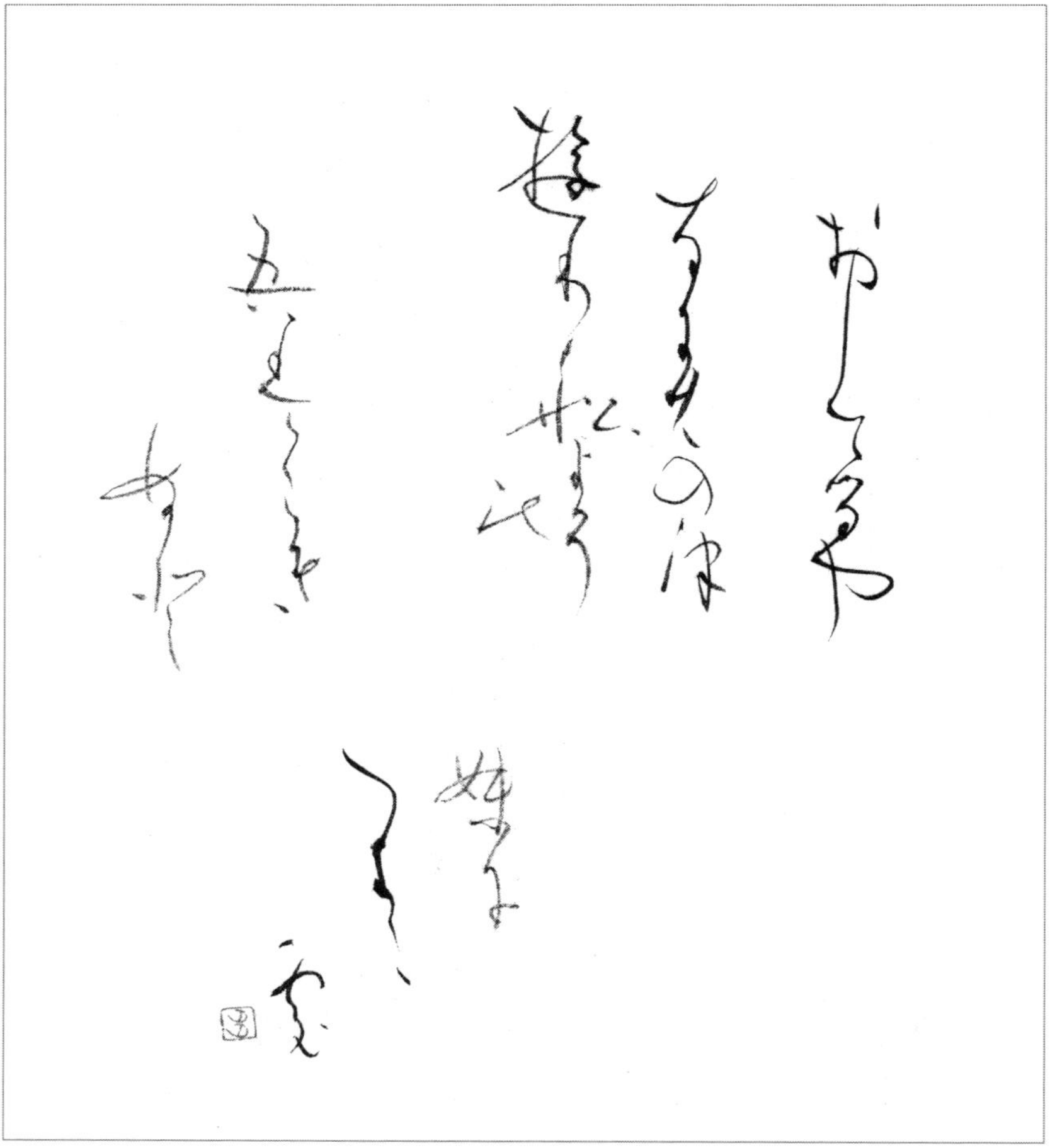

季節は冬の終わり、雁が北へ去る頃合です。そこでそれを二首目に取り込んで、「故郷の常陸の方向へ飛んで行く雁に、恋しい妻への俺の想いを託して妻に知らせたいな」と謡った次第です。私たちの旅には主帳《しゅちょう》さんが同行してくれていますから、私たちの歌を記録するだけでなく、ついでに私からの便りを書いて、雁に託してくだされば嬉しいのですけど、という気持ちになりました。一首目も二首目も、妻に伝えたい、妻に伝えたい、の一本やりです。私は部領使さんなど、当てにしておりませんでした。雁に頼もうとしたのです。

字の書けない私が字の読めない妻に書く手紙です。「✌」、「😍」、「👍」、「🤝」だけですが、「元気だ」、「愛してる」、「頑張ってくれ」、「帰ったら一緒に頑張ろう」です。

家持　「押し照るや」という枕詞がとても美しく、それを受けて美々《びび》しく歌うのではなく、それを抑えて現実の任務に心を奪われる一方、奥様への便りを静かに謡いあげる。私の心にもそのイメージが強く伝わってきました。「押し照るや」は、私も大好きです。実は（4360）と（4361）で使わせてもらっています。

二首目の「妹に知らせむ」は、一首目の「妹に告ぎこそ」と類似の発想と類似の表現でしたから、人によってはくどいと思われるかもしれません。一首目は妻を想う歌だったので、二首目は気分を変えて、ほかのことに話題を移した歌でバランスを取る、というやり方もあるでしょう。だけど道足さんは、バランスそこのけで、一途に、「奥さん！」だった。奥様への熱い想いに強く打たれて、心からの同感と賛辞を持って取載させてもらいました。

一首でも十分伝わってきますけど、二首セットになると、一層強い気持ちが感じ取れます。

ちょっと付け足しますと、中国の故事の中に蘇武《そぶ》という人の「雁信《がんしん》」という話が知られており、二句目の「行《ゆ》かむ雁もが」を指して、その故事を知る家持が添削で追加したのだろう、という学者さんもおられたようですが、そんなことは絶対していません。道足さんの独創です。先ほど道足さんが少し言われたように、広足さんの一首目（４３６３）の最後の句が「妹に告げこそ」です。「告げ」（都気）と「告ぎ」（都岐）は万葉仮名での表記も異なります。私たちが一切手を加えることをしていないという、よい証拠になります。が、それはともかく、雁のことも含めて道足さんの発想や描写力・表現力の豊かさに改めて感じ入ります。

次は占部小龍《うらべのをたつ》さんです。

【常陸の三人目】占部小龍（うらべの・をたつ）

小龍　やっぱり女房恋し、の歌です。まさか私の顔を忘れはしないでしょうけど、私を忘れて浮気なんかしないでね、という気持ちが入っています。

（４３６７）常陸⑤
吾《あ》が面《もて》の　忘れも時《しだ》は　筑波嶺《つくはね》を　振《ふ》り放《さ》け見つつ　妹《いも》は偲《しぬ》はね

「俺の顔を忘れそうになった時には、筑波山を遙かに振り仰いで、どうか俺のことを懐かしく想い出しておくれ。くれるよね」という歌です。筑波山は男体山《なんたいさん》と女体山《にょたいさん》の二つの峰からなり、とても綺麗な山です。男体山の綺麗な形を見て俺を思い出してくれ！という意味を込めています。言い過ぎかな？

「妻が思い出してくれるだろう」というのを越えて「思い出してくれるよな」と厚かましく謡っていましたね。お蔭さまで、私が帰郷した時は、「三年如きの別離に負けるものですか、この子たちと一緒に自信を持って乗り切りましたよ、お父さん！」という素振りの、しっかりした揺るぎのない顔で私を迎えてくれました。浮気をしていないことは、彼女の素直で幸福に満ち溢れた顔から、十分、分かります。浮気を心配していたなんて、子供たちに対しても何と恥ずかしいことか。それを取り返すことを肝に銘じてやり直し人生のスタートでした。

家持　とてもストレートで、良かったです。小龍さんの目元、口元に力強さが溢れていますね。では丸子部佐壮《まるこべのすけを》さん、よろしく。

【常陸の四人目】丸子部佐壮（まるこべの・すけを）

佐壮　照れ屋ですから、「妹」や「妻」の言葉を使えませんでした。故郷、久慈郡《くじのこほり》の山河に思いを馳せ、家の近くの川の名前を取り込んで歌いました。必ず故郷に帰って来るぞ、と伝えている相手は、もちろん女房や子供です。私の脳裏では、故郷の久慈川に女房がしゃきっと立っているのです。子供と手をつないだ姿で……。

（4368）常陸⑥
久慈川《くじがは》は　幸《さけ》く在り待て　潮船《しほふね》に　真楫繁貫《まかぢしじぬ》き　吾《わ》は帰り来む

歌の表面的な意味は、「久慈川よ、お前はずっと変わらずに待っていてくれるよね。潮船に楫《かい》をいっぱい取り付けて俺は必ず帰って来るからな（妻も変わらず私を待ってくれるのだから）」です。

常陸から難波津までの行路は、往・復とも東海道ですから、実際には久慈川の河口から意気揚々と戻ってくる、なんてことはありません。そうしようとすれば、先ほど上総《かみつふさ》のところでお話があったように、相模《さがむ》辺りから陸路を離れて船に乗り、太平洋を大きく迂回させて上総、下総《しもつふさ》の沖合を過ぎ、さらに常陸の北の方まで回航して、久慈川の河口に辿り着かなければなりません。

帰路は独り旅ですから、船に乗っての大迂回は実際上無理で、架空の物語です。そんなルートの定期便なんてありませんからね。ですけど気分は実に爽快、女房との堂々の再会を祈ったという次第です。妻との再会という夢はかないました。

実際の帰郷では久慈川を通っていません。勿論陸路を通りました。家が見えてきた時、思わず全力疾走になりました。その勢いのまま家の中へ飛び込んで、突然「帰ったぞ！」と大声を出しました。妻や子供はびっくりするやら、飛び上がるやら、抱き合って泣き出すやら、みんな大騒ぎでした。

久慈川へ行ったのは、帰ってから数日後で、妻と子供を連れて河原へ土筆《つくし》採りに行きました。「筑紫」から帰って、「土筆」採りだ！　とみんなで大笑いしました。

久慈川は、出発した頃と全く変わっていません。久慈川だけでなく、近くに見える山や遠くに見える山も、私が出て行った時と同じ姿のままで私を迎えてくれました。

自然の山河って、変わることなく常に在り続けてくれるんだな。改めて嬉しく感じました。

家　持　気宇壮大かな！　いや、良い歌でしたよ。久慈川の両側の土手道とその前の広い川原には緑がいっぱい。風に髪をなびかせた奥さんが、両手で二人の子供さんと手をつないで、その手を高く持ち上げながら、素敵な笑顔であなたを見つめている。子供さんたちは、空いた方の手に土筆を握りしめてお父さんに向かって嬉しそうに笑っている。そんな姿が目に見えるようです。

次は、大舎人部千文《おほとねりべのちふみ》さん、お願いします。千文さんも、二首採用組です。

【常陸の五人目】大舎人部千文（おほとねりべの・ちふみ）

千文　光栄です。二首取載されました。一つ目は、

（4369）常陸⑦
筑波嶺《つくはね》の　小百合《さゆる》の花の　夜床《ゆとこ》にも　愛《かな》しけ妹《いも》そ　昼も愛《かな》しけ

ちょっと濃艶な歌になってしまいました。「筑波の嶺に咲き匂う、美しい小百合の花のように、お前は夜の共寝の床でとても優しく可愛い妻だよ。夜だけでなく、昼の日中でも、たまらないほど愛しい奴だ」と謡いました。「夜の床でも昼の太陽の下でも」、そして「愛《かな》しけ」を繰り返して謡いました。それ以上の説明は野暮ですね。二首目は、流石《さすが》にちょっと恥じて、

（4370）常陸⑧
霰《あられ》降り　鹿島の神を　祈りつつ　皇御軍《すめらみくさ》に　吾《わ》れは来にしを

「霰《あられ》降り」の枕詞を組み込んで、鹿島の神に我が武勇ならんことを祈念しつつ、この俺は、天皇様の勇ましい兵士として出て参りました、と謡いました。一首目のメロメロを挽回したつもりです。

「唐や新羅からの来襲は一度もなかったじゃないか」、「そんなに勇ましい言葉を使う必要などなかったのではないか」。史実だけを知っている人が、後になって、あれこれ言うかもしれません。

だけど私たちは歴史の真っ只中にいたのです。これまで一度も来襲がなかったと聞いてはいるけれど、これから始まる自分たちの三年間も大丈夫だろう、と気楽に考えることはできません。戦にならなくとも、病気で死ぬことだってあります。

そんな状況の中で、こんな歌を作りました。死を覚悟する、といったほどの悲壮感まではなかったですが、こんな歌を聴かされた妻としては、いい気なものね、と思いつつ最悪のケースも頭をよぎったのではないでしょうか。無責任な独りよがりの歌でした。

家持　一首目では「小百合《さゆる》」→「夜床《ゆとこ》」で「ゆ」を重ね、さらに「愛《かな》しけ」を重ねられました。とてもリズム感がいいですね。では占部広方《うらべのひろかた》さんです。

【常陸の六人目】占部広方（うらべの・ひろかた）

広方　私は一首です。

（4371）常陸⑨

橘《たちばな》の　下《した》吹く風の　香ぐはしき　筑波《つくは》の山を　恋ひずあらめかも

関東平野にどっしり、だけど優美な姿を見せてくれる筑波山の魅力は、東国の人でないと分からないだろうと思います。山々に囲まれた地を故郷とされる方、大海原に沿った海岸線の地を故郷とされる方、滔々と流れる大河の地を故郷とされる方、それぞれの想いは違うでしょうが、私にとっては、何といっても筑波山です。

最初に当国の広足《ひろたり》さんが言われたように、常陸の歌は、次の可良麿《からまろ》さんの歌を除いて全て難波津で作った歌です。遠く離れてしまった筑波山の綺麗な姿を脳裏に浮かべながら謡いました。

難波津から見える山々が悪いと言っているのではありません。ただただ地元の筑波山を謡いたかったです。「家の近くにある橘の木の下を吹き抜けてくる風が、いつも香《かぐわ》しく感ぜられる。その香しさを村々に伝えてくれる筑波山のことを、どうしても忘れられない」という意味です。

家持　私が六十六歳で陸奥の多賀城に左遷させられた時、赴任の道すがら筑波山を見ました。ひょっとしてどなたかとすれ違っていたかもしれません。常陸の方が筑波山を謡っておられた三十年近く前のことを思い出しました。常陸とか、久慈川とか、鹿島とか、国名や地名を織り込んだ歌が多かったのを改めて思い出していました。故郷を愛する気持ちがいかに強いか、ですね。

自分の出身地を聞かれた時に、自分でも知らなかった良い部分を褒めてもらったり、「行ったことあるよ」とか「行ってみたい」などと言われたりすると、とても嬉しくなりますよね。地元が誇らしく思える一瞬です。では常陸のラストバッターとして、倭文部可良麿《しとりべのからまろ》さん。よろしくお願いします。防人歌の中でたった一つの長歌です。しっかり聴きましょう。

【常陸の七人目】　**倭文部可良麿**（しとりべの・からまろ）

可良麿　恥ずかしいですが、光栄なこととして、お言葉に甘えます。

（4372）常陸⑩

足柄の　御坂《みさか》賜《たまは》り　顧みず　吾《あれ》は越《く》え行く　荒し男《を》も
立《た》しや憚《はばか》る　不破《ふは》の関　越《く》えて吾《わ》は行く　馬《むま》の蹄《つめ》
筑紫の崎に　留居《ちまり》て　吾《あれ》は斎《いは》はむ　諸々《もろもろ》は
幸《さけ》くと申《まを》す　帰り来《く》までに

「まずは足柄の御坂を越えるんだ。そしてその後も前へ進むことだけを考えて、後ろを振り返って見ることなどせずに、ただただ前方を見据えて、山越え、野越え、俺はぐんぐんと進むぞ。どんな勇猛な男だって立ち止まって進みかねると言われている不破の関に至っても、俺は勢いを殺《そ》がれることなく越えて行くぞ。そうして遠い（馬の蹄：枕詞）筑紫の崎に駐屯して、俺は身を清めて神に我が身の無事を祈ろう。嬉しいことに、故郷の人々もみんなで俺の無事を祈ってくれているのだ。みんなで、俺が帰国するまで、ずっと祈り続けてくれることに対して、心から感謝しよう」です。

故郷を出発する時に謡った歌ですから、現実には足柄山にも不破の関にも、まだ足を踏み込んでいません。足柄山まで行ってしまえば、そこから振り返っても、遠ざかってしまった故郷が見えるわけありません。だから具体的なイメージは全く持ち合わせていません。兎に角、単純なEVER ON WARDでした。

元気いっぱいに足柄山や不破の関を越えるぞ、と言ってはいますが、故郷の人たちが私の無事を祈り続けてくれる、という安堵感があってこその、見掛けだけの強気です。

家　持　イヤ、イヤ。勇壮の裏に信頼と愛情あり、ですね。地名を織り込み、進み行く勇気を謡い込み、神や故郷への感謝を謡いあげる。なかなかな謳いぶりでした。お歌では、はじめに「足柄の」と謡われ、後半で「不破《ふは》の関」と謡われています。「足柄」を越えるのは東海道ですし、「不破」を越えるのは東山道経由となります。出発の時の行程説明はどんなだったのですか。

可良麿　いいえ。説明などありません。ただ遠い難波津までの間には、たくさんの「山」や「関」があるのだろうな、聞いたことのある「足柄」や「不破」を通っていくのだろうか、というだけです。

家　持　スミマセン。細かなことにこだわって。そんなことより、これから通るであろう地名を二つも挙げて、旅路の遠さと、それに負けない貴方の意気込みを、長歌という難しい形式に纏《まと》めた力量こそが評価されますね。

難波津に着いてからの宴の場では、最初に妻思いの歌が広足《ひろたり》さんから二首、続いて道足《みちたり》さんからも二首発表され、その状況の中でみんなが自分の妻を思い出して、次々に妻思いの歌が連なっていったのかもしれませんね。

そんな中でも、出発する時の可良麿さんの歌が足柄、不破、筑紫と地名をたくさん組み込んでおられたことが影響して、難波津、常陸、筑波嶺、久慈川、筑波山といった地名織り込みの歌につながっていったのでしょうね。

「常陸国」のお歌が終わりました。半分です。今頃気付いたのですが、地上で聴いておられる平成の皆さん！防人歌には、「自分」をテーマに詠まれている歌が多いでしょう！

防人さんたちは、前線の見張り役として、言わば軍隊の先頭に立たされる役目を負われました。そうして家族と別れる、あるいは戦に巻き込まれて命を失うかもしれない、というギリギリの立場を、我が身のこととして体験されました。そんな体験の中から、改めて「自分」を見直し、そして「自分」をテーマにして歌を謡う、という機会に巡り会われたのだと思います。そのためか「巻二十」には、「我」や「吾」という文字がたくさん出てきます。今日ご紹介する防人歌一〇四首のうち、防人さん自身の作歌が九十二首あるのですが、実に三十六首で、「自分が」、「自分の」、「自分を」などと表現されていました。大雑把に言ってほぼ四割です。

今終えたばかりの常陸国の方の歌だけを想い出しても、道足さんの「あれ（阿例）は漕ぎぬと」（4365。括弧内は万葉仮名です）、同じく道足さんの「あが（阿我）恋を」（4366）、小龍さんの「あが（阿我）面《も》の」（4367）、佐壮《すけを》さんの「わは（和波）は帰り来む」（4368）、千文さんの「われ（和例）は来にしを」（4370）、可良麿さんの長歌（4372）の「あれ（阿例）は越え行く」、「越えてわは（和波）は行く」、「あれ（阿例）は斎《いは》はむ」（4372）と続きます。

次の下野国の歌でも、いきなり「出でたつわれ（和例）は」（4373）、「指《さ》して行くわれ（和例）は」（4374）、「われ（和例）を見送ると」（4375）……と続きます。「あ」、「わ」、「あれ」、「われ」、いろいろですね。

今日の天上の様子を中継録音から筆起《ふでおこ》しされる平成の方にお願いします。できれば漢字を多用して欲しいです。「吾」を当てるか、「我」を当てるか、それとも平仮名を当てるか……？ 何と言っても、「万葉集」は奈良時代の文学で、全四五五六首は、歴代天皇様の御歌を含めて全て漢字ですからね。

「吾」を当てるか、「我」を当てるかは、学者さんの間でもまちまちだと思いますので、ご自由に使い分けてください。ただし振り仮名は万葉仮名の読みに従ってくださいね。

ところで常陸国は次の下野国と並んで平城の都から最も遠く離れた国です。その昔、都から西は随分拓けており、たくさんの国々があったのですが、東の方は、あまり拓かれておらず、ずっと昔は、尾張国が「終わりの国」と考えられていたほどだったと聞いています、そんな「終わりの国」よりもっともっと遠くに東国《あずまのくに》が幾つかあって、そんな遠い国々からたくさんの防人さんたちをかき集めたんですね。ご免なさい。「かき集めた」なんて。兵部少輔だった「地」が出てしまいました。治りませんね。隠せませんね。

本当に有り難うございました。お疲れ様でした。

第六章

下野国の作歌者たち

（4373―4383）

あさがほ

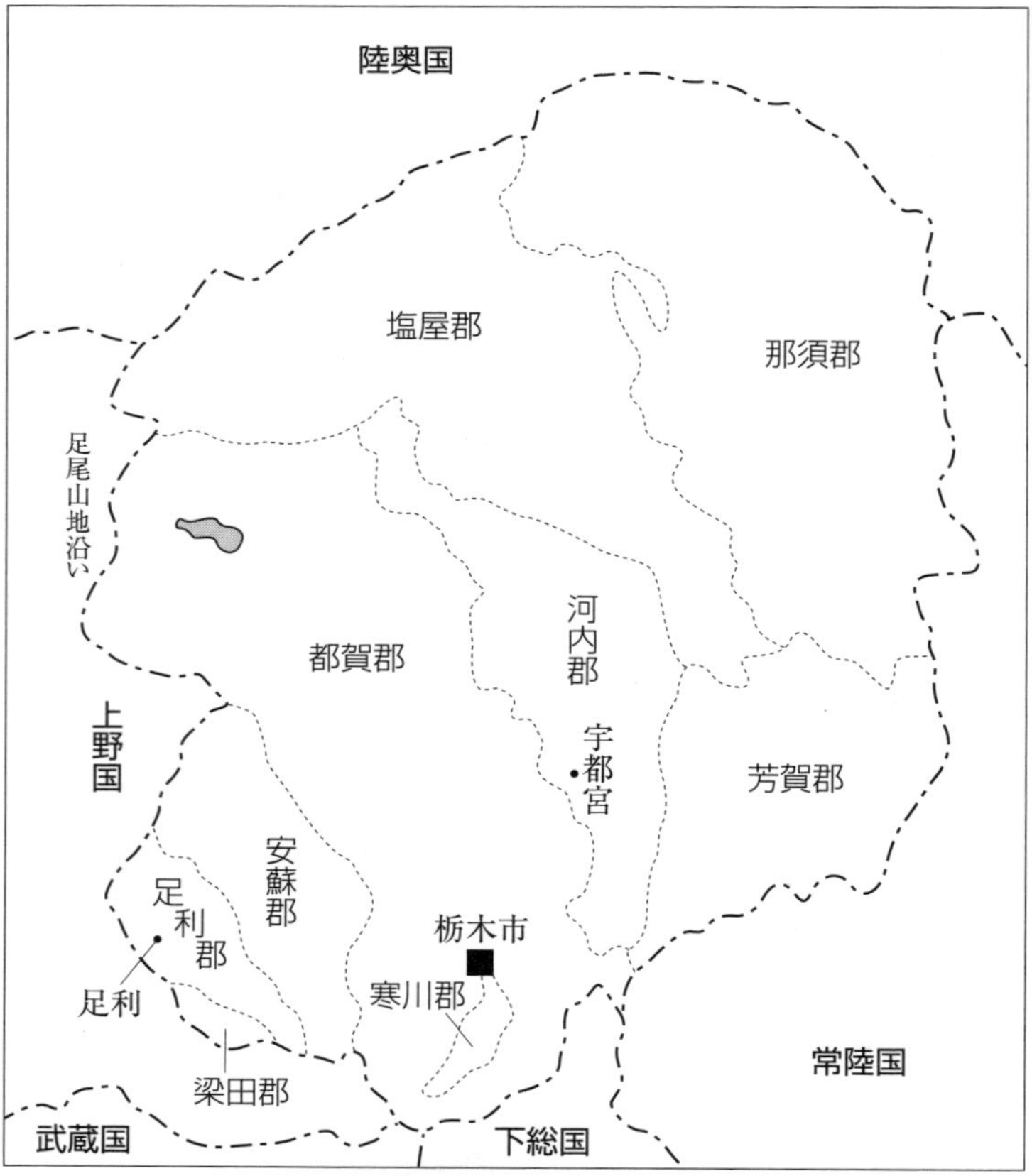

下野国略図（■は国府所在地）

家　持　十か国のうち、五か国が済みました。残り五か国です。頑張って続けましょう。

では下野国《しもつけのくに》の方にお願いします。今で言えば栃木の方々です。常陸と同日の二月十二日に到着され、中一日をおいて十四日には進上歌を十八首もいただきました。取載は十一首です。これまでの五か国の方々は東海道経由でしたが、下野の方々は東山道を経由して難波津に来られました。東山道の全線開通直後と言われていますが、道の整備具合はいかがでしたか。

まずは今奉部与曾布《いままつりべのよそふ》さん、お願いします。


【下野の一人目】今奉部与曾布（いままつりべの・よそふ）

与曾布　下野はご承知のように全く海に面しない山国で、ずーっと山国経由の東山道を通りました。
東山道は、陸奥から下野《しもつけの》、上野《かみつけの》、信濃《しなの》、美濃《みの》、尾張《をはり》、近江《おうみ》へと繋がる長い道です。東海道に引けを取らない広幅の道です。部分的には木の根が十分取り払われていないところも残っていましたが、四車線幅の道は歩きやすく、東海道に比べると大きい川がありませんので、橋のないことはさして苦にならない。そのうえ、渇水期の渡河ですから、水の流れも緩やかで、河原の石ころを踏み越えながら鼻歌混じりで渡ることができ、むしろ東海道よりも楽だったのではないでしょうか。

それでも、下野から難波津《なにはつ》まで二十四泊二十五日という長旅になりました。手ぶらでは十六泊十七日とされている行程ですから、かなり手間取った移動だったということですね。

私は火長《かちょう》という役割を与えられておりました。軍防令では、防人軍団を十人ずつにグループ分けし、それぞれのグループを「火」と名付け（五条）、その長を「火長」と呼ぶことになっていたようです。

立場上、自分のグループの人たちに、防人としての意識を十分持ってもらうことに気を配る必要があり、ものすごく肩に力の入った歌を作りました。郷国を出る時の宴ですから、その想いがもろに出ましたね。

（4373）下野①
今日《けふ》よりは　顧《かへり》みなくて　大君《おほきみ》の　醜《しこ》の御楯《みたて》と　出《い》でたつ吾《われ》は

とても勇ましいでしょう。自分の家族との別れを悲しむ、という風がなく、改めて詠んでみると、「大嘘だ!!」です。歌の意味を直訳的に言えば、「今日からは、もう我が身・我が家族のことは一切省みることなく、卑しい身ではあるけれども、天皇様の御楯として出発するのだ。この俺は」です。

遠江《とほたふみ》の秋持《あきもち》さん（4321）、相模《さがむ》の人麻呂《ひとまろ》さん（4328）、それから上総《かみつふさ》の龍《たつ》さん（4358）のそれぞれのお歌は、天皇様への恐れ多い気持ちを歌い出しで述べておられますが、結句（七・七）では家族への優しい思いを表しておられました。

それに比べて私の句は、最初から最後まで一途な兵隊さん気取りですね。自分や自分の家族はどうでもよくて、天皇様だけが大切だなんて……、自分の心を殺し、家族を裏切り……。後世、私の歌が、日本陸・海軍に利用されたんですね。だけどよく考えてみると、天皇様ご自身も利用されておられたんですね。

実は、出発の前日、家族たちとはとても楽しい別れの遊びをしてきました。相撲を取ったり、鬼ごっこをしたり、目隠し遊びをしたり、石投げ競争をしたり、縄跳びをしたり、縄引きをしたり。だから昨日の別れで私はきっちり振り切ってきた、と自分には言い聞かせていたのです。


家持　ご苗字の今奉部さんという名前からの想像ですが、比較的新しい時期に大和へ帰順された神職の方かな、お名前の与曾布さんからは、新羅か百済辺りからの渡来人かな、などと拝察させてもらいました。ご出身は兎も角、ご当地で重要な立場におられたからこその「火長」だったのでしょう。

そんな背景があって、表向きには強い気持ちを表しておくことが、ご自身とご家族を守るうえでの方便。必要に迫られての歌になったのかも、と想像しつつ、取載させていただきました。「火長」という立場を与えられたことからも、踏み絵を踏まされている、という脅迫感を持たれていたかもしれませんね。傍目《はため》を気にして詠まれた歌を字面だけで理解するって怖いですね。

なお巻二十の中に謡われている歌で、「大君の」とか「畏きや」といった天皇様の命令を肯定的・絶対的に、しかも冒頭に取り上げられた歌が八首もありました（索引参照）。

どの歌も出陣の意気込みが強く示されていますが、天皇様の権力が及んでからまだ間もない東国《あづまのくに》の人たちにとって、必ずしも心からの叫びではなかったのではないか、と思っています。とはいえ、権力者が変わったのだから、目の前の権力者に靡《なび》く形を取る方が身のためですよね。そのお気持ち、とてもよく分かります。

実は私も、巻十七の中で、こんな歌を詠み上げています。聖武天皇様から、大伴氏のことは側近の兵として頼りにするぞ、という詔書をもらって、感涙し、詠んだのです。

もともと大伴氏は武門の雄で、「伴」の代表格だったんですが、父の代の後半頃からは、藤原氏の勢いの前で、その影響力がどんどん殺《そ》がれ、父は私に大伴家の興隆を頼んで死の床に就きました。ですから私は大伴一族の人たちに、「頑張ろう、大伴！」と叫び続けていました。46頁でご紹介した歌も、そのような心境の中での歌です。そんな折、聖武天皇様から「頼りにしているぞ」という有り難い信頼のお言葉を賜りました。とても嬉しくなり、祖先から言い伝えられている言葉を使いながら、次のような歌を詠みました。一部をご紹介します。

（4094）

………
大伴《おほとも》の　遠つ神祖《かむおや》の　その名をば
大久米主《おほくめぬし》と　負ひ持ちて　仕《つか》へし官《つかさ》
海行ゆかば　水漬く屍《かばね》　山行ゆかば　草生《む》す屍《かばね》
大君の　辺《へ》にこそ死なめ　顧みは　せじと言立《ことだて》
丈夫《ますらを》の　清きその名を　いにしへよ　今の現《をつづ》に　流さへる
祖《おや》の子どもそ
………

歌の意味は、「我々大伴氏は大久米主と名乗っていた太古から（佐伯氏と共に）天皇様にお仕えしてきたのだ。海を行くなら海に屍をさらし、山を行くなら草の肥料となる屍となっても、天皇様のお側で死のう、決して後悔はしないぞ、と誓い、立派な男としての清いその名を昔から今まで伝えてきた、その祖の子孫なんだよ!!」です。

巻十八に載せています。
「天皇《おほきみ》」様のことを「大王《おほきみ》」様と書き表していたずーっと古い時代から、大伴家は代々、格別のお引き立てを受け、その長い歴史の中で培われてきた天皇様との深い信頼関係があったのです。だからこの歌は、私たち大伴一族固有の気持ちを込めた歌として評価して欲しいのに、後の世の太平洋戦争では、軍の人間たちがこれに荘厳なメロディを付けて、全ての国民に向けた戦争讃美の空気を漂わせる歌として、さんざん利用しました。そう、天皇様ご自身も利用されたんです。そのことを深く深く悔いておられる平成の天皇様が、その在位中に示されたお言葉や表情・行動が天上にも伝わってきています。あの方の優しいお心根が将来にわたって伝えられて欲しいと願います。

ある特攻隊員の方が出撃の前夜、たった一日の帰宅を許された時に、この歌の「海行ゆかば水漬く屍」の部分を、ご自身の歌の最初の五・七に織り込んだ遺書、お母さん宛ての遺書を書かれたそうです。自分で女々しいと恥じられたのでしょうか、結局はお母さんに手渡さないまま破り捨て、翌朝、彼が家を立った後で、お母さんがごみ箱の中からそれを見付けられた、という話を知って、言葉が出なくなりました。

さて次も同じく「火長」であられた大田部荒耳《おほたべのあらみみ》さんです。

【下野の二人目】大田部荒耳（おほたべの・あらみみ）

荒耳　私も火長。謡った場所も故郷出立時の宴、というわけで、個人的な事情は兎も角として、同じような立場での同じような勇ましい歌を作らなければ、との目に見えない圧力は感じていました。与曾布《よそふ》さんの結句「出《い》でたつ吾《われ》は」を「指《さ》して行《い》く吾《われ》は」に置き替えただけで、全くの真似になっています。

（4374）下野②
天地《あめつち》の　神を祈りて　猟矢貫《さつぬ》き　筑紫の島を　指《さ》して行《い》く吾《われ》は

意味は文字通りです。「天地の神々に無事を祈って、胡籙《やなぐい》に矢を差し入れて背負い、さあ筑紫の島を目指していくのだ、この俺は」。

ここで筑紫の島と言っておりますが、要は対馬とか壱岐も含めた九州北部全般のことです。私の歌でも自分や家族のことは匂いすら出ていないですね。正直に言えば、その匂いが出るのを隠そうと腐心していました。留守中の家族に、少しでも肩身の狭い思いをさせたくなかったから、というのが私の本心でした。

家　持　言葉少なのご説明、余所事《よそごと》や他人事《ひとごと》ではないかもしれません。

一つ質問してもいいですか。冒頭、「天地の神々」と謡われていますが、東国の方々にとって神様と言えば、古来「地祇《くにつかみ》」、つまり土地の神様を始めとする万物の神様であったと思うのです。それに対して「天神《あまつかみ》」とは、天皇家のご先祖（天照大神《あまてらすおおかみ》）が、天上から高天原《たかまがはら》に降臨され、その御子孫が天皇様になられたというお話（神話）を受けて、特に大和民族を中心に広く崇められるようになった神様です。ですから大和の者にとっては、長い言い伝えの中でそれを信じるようになり、昔の「地祇」よりも「天神」の方が尊い神ということになって、まずは「天」、次に「地」を並べて「天地の神々」と言うようになったのだと理解しています。

東国の方々が天皇家の支配に入ったのは、まだ新しいことですが、歌の冒頭に「天地の神々」と謡われたのは、既にその頃になると、「地の神」より「天の神」の方が上だ、という意識が広まっていたからでしょうか。

荒　耳　私には深い意味や背景が分かりません。ですが、国のお役人さんから何度も何度も吹き込まれた言葉として、いつの間にか私たちの生活の中に入り込んでいますね。

家　持　先ほど与曾布さんの歌（4373）のところで、「大君の」とか「命畏み」といった言葉を用いた歌の多いことに関連して少し述べました。今回の防人徴兵の時だけでなく、日頃から繰り返し繰り返し言われ続けているうちに、人としての価値基準まで変えられていく、という端的な一例ですね。

では次に物部真嶋《もののべのましま》さん、お願いします。同じく「火長」さんです。

【下野の三人目】物部真嶋（もののべの・ましま）

真　嶋　私の歌は難波津に到着してからの作品ですし、当面の大役は一応果たしたという安堵もありましたから、自分が「火長」であることをすっかり忘れたような歌になっていますね。気軽なようですが、家族や友人・知人たちが見送ってくれた光景が瞼《まぶた》に焼き付いて消えてくれなかったのです。

（4375）下野③

松の木《け》の　並《な》みたる見れば　家人《いはびと》の　吾《われ》を見送ると　立たりしもころ

東山道は全線にわたって広幅の道路ですが、なにぶん山の中の道です。周りは全て自然林。峠に出ない限り、見晴らしはあまり広いものとは言えませんでした。だけど難波津に到着しますと、周りは全くの平地です。山や木々で遮られることのない見通しのよい海岸は、私にとって初めての風景でした。

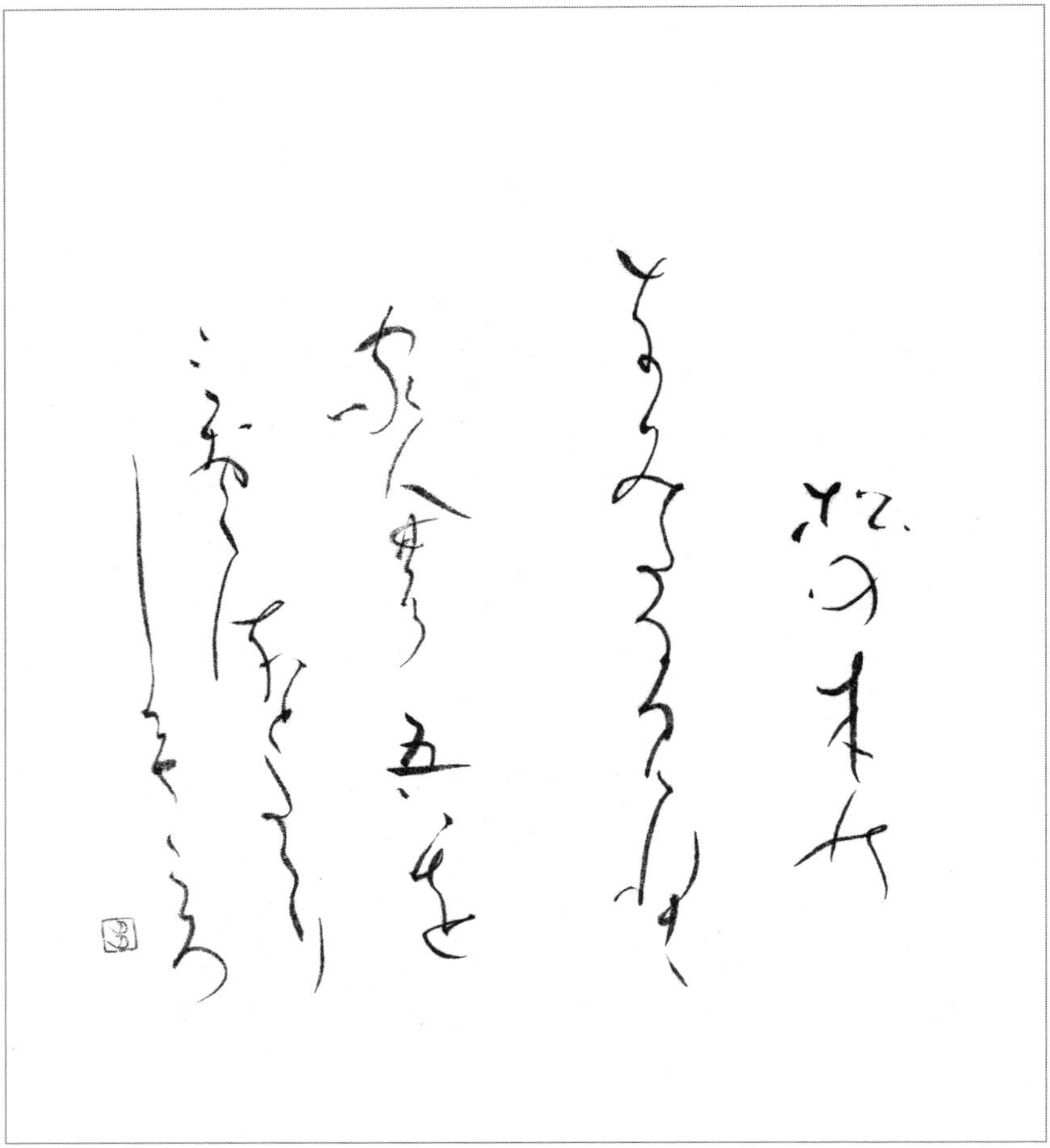

海辺に沿って松の木がたくさん植えられている所があります。松の木が綺麗に並んでいるな、と思えばそれだけのことですが……。我が家を出た日、振り返り振り返りしつつ、我が家の方を眺めた時の一コマを思い出して謡いました。父、母、妻、子供たち、兄弟たち、村の人たちが、横一列に並んで、それぞれの思いで両手を振ってくれていた有様を、すごく鮮明に思い出しましたよ。

家族たちの立ち姿が松の幹、横に振れているたくさんの両手が松の枝・葉。そういう連想が繋がりましたので、「松の木が並んで立っているのを見ると、家族の者が私を見送ろうと立ち並んで、みんなが一斉に手を振っていたのと、そっくりだ」と謡ったわけです。

家持　「火長」としての建前を捨てて肩の力を抜かれたからこその、ほっこりする歌ですね。家族の皆さんの見送り状況を髣髴《ほうふつ》とさせます。家族との別れの辛さや悲しさを表に出さず、とてもきれいな情景として謡われているのには、心からの賛辞を捧げたいです。「美しいだけの記憶」じゃないですよね。

情景がきれいなだけ、心の底に入り込んでくる複雑な悲しみは、いつまでも消えることのない心象風景として、私たちを深い想いに誘い込むようです。次は川上臣老《かはかみのおみおゆ》さんです。

【下野の四人目】川上臣老（かはかみのおみ・おゆ）

老　「老」ですが、若いですよ、若かったですよ。未婚でした。防人の任地がこんなにも遠い所とは知らなかった、実におぼこい、というか世間知らずでした。防人の役目や任期のことも、はっきり分かってはいなかったですね。

（4376）下野④

旅行《たびゆき》に　行《ゆ》くと知らずて　母父《あもしし》に　言申《ことまを》さずて　今ぞ悔しけ

難波津に向かう旅路の宴で作った歌です。ですから筑紫へ着くまでの全行程から見て、まだ半分にも満たない陸路の旅路だというのに、「こんな長旅に出るとは知らなかった」と謡い出しています。

今になれば言い訳ですが、たまたま私の身近な友人の間では防人が話題に出ることがあまりなかったので、事情が飲み込めていなかったです。ですから、防人のことをなにがしかは聞いて知っていた母や父の驚きを十分理解できていなかったです。私にしてみれば、突然の命令だからそんなに重い任務ではないのだろう、と高を括っている部分がありまして、事の重大さに気付かず、また行き先にも無頓着でした。

そのため母と父の驚き様がよく理解できていないままに出発してきました。そんな心構えでしたから、母さんや父さんに、自分の気持ちを十分に伝えたわけでもなく、母さんや父さんからの心配事や注意なども上の空で聞いていたようです。そんな別れになってしまったことを、今頃になって残念に思われてならない、という気持ちの歌です。駿河の牛麻呂《うしまろ》さんが（4337）で、

水鳥の　発《た》ちの急ぎに　父母《ちちはは》に　物言《ものは》ず来《け》にて　今ぞ悔しき

と謡っておられました。「今ぞ悔し」という言葉遣いは同じなんですが、旅の準備が忙しくて話をする時間もなかった牛麻呂さんとは大違いで、私はただのボンヤリでした。

家　持　防人徴兵を伝える時、お役人たちは一体どの程度の説明をしていたのでしょうか。

軍隊というのは、もともと秘密主義ですから、後世の太平洋戦争の時も、自分の任地がどこか、例えば、国内か外国かを含めて、まして朝鮮、中国北部、タイ、ベトナム、ビルマ（今のミャンマー）、インドシナ半島、南太平洋の島々……などについては、一切知らせてくれなかったようです。海軍か陸軍かも分からない。そこが本人にとっての死に場所になるかもしれないのに……。とにかく員数揃えの発想が先行し、行き当たりばったりの徴兵だったのではないでしょうか。

では次に津守宿祢小黒栖《つもりのすくねをぐるす》さん、お願いします。

【下野の五人目】　**津守宿祢小黒栖**（つもりのすくね・をぐるす）

小黒栖　遠江《とほたふみ》の黒当《くろまさ》さんが、ご自分の歌（４３２５）を紹介された時に、私の歌を引き合いに出してお話をされました。名前の一字が同じ「黒」であることにも因縁を感じます。

（４３７７）下野⑤
母刀自《あもとじ》も　玉にもがもや　戴きて　角髪《みづら》の中に　合《あ》へ巻《ま》かまくも

「母」というところを、後ろに「刀自」を付けました。ちょっと大袈裟ですが、これはお母さんを尊敬している、という気持ちを込めての表現です。駿河の麻呂さんも、（４３４２）で「母刀自」と謡われましたね。私の歌は「おっ母さんが小さな宝玉であってほしいな。もしそうだったら頂戴して、私の頭の上にお乗りいただいて、そのまま私の角髪の中に一緒に大切に巻き込めておこうものを！　そうしたら、ずーっとご一緒の旅になりますよね」という意味合いです。さらに厚かましく言えば、玉になった母が私を守ってくれるだろうな、「護身の玉」

になってくれるだろうな、という意味も込めています。

角髪は、当時の若者を中心に、結構年配の人も含めての標準というか、流行のヘアスタイルになっていました。両耳の上で括る時に、その中へ玉を巻き込ませておけば、髪の毛がふわーっと浮き上がって、より大きくたくさんに見えるようになるかな、と思ったことも事実です。

今日は母が参加させていただいております。一言申し上げたいそうです。お許しください。

小黒栖の母　母でございます。優しい、優しい子でした。この歌の通りの母思いの子でした。私が「護身の玉」になってあげられなかったのに、とても元気に帰郷してくれました。これもご同行の皆様のお蔭です。有り難うございました。防人に差し出した我が子を元気な姿で迎えた母親たちは、みんな同じ思いだと思います。行き倒れになられた稲麻呂さん（98頁）のお母さんの気持ちを思うと……。

角髪

家　持　優しい息子さんが素敵な歌を作ってくれて、そして元気に帰って来られたとのこと、本当によかったですね。稲麻呂さんのお母さんの気持ちを考えると、本当に胸が塞がります。

あなたの「玉にもがもや……」は遠江の黒当さんの「花にもがもや……」（４３２５）と並んで、後世の学者さんや学生さんに、とても愛されたんですよ。「玉にもがもや　戴きて」という部分は、ピカピカ輝いて聞こえますよ。遠く離れた遠江と下野で異口同音のように「花にもがもや」、「玉にもがもや……」と謡われたんですね。

では中臣部足国《なかとみべのたりくに》さん、よろしくお願いします。

【下野の六人目】**中臣部足国**（なかとみべの・たりくに）

足　国　父と母を謡いました。

（4378）下野⑥

月日《つくひ》やは　過《す》ぐは行《ゆ》けども　母父《あもしし》が　玉の姿は　忘れ為《せ》なふも

先ほど「老《おゆ》」さんが「母父」と謡われました。私も「母父」と謡いました。後世の方からすれば、普通ならば「父母《ちちはは》」というのを殊更「母」を先に「父」を後に言うのは、よっぽど母が恋しいんだろう、と想像されるかもしれませんので、少し説明しておきます。「玉」も伝染していますね。

当時は「通い婚」でしたから、子供は母の実家で育てられます。時には成人しても父の家に入らず、そのまま結婚することすらありました。ですから「母系家族」の中で成長していきます。まずは母親が身近であり、父はお客さんです。だから小さいうちは、いつも「おまんま」をくれる人、「おま」→「あも」と呼んでいたのでしょうね。「母父《あもしし》」という表現が自然に出てきます。韓国では「おもに」と言うって聞いたことがあります。

子供が大きくなって母の実家から巣立つほどになれば、ようやく父の家へ移り、そこで父を中心とした、もちろん祖父・祖母を含めての父系家族になり、「あも」は「はは」となりますが、子供の頃の癖が続いていると、特段に甘える……とか、父より母が……といった意識を持たないようにしているのに、「母《あも》」だとか「母父」といった言い方が残るのです。「刀自」を付ける場合も、先ほどの小黒栖さんは「あもとじ」でしたが、駿河の麻呂さんは「ははとじ」（４３４２）でした。「父刀自」というのはなかったですね。あるとすれば「父御《ててご》」でしょうか？

歌の意味は、「月日はどんどん過ぎ去ってゆく。旅路に出てからかなり日が経ったけれども、お母さん、お父さんの、あの玉のような姿が、俺にはどうしても忘れられないなあ」です。

「花にもがもや」「玉にもがもや」「玉の姿」が使われています。「花」と「玉」のどちらが美しいか、ということではなく、子供から大人への成長の過程では、両親は常に私たちの憧れであり、目標であった、という点では全く同じだと思います。

家持　同窓の皆さんたちが誰を想って謡われたのか、分析してみました。紹介します。

家族を対象とする歌がとても多く、全取載歌（八十四首）の八割強（七十首）です。

その内訳を見ますと、

両親対象では、父母セットが十一首、父が一首、母が十首、合わせて二十二首

妻子対象では、妻が三十三首、妻子セットが一首、子が二首（三中さんの父の歌を含む）、全部で三十六首

それから家族全体対象が六首です。

本日の最終を飾っていただく武蔵国では宴に、そして今回も奥様参加で、六人が六人とも夫想いの歌でした。お気付きになったと思いますが、子供のことを謡った歌が極端に少なかったです。いくら通い婚の時代で子供との接触時間が短いといっても、幼子を愛していなかったとは思えません。ですから子供を産む前の新婚さんが多かったのではないでしょうか。未婚の男性も含めて防人徴兵では、若い人が狙い撃ちされたんですね。

後世の自衛隊は、人気就職先の一つとされているようですが、集団的自衛権の行使となれば戦域が広がる、戦

闘機会が増える、死者も出る。そうすると就職希望が減る。そうなれば数集めの徴兵制が待っている。若者が狙い撃ちされるのでしょうね。防人さんたちと同じように拒否できない若者たち……。

次は大舎人部祢麻呂《おほとねりべのねまろ》さん、お願いします。

【下野の七人目】 **大舎人部祢麻呂**（おほとねりべの・ねまろ）

祢麻呂　ここまでの下野の皆さんの歌は、故郷を出立する時、あるいは旅路の途中で開かれた宴で作られましたが、この後、紹介される皆さんは、難波津に到着してから謡われました。まず私です。

（4379）下野⑦

白波《しら》の　寄《よ》そる浜辺に　別れなば　いとも術《すべ》なみ　八遍《やたび》袖振る

船出してからの歌のように聞こえるかもしれませんが、「白波が寄せては返す、この浜辺で別れてしまったならば」というのは、船からの風景ではなく、港からの風景です。数日後に船出することを想像した時、「船出してしまったら後はもうどうしようもないのか」と思い、逃れることのできない暗い気持ちになりました。「その時点では、もはや何度も何度も袖を振って別れを惜しむしかない運命なのだ」と謡いました。難波津到着のその日に先発陣の出航を見送っていましたのでね。

故郷の下野は山国ですし、ここまでのルートは東山道ですから、難波津に来て初めて海というのを見て、感激しました。浜辺に打ち寄せては返す白い波の美しさを、故郷の家族たちに見せてやりたい、と思いました。けれども、この感激の海が私をさらに遠方へ連れ去る悲しみの仕組みなのだ、と気付いて、心が沈む中での歌です。

船の上から袖を振っても、それを見送ってくれる家族はいません。一体誰に向かって袖を振るのか、世の中全てと別れなければならないような心境でした。「八遍袖振る」「振って振って振りまくる」んですよね。

家　持　後世の人たちも、船に乗って出発する時には、万感を伴う格別の別離感を抱かれる方が多いようです。銅鑼《どら》の音が単調に響き始めますと、船がゆっくり海を滑り出します。船上からはゆったりしたリズムに身をゆだねながら離れゆく岸壁を眺めます。そして見送りの人たちが岸壁を小走りに走って船を追いかけながら手を振るのを、自分も目で追いかけながら手を振る。やがて見送りの人たちが立ち止まり、顔・姿が少しずつ小さくなってゆく。

楽しい旅ならまだしも、長い別れが始まる瞬間だとすれば、声が届かない以上、岸に向かって、ただただ無暗《むやみ》に手を振る、というアクションしかないのでしょうね。出陣式を終えて見送りに回った難波のお役人たちが、岸壁で型通りに手を振りますから、振り返すほかなかったのでしょうね。あるいは「手を振れ」と命令されていたのかもしれない。

次は大田部三成《おほたべのみなり》さん、お願いします。

【下野の八人目】**大田部三成**（おほたべの・みなり）

三　成　私は難波津に着いた翌々日、大変ラッキーなことに、港におられた漁師さんに、小さな漁船だけど乗ってみないか、と誘われました。生まれて初めての海、生まれて初めての船、生まれて初めての波の上、何もかも初体験させてもらいました。船が沖の方に出て周りを見回すと、何と海の広いことか！

陸の方はといえば、平たい地面の上にへばりつくように建っている家々が、とてもみすぼらしく感じられました。なんだ、あんなところでせこせこしていたのか、と気づかせてくれるような景色でした。その平たい地面と、家々の屋根。そしてそれらを覆うように大きい山がドーンと聳《そび》えていました。山の偉大さを感じましたよ。感激の中であちこちを見渡すだけのひとときでした。数日後には、故郷から一層引き離されて遠い筑紫へ兵隊として連れて行かれるのだ、という複雑な心境をすっかり忘れて、周りの広い海と山々に圧倒されておりました。聴いてください。ここでは「難波津《つ》」（奈尓波都）ではなく、「難波門《と》」（奈尓波刀）を使いました。

（4380）下野⑧
難波門《と》を　漕ぎ出《で》てみれば　神《かみ》さぶる　生駒高嶺《いこまたかね》に　雲そたなびく

「難波の港を漕ぎ出して沖に出て行く時、港を振り返ってみると、家々を覆うように広がっている緩やかな山並みが見える。左端の生駒の山頂には神々しい雲がたなびいていた」という意味です。「神さぶる」の句を「生駒高嶺」の前に入れていますが、気持ちとしては「雲そたなびく」風景が神々しく感ぜられました。「神《かむ》さぶる」ではなく、「神《かみ》さぶる」なのは、方言です。

防人のことが始まってからもう九十年以上経っていたそうです。その間、唐や新羅から兵隊が攻め入ることなど一度もなかったそうですから、これから直ぐに戦争に駆り出されて死ぬかもしれない、といった悲壮感ほどのことは、幸いなかったです。だけど、さっきの人も言っていましたけど、自分たちが行くこれから先のことになると、何の保証もないです。その不安の中で、びくびくしながらも、それらをすっかり忘れることのできた一瞬でした。安らぎの体験でした。

生まれて初めて小舟に乗せてもらって難波の海に漕ぎ出し、海の上から眺めた山々の美しかったこと！　夕日を浴びて浮かび上がる生駒の姿、その生駒に棚引いて夕焼に赤く染まる雲、反対方向の瀬戸内に沈むお日様、摩耶から六甲にかけての夕焼けの美しさ、とてもよい想い出になっています。

そして、いよいよ船出の日が来ます。今度は小さな漁船ではありません。船出をした後のことを少しお話しておきますと、色とりどりの織物で作った旗を掲げ、武具を積み、食糧を積み、漕ぎ手が乗り込み、甲板に並んだ私たちは、少しずつ遠ざかっていく港を見やりながら、もはや逃げ隠れできないな、と覚悟を固めつつ、故郷の山や川を忍びました。

瀬戸内の船旅では、右・左のいずれにも山を見ることができました。小さな島の小さな山だったのかもしれません。下野で見る山よりも、おだやかで低い山並みでした。船の中では、特別の仕事がなく、体を持て余すこともありました。

波も小さく船は穏やかな海を滑るように走っていました。特段に揺れるようなこともなかったので、素人でも櫂《かい》を持てそうで、時折漕ぎ手と交代することもありましたが、見るとするでは大違いで、「下手くそ！」と叱られたこともありました。

後の世の壇ノ浦合戦で知られる狭い海峡を過ぎると、やがて玄海の海に出ます。さすがに波が大きくなり始め、船酔いをする者も出ました。赴任先ごとに分かれます。対馬に行く船、壱岐に向かう船、筑紫の本体に行く船、離れ離れにされていきます。

家持　越中守として見回った能登半島からの日本海、因幡守で体験した山陰の日本海、大宰帥を務めていた時の玄界灘。それらの中で、特に能登半島では冬の強風に煽《あお》られる波しぶきに、思わず体を緊張させたことがあるのを思い出します。その次に厳しかったのは玄界灘でした。対馬海峡に浮かぶ対馬や壱岐の海岸には、私が直接体験したわけではありませんが、大きい波が押し寄せることもあります。
『万葉集』の中に遣新羅使の歌がありまして、対馬航路を苦しんだという体験が謡われていますね。下野からやって来て初めて海を見られた。時は冬なのに、難波の内海ですから波静かで柔らかい海を。まして漁船に乗るチャンスを得られた時の高ぶる気持ちを想像しますと、私もワクワクしてきました。ここはワクワクする時ではなかったのでしょうけど、場面としてはワクワクしますね。
次は神麻績部嶋麻呂《かむをみべのしままろ》さん、お願いします。

【下野の九人目】神麻績部嶋麻呂（かむをみべの・しままろ）

嶋麻呂　難波津に来るまでは、家族と引き離された者同士、互いに慰め合いながらの旅でした。辛い長い陸路でしたけど、同じ境遇に置かれた同郷人としての気持ちの繋がりもあり、それなりに賑やかな集団を作って、笑いも交えながらの旅でした。
だけど難波津に来てみると、各地から集まってきた防人の大集団ができ始めており、みんな同じ境遇なのに、何となく他国人に対する遠慮が働いたり、同じ東国人と言っても方言が微妙に通じ合わなくなったりして、寂しい想いをしました。そんな中で謡った歌です。

（4381）下野⑨
国々の　防人《さきもり》集ひ　船《ふな》乗りて　別るを見れば　いとも術《すべ》なし

私たちの難波津到着日は二月十二日です。常陸の人たちと同日到着であり、さらに二日後の二月十四日には下《しもつ》総《ふさ》の人たちが到着し、混雑し始めておりました。

先着組の遠江、相模、駿河、上総の四か国の防人さんたちが、幾つかの船に別れ、あるいは別の国の人たちと乗り合わせる形になって第一陣として先発されるのを、後発組として港に勢揃いし見送ることになりました。騒々しかった難波津が少し静かになり、常陸と我々、それに下総の三か国が残りました。

船出されていった防人さんたちを見ていると、同じ国の仲間だけで過ごしてきた陸路の世界からは、これで完全に切り離されてしまうのだ、もはや逃げ隠れの余地はないのだと、いずれ追っかけて発つ手はずとなっている自分たちも、いよいよ切羽詰まった状態に置かれてしまったことが、改めて身に染みて謡いました。

歌の意味を直訳風に言えば、「国々の防人たちが集まって来て、それぞれ船に乗って別れて行くのを見ると、ただただ、自分の運命、不運な巡り合わせに腹が立ってきて、この先どうなるか全く分からず、自分ではどうしようもない目に遭わされることになったんだなー。畜生！」です。

家持　故郷を出発する時は、家族や、知り合いの人たちとの別れですから、それぞれに顔を見合わせ、言葉を交わし、手を握り合い、親しみを通じ合わすことのできる情景だったでしょうが、難波津からの出航となると、互いに顔見知りでない大集団と大集団が、お役人立会いの下で、ただただ勇ましく賑やかで、しかも形式的なお別れであり、雰囲気は全く別物と感じられたでしょうね。その雰囲気の中で、自分はこれからどうなっていくのだろう、と不安いっぱいになり自問されていたのだと思います。
次は大伴部広成《おほともべのひろなり》さん。後世かなりの話題を振りまいたダイナミックな歌、ご紹介お願いします。

【下野の十人目】大伴部広成（おほともべの・ひろなり）

広成 今日の同窓会、私でちょうど五十人目です。一息入れたいところですが、一気に行きましょう。

（4382）下野⑩
布多富我美《ふたほがみ》　悪しけ人なり　あたゆまひ　吾《わ》がする時に　防人に差《さ》す

この歌の「布多富我美」（万葉仮名そのまま）については、後の世の学者さんたちに大論争の種を蒔いている、と聞いています。ある参考資料には十一個の説が紹介されているそうです。いずれの説も、私を防人に任命した悪い奴が憎い、ということでは一致していると聞いています。私の気持ちだけは伝わったようですね。

この歌について、旅路の様子や難波津の様子が謡われていないから、故郷を出発する時の歌ではないか、という説もあるようですが、私を防人に命じた人が同席するかもしれない出立の宴で、こんな歌を謡ったら、目の仇《かたき》にされて、留守家族にとんでもない迷惑をかけますから、そんな所では謡いません。

難波津に着いてからの最後っ屁みたいなもので、我々仲間内だけで通じるあだ名を使いました。

この歌を万葉仮名に書き留められた主帳の方が「布多」の漢字を当てられたようですが、たまたま下野国の南西部にある都賀郡《つがのこほり》に「布多」という里のあることが頭をよぎったのかもしれません。それで学者さんの一人がその「布多」におられる「守」ということから「布多富我美」だろうと言われたようですね。ドキッとします。

だけどよく考えてください。「守」というのは下野国の長官ですよ。一つひとつの郡や里にそれぞれ「守」がいるわけないでしょう。

私は下野国の北東部にある那須郡《なすのこほり》の出です。「布多」という里のことは知りません。特定のお役人を詮索するのは堪忍してください、お願いですから。「布多富」は「二つ」ですよ！「我美」は「上《かみ》」ですよ！単純に「二心のある」「お上」くらいの意味としておいてください。それ以上の詮索はご辛抱ください。

「あたゆまひ」について説明しますと、急いで慌てている状態を「あたふたする」と言うことがあるでしょう。つまり急な状態なんです。「ゆまひ」は「やまい（病）」の方言です。要は、「私が急病状態になっているのに」という意味です。「そんな私であることを承知の上で防人に指名するなんて」という不満を伝えたかったのです。遠江《とほたふみ》の足国《たりくに》さんが軍防令《ぐんぼうりよう》の話をされていましたが、その中に病人を防人に命じてはいけない、という規定があるそうです。私の急病を仮病とでも思ったのでしょうか、実に怪しからん、という気持ちが強かったです。

いっときの腹痛だろう、と軽く見られたようですが、この腹痛が難波津に着くまで、ずーっと続きました。結果的には大病でなくって何よりですが。

それに、万一今年は仮病でうまく逃げることができたとしても、次の年も、その次の年も防人に指名される危険は続きます。毎年仮病で逃げるなんて、そんな無理が通らないことは分かっています。ばれたら後の仕打ちの方が恐ろしいですからね。

小黒栖《をぐるす》　確かに、日頃から住民の健康調査をしていたわけではないから、まずは当てずっぽうで徴兵命令を出す、本人が元気であれば、そのまますんなり決まる、という流れではなかったかな。家族構成を理由に挙げても、なかなか認めてもらえなかったのと同じように、病気持ちだからって拒否できない雰囲気は強かったな。

現地へ向かう行程だけでなく、現地へ行ってからも含めて、病人を抱えて困るのは役人自身なんだけどね。

家　持　確かに軍防令には、三十六条、三十七条、五十条に病気の届け出規定はあるのですが、きっちり届け出て検査を受ける必要がある、とされていました。余程の病気でないとねー。広成さんの歌について、特定の役人を詮索した学者さんも確かにおられますが、後世の学者さんたちのほとんどは、陰湿さのない、実にあけっぴろげに役人への怒りをぶっつけた正直ベースの歌だ、という点で高く評価されています。私も、その点で大いに共感を覚えます。防人歌群に話題を提供していただき、有り難うございました。

では下野のラストバッター、丈部足人《はせつかべのたりひと》さん、お願いします。

【下野の十一人目】丈部足人（はせつかべの・たりひと）

足　人　相模《さがむ》の国人《くにひと》さんの歌（４３２９）と同じような発想です。

（４３８３）下野⑪

津の国の　海の渚《なぎさ》に　船装《ふな》ひ　発《た》し出《で》も時に　母《あも》が目もがも

難波津の海辺は波静かで、出航の準備も滞りなく終わった。いよいよ出航の日を迎えようとしているのに、自分の心は波静かになれない。おっ母さんに一目でもいいから逢いたいな、と思っていました。遠くまで来てしまって、今更、会えるわけもないのに、女々しい歌になってしまいました。

家　持　女々しいなんて言葉で片付けられません！　大切なお母さんと三年以上の別れになるんですよ。故郷でのお別れが終わったから、もうこれで吹っ切れた、なんてことにはならないでしょう。

母と子の再会が叶わないことだって起こり得たんですから。

防人の任務を与えられた毎年千人のうち、家族との再会を果たせなかった人がどれほどおられるか、朝廷は全く何も把握していないです。把握する気もなかったことは間違いありません。

これまでご発言いただいた五十数名の中だけでも、帰郷できなかった方が二人、留守家族が亡くなられた方が三人、合わせて五人の方は再会が叶わなかったとのことでした。一割です。現地で頑張っている三千人のうち、実に三百人近くが再会できなかったという勘定になりますね。

第七章

下総国の作歌者たち

（4384－4394）

うはぎ

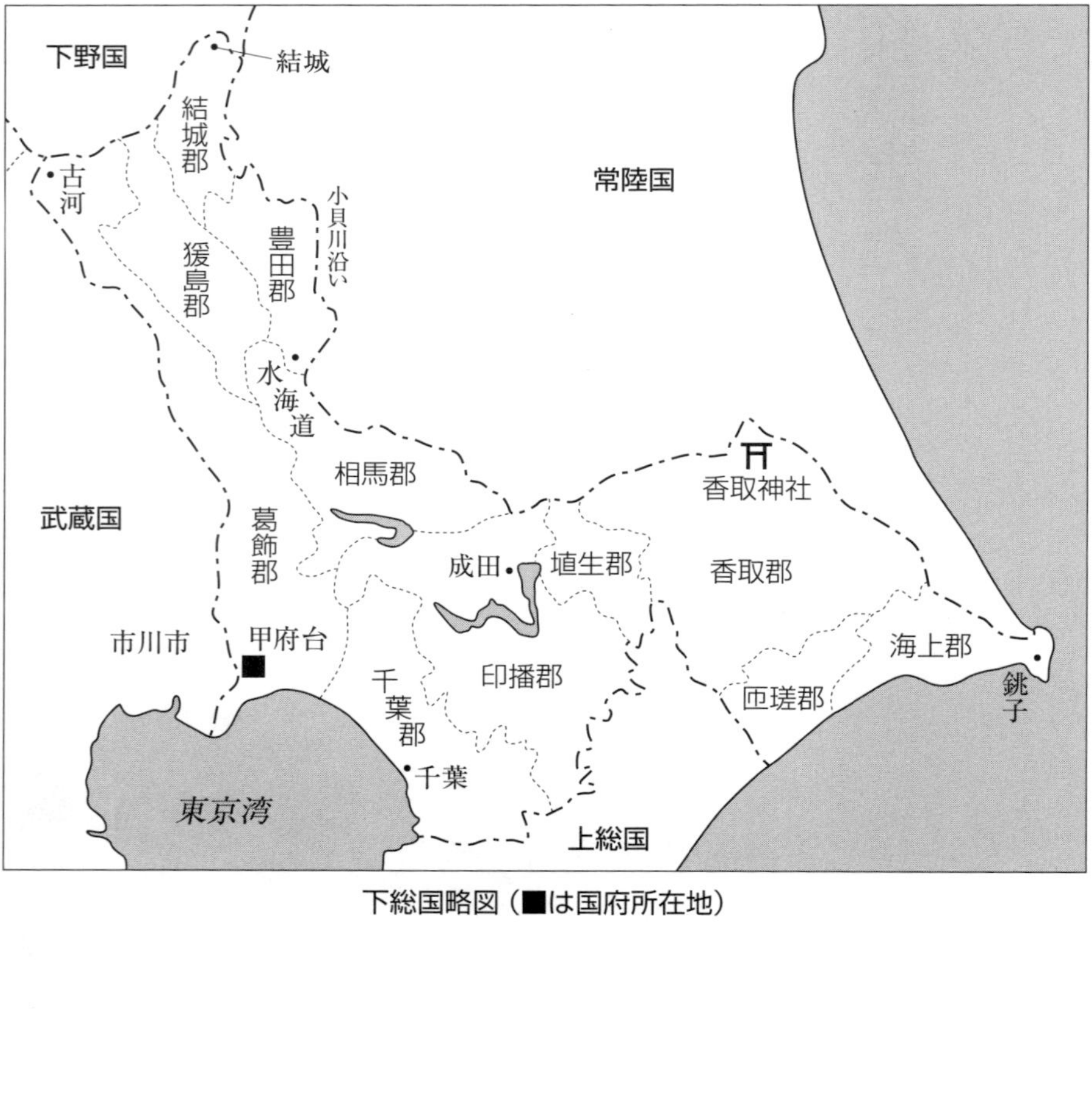

下総国略図（■は国府所在地）

家持　次は下総国《しもつふさのくに》です。千葉県北部と茨城県の西南部（利根川上流域）です。取載された十一首を拝見したところ、難波津《なにはつ》での歌が四首、旅路での歌が七首で、国府出立時の歌と思える歌は一つもありません。進上歌二十二首を全部取載しておけば、その中には父母や妻子との別れを目前に控えた宴の中での歌があったのかもしれませんね。私が取載歌と拙劣歌に選別してしまったことを、今になって後悔しております。難波津には二月二十四日に到着され、進上歌の提出は二月十六日でした。

トップは、助丁《すけのよぼろ》の他田日奉《をさだのひまつりの》直《あたひ》得《と》大理《こたり》さんです。「助丁」とは、会社組織で言えば次長さんです。国府出立時の宴のこと、覚えておられませんか。

【下総の一人目】他田日奉直得大理（をさだのひまつりのあたひ・とこたり）

得大理　役人ということで、一番バッターが振り当てられましたね。武蔵《むざし》との国境に近い国府（今の甲府辺り）に集まって宴を開きましたが、みんなが大声で謡うばかりで、誰か一人が立ち上がってことさらに別れの歌を謡うことはなかったと思いますが、記憶がはっきりしていません。頼りない次長さんでしたね。

下総から難波津までは、二十二泊二十三日の強行軍でした。下総で徴兵された役人防人は、全員筑紫まで行きましたよ。安心してください。家持さん。
私の歌は、難波津に到着した次の日の早朝、海岸で見た風景を謡っています。

（4384）下総①
暁《あかとき》の　かはたれ時に　島陰《しまかぎ》を　漕ぎ去し《に》船の　たづき知らずも

歌の中で使っている「かはたれ時」という言葉は、「彼は誰？」というほどのまだ薄暗い未明時刻（早朝）のことです。これに対し夕方の薄暗い時分であれば「たそかれ（誰そ彼は？）」と言います。

難波津の海は、故郷「海上郡《うなかみのこほり》」から見る太平洋とは、まるっきり違っていました。故郷で遊んだ海は、目の前に何一つ遮るものがない、正に「大海原」です。海辺に沿って右の方角を見ても左の方角を見ても、海ばかりでした。その海はまるで行き止まりのない、果てしない水、水、水の世界です。その先に何があるのか全く分かりません。先の先まで行ったことは勿論ありませんが、きっと、水、水、水……だったのでしょうね。じっと見ていると、水平線がとても大きい弓のように緩やかな、とっても緩やかな円弧を描いているように見えました。「え？　海って丸いの？」と思ったことがあります。天上に新しく来られた人に聞いたのですが、やっぱり丸いらしいですね。「地球」と言うそうですが、海がものすごく広いので「水球」の方が……。

私にとっての海はそんな風景でしたが、難波津の海は、まるで違いました。目の前に淡路島がドーンと横たわり、そこから右へ向かって摩耶・六甲の山々、そして足元の難波津まで地続きです。こんな山と島の間の海を突き抜けるという話は信じられませんでした。反対側の淡路島の左端にはかろうじて外海へ繋がりそうな隙間の海面が見えます。あの隙間の海を通り抜けて行ったほうがいいのでは？と心配になるほどでした。

さて私の歌ですが、「夜明け方のまだ薄暗い時分に海辺に立っていると、小船、おそらくは漁船と思われる船が何漕か、島影を縫うように漕いで行ったけれど、あれはきっと早朝の魚釣り。一体どこで釣るのだろう」「自分が連れて行かれる筑紫はやっぱりその先にあるのだろうか。こんな狭い海峡の先にある筑紫って一体どんな所なのだろうか。何とも滅入るな」という気持ちを込めました。

後世の学者さんたちの中には、先発防人軍団の出航を見送った歌と解釈される方がおられるらしいですが、それは違います。夜の空け切らぬこんな静かで薄暗い時分の出陣だったら御免こうむりたいですね。まるでこそ泥か夜逃げじゃないですか。故郷の人たちに合わせる顔もありません。

下野の方の歌（４３７９）や（４３８１）は、先発組の出航・出陣に間に合っての歌だったのかもしれませんが、私の歌は違います。私たちが到着したのは常陸や下野より遅く、その上、第一陣の方々が出航された後でしたから、港は静かでした。そんな静けさの中で私たちの宴が開かれました。私たちの出航日は四、五日先ですよ。

家持　確かに難波津の海辺に立つと、これが大海原に繋がっているの？と思いたくなるほどのこぢんまりした海だったのを思い出しますね。だから未明の中を沖へ向けて漕ぎ出す船を見て、こんな小さな海を抜け出して一体どこへ行くの？と尋ねたくなるほどの不安を感じられたんですよね。どこへ行くのかよく分からない、そのどこかへ向けて自分ももうすぐ船出しなければならないっていう不安が、見事に謡われています。上手です。

最初の秋持さんのショックが尾を引いていまして、きっちり筑紫まで行かれたお役人に会えると、怒られるかもしれませんが、ほっとします。

【下総の二人目】私部石嶋（きさいべの・いそしま）

石　嶋　私は私部石嶋です。私も難波津の海辺で歌を作りました。第二陣としての私たちを乗せていく手筈になっている船が何艘か停泊しており、船の上では水夫たちが出航準備に追われているようです。それを見て、これは結構大海原に出て行くのだな、と思いました。目の前に横たわる難波津の波は静かだけど、行く先々の海では大荒れになるのではないか、と不安に思われました。その途端、故郷に残してきた妻や子供のことが強く思い出され、無事に運んでくれよ、と祈りたい気持ちになった歌です。

（4385）下総②
行《ゆ》こ先《さき》に　波なとゑらひ　後方《しるへ》には　児をと妻をと　置きてとも来ぬ

「波なとゑらひ」の「とゑらひ」は「揺れ動く」の意味で、その前に「な」を入れることによって、「揺れ動くなよ」という禁止の意味を与えたのです。「官船の行く手では波立たないでおくれ。その官船に、子供と妻とを後に残して乗りに来たんだよ、この俺は」という意味です。

家　持　今日紹介していただいた歌の中で、小さい子供さんのことを取り上げた歌は、これが最初です。奥様と子供を残して、後ろ髪を強く引かれながらの、とんでもなく寂しい出航が近づいていた。

「児をと妻をと」の表現は、「児」を前に出されています。これが「妻児《つまこ》」であると、何となく一括りの「被扶養者」的な表現になりますが、それに比べて情が感ぜられますね。「児」と「妻」を同格に扱っています。「児」

が先で「妻」が後に来ているからといって、妻の大切さが子の大切さに劣るとは、更々感じません。「児をと」「妻をと」を丹念に並べて丁重な表現に努められています。この丁寧な謡い振りには頭が下がる思いです。一字一句、おろそかにされていません。

遠江の葦国さんの歌（4326）では後方《しりへ》（志利弊）でしたが、下総では後方《しるへ》（志流敝）と表現されているんですね。私にとっての発見です。

ところで平成の皆さん、「置きても来ぬ」は「置きて」で切りますか、「置きてと」で切りますか？　正解は「置きてと」、「も」、「来ぬ」と考えます。「置きてと」は「置きてぞ」の訛りです。「置きて」、「ぞ」と強調し、「も」を加えて一層強調し、そういった表現を使うことによって、まさに「置き残すという決断に迫られ、いや、決断というような主体的意思など一切入る余地のない強制によって、ここへ連行をされたんだ」という、くやしさが述べられています。石嶋さんの悲壮な想いを汲み取ってあげてください。

その前の「児をと」「妻をと」と並べると「と」が三つ並んでいます。この歌におけるお子さん、奥さん、そして今の自分、その三人がそれぞれに生き生きと浮かび上がってきます。

石　嶋　ここで「児」と言ったのは、最初の子供です。二歳でした。男の子です。私たちの言うことを少しずつ分かり始めてくれていました。元気に帰って遊んでやらなきゃ、と思い続けていました。

家　持　二歳のお子でしたか。抱きしめて頬擦りさせて欲しいですね。「高ーい、高ーい」をしてあげたいですね。帰郷された時は五歳のやんちゃさん。……石嶋さんの嬉しそうな顔！

では次に矢作部真長《やはぎべのまなが》さん、お願いします。

【下総の三人目】 **矢作部真長**（やはぎべの・まなが）

真　長　幼い時に父を亡くしており、兄弟姉妹もいません。もう二十年近くも、母一人子一人です。私が生まれたのは両親が結婚してから五年後で、その三年後に父が病気で亡くなったと聞いています。母子はお互いが大切な大切な宝です。そんな一人息子が、四十七歳の母を一人置いて防人に徴兵されました。家に残るのは、母一人です。たった一人の子を連れ去られるんですよ。その母を謡いました。

（4386）下総③
我《わ》が門《かづ》の　五本柳《いつもとやなぎ》　何時も何時も　母《おも》が恋ひすす　業《なり》ましつしも

私の家には、門口に柳が五本植えられています。父が存命中に植えたそうです。ですから、いつまでもお父さんがいてくれる、という意味を込めて、母子で五本柳のことを「いつもとやなぎ」と呼んでいたのですが、その「いつもいつも」の通り、お母さんは私や死んだ父のことを恋しく思いながら、ただ一人の話相手を失って、今日も一人で辛い畑仕事をなさっておいでだろうなあ、という意味で謡いました。

田起こし、種まき、水やり、雑草抜き、虫取り、収穫……農具の修理、家具の修理、草鞋《わらじ》作り……。そんなことを母一人に背負わせることになってしまいました。「業まし」と一言で表していますが、とんでもなくたくさんの仕事ですよ。春は春で、夏は夏で……。旅路の夢の中に母が現れました。

家　持　お母さんとお父さんへの想いが込められ、そして、夫に先立たれた悲しみを支えてくれた息子さんと三

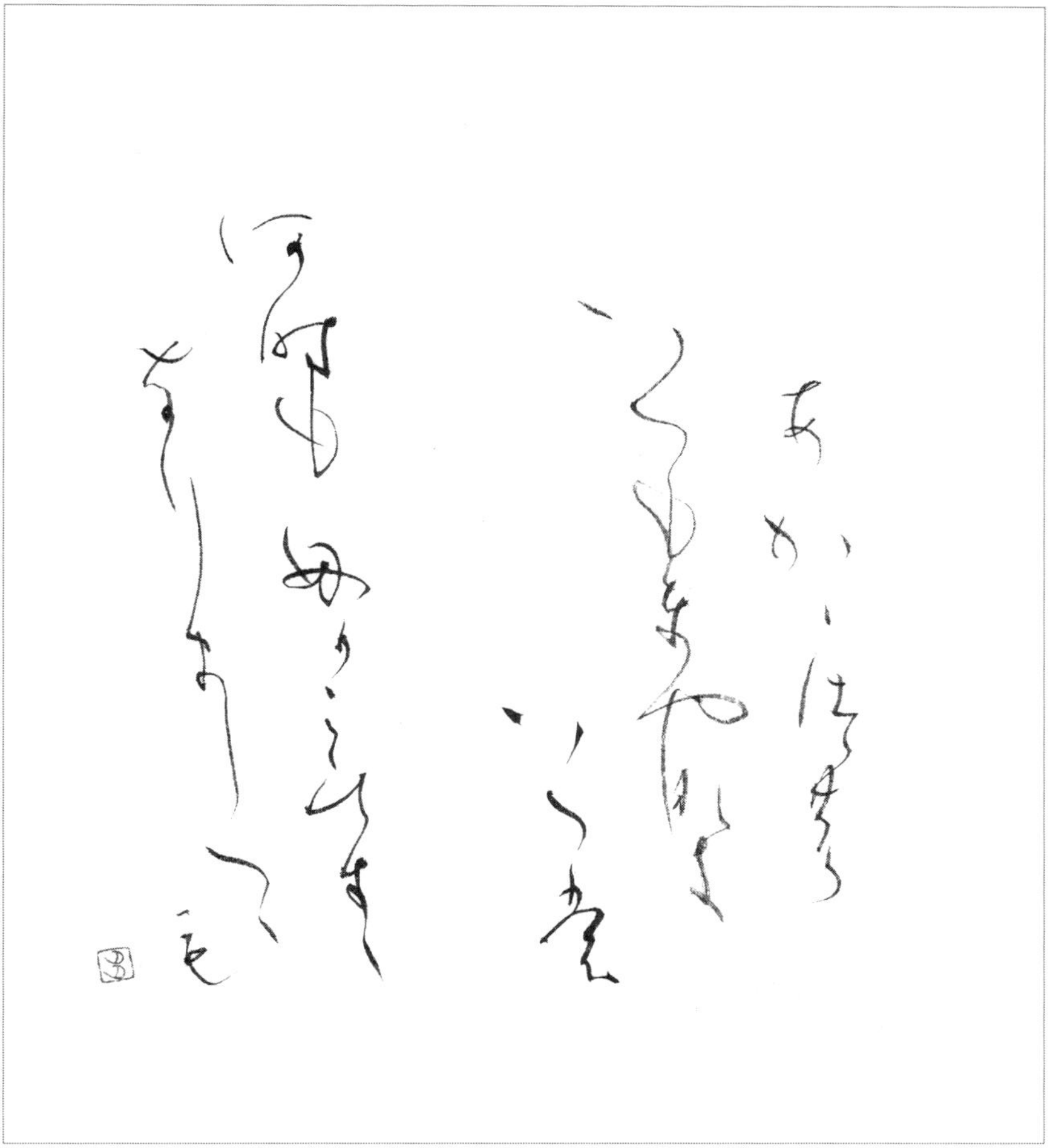

年も引き離されることになったお母さんのことを、切なく歌い上げられています。畑を女手一つでこなすのは大変なことだと思います。お母さんに兄弟か親戚の方がおられてお手伝いしてくれていればいいのですけど。

この同窓会の始まりの頃、方言の添削や改作の話題が出ました。真長さんのこの歌を聴いて、どうしても一言申し上げたいことがあります。

巻二十では進上歌一六六首のうち、八十四首が採用されました。採用率が高いことで、後世の学者さんたち、特に江戸時代頃までの学者さんたちが、「採用率が高すぎる。これはきっと家持らが添削したり改作したりして下駄を履かせた結果だろう」と言っていたようです。

そういった解釈の根拠の一つがこの歌です。ここでは「五本柳　何時も何時も」と謡われているのを捉えて、一つには技巧的に上手すぎる……。

もう一つは、「五本柳」は中国の陶淵明《とうえんめい》という詩人（東晋末―宋初）が庭に五株の柳を植えていたのを見て、村人たちが陶淵明に「五柳《ごりゅう》先生」という号を付けて呼んでいたそうです。そんな中国の故事を東国の農民たちが知ってるはずがない、だから家持か誰かが、勝手にこの言葉を「何時も何時も」の前に持ち込んで、「いつも、いつも、いつも」のリズムを作ったんだろう、と言うのです。

とんでもない。奈良時代には家の庭や川の土手に柳を植えることが知られております。そのことを詠んだ万葉の農民たちを馬鹿にしすぎです。後世、先生たちが生徒の作品を添削したり部分的な変更を勧めるといったこともあるようですが、私たちの時代では、他人《ひと》様の作品に手を加えるなど、及びもつかないです。もし添削できるのであれば、先ほど話題になった方言こそ、「都言葉」風に変更していたはずです。できっこありません。万葉仮名で記録・進上された歌を、一切修正せずに収載させてもらいました。釈明の時間をもらい、少し気持ちが晴れました。

大田部足人《おほたべのたりひと》さん、お待たせしました。

【下総の四人目】**大田部足人**（おほたべの・たりひと）

足人　はい。

（4387）下総④
千葉の野《ぬ》の　児手柏《このてかしは》の　含《ほほ》まれど　あやに愛《かな》しみ　置きて高来《たか》ぬ

「児手柏《このてかしは》」というのは、子供の手指のような可愛い葉っぱがたくさん重なるように並んで広がっている低木です。私の故郷、千葉郡《ちばのこほり》（今の千葉市、習志野市、八千代市辺り）の野原に多い木で、我が家の近所にも生えています。背は低いです。

「含《ほほ》まれど」とは、まだ蕾の中に含まれている薄赤色の新芽に譬《たと》えたくなるほどの、幼気なくも初々しい娘っ子の様子を表しています。まだ年端も行かない子ですから、私も遠慮して自分の想いを告げる勇気がなかったです。けれど、その子のことがとても気がかりです。愛らしくて、愛らしくて、いずれは妻になって欲しい子です。「あやに愛しみ」というのは、兎に角理屈抜きに、自分でもなぜだか説明できない、不思議なほどに可愛い、というつもりです。

今度の防人徴兵は拒否できない命令ですし、自由の身になって帰れるのは三年半先ですから、その間にはもっと可愛い娘に成長していくことでしょう。ほかの男に言い寄られることになったらどうしようか、と悩みつつ、結局「帰るまで待って」とも言えずに、こんな遠くまで来てしまったことが悔やまれます、という気持ちの歌です。「高来《たか》ぬ」の「高」は「遙か遠くへ」のつもりで使いました。
防人に行ったとしても戦になることはないと思ってはいましたが、自分が元気なまま帰れる保証もないですし、万一病気になったら、待ってくれた彼女に大変な不幸を背負わすことになりますので、彼女を束縛したくはない、という気持ちとの狭間で苦しみました。結婚を申し込まないまま出てきてしまったことの後悔でいっぱいでした。

家　持　結婚の対象とするには幼なすぎる子であれば、不謹慎に「待ってて欲しい」とも言えず、お迷いになった気持ちはよく分かります。
帰郷された時、彼女はどうでした。同期の皆さん、気になりますよね。

足　人　結婚なんてもうちょっと先のことといった、それでも、そろそろ適齢期かな、それでいて以前の可愛いままの娘っ子、という感じでした。私を迎える表情も「お兄ちゃん、お帰り」といった感じでした。ほかの男が言い寄っていないことを察知できましたので、恐る恐る、妻になって欲しいと頼みましたら、顔を真っ赤にして俯《うつむ》きながら、「いいよ」と答えてくれました。その答えを聞いてから、改めて体がガクガク震えました。

家　持　よかったー。幸せな気持ちのまま、占部虫麻呂《うらべのむしまろ》さんの歌に移りましょう。

【下総の五人目】**占部虫麻呂**（うらべの・むしまろ）

虫麻呂　それでは、難波津に着いた時点ですらも脳天気ぶりを恥じていない私の歌を白状します。

（４３８８）下総⑤

旅と言《へ》ど　真旅《またび》になりぬ　家《いへ》の妹《も》が　着せし衣に　垢付《あかつ》きにかり

生来、私は呑気者で、苦労知らずでした。格別プラス思考的に生活していたというわけではなく、何事も深刻に考えることができないというか、むしろそういうところから逃げるタイプでした。筑紫への赴任についても、何となく軽い旅行気分のまま出立日を迎えたほどです。

難波津に着いた時、妻が着せてくれた衣がかなり汚れていたことに気付き、ちょっとの間の旅のつもりで出てきたのだが、これだけ汚れるほどの長旅になってしまったのだな、と謡いました。そこからさらに筑紫まで、およそ三十日の船旅が待っているんですよ。本当に脳天気な歌です。

筑紫についてからは三年にも及ぶ沿岸監視と屯田兵生活が待っていること、さっきも話が出ていたように、任期が終わった後の帰国の苦労も待っていたこと、……まるで想像できなかったです。防人徴兵が私たちにどれだけの不幸・不運をもたらすものか、後になってようやく分かった、ボンヤリ者でした。

そんな私だということを、よーく知ってくれていたからでしょうか、私に心配をかけまいと、にこやかな笑顔で送り出してくれた妻、無事帰還した時にとびきり明るい表情を見せてくれた妻、三年半にわたり、子供を育て、畑を守り、両親を支えてくれた妻、私には過ぎた女房でした。子供のことも、親のことも、畑のことも、何もかもおんぶにだっこで妻任せの自分でした。

この歌で「家の妹《も》が」と謡っていることを少しお話します。あっ、はじめに、私たちの国では妹《いも》じゃなく、妹《も》でした。「家の妹《も》が」で五音になります。「家の妹《いも》が」だと六音の字余りになります。

これからが本論です。この当時、結婚しても夫が妻の家に通うというのが普通のスタイルだったですけど、私たちの夫婦生活では、妻が私の家に来てくれていまして、私が妻の家に通うということは、結婚した最初からありませんでした。これは両家の特殊事情があったからですが、それは兎も角、私の妻は我が家におります、というイメージを持ち続けていた歌です。一つの家で一緒に生活していますから、服装や着替は自分一人で決めるのではなく、日頃から妻と相談して決めます。ですから出発の日も、その決めた着物を妻が着せてくれました。妻が私の貫通衣を裾から首の方へ丸めるように持ち上げて私の前に立ち、私は少し身をかがめて妻が被せてくれるのに合わせて少しずつ背を伸ばします。そうして着終わった時は妻と私が顔を合わせている状態になり、そのまま思いっ切り抱き合いました。

「家の妹が　着せし衣……」というのは、そういう着せてもらうプロセス、そしてその時の二人の表情を含めた動画的風景を表したかったんですが、お分かりいただけましたでしょうか。

今日、友人たちの悩み多い歌を聴いているうちに、こんな脳天気な歌を恥ずかしげもなく進上していた自分を恥じますが、楽天家だからこそ、苦しい三年余を耐えることができたんだな、と改めて自分を肯定するところでもあります。

家持　そうだったのですか。そこまでは気付かなかったです。そうだったんですよね、とても、とても嬉しいです。ご自身では楽天性故に耐えられた三年間、とおっしゃったけど、実際には楽天プラス辛抱強さ、そして、もっともっとベースには、奥様との強い繋がりが支えてくれていたからこそ、三年間を乗り切られたのでしょうね。お疲れ様でした。

「家の妹《も》」に関連して二十一世紀の皆さんに説明しておきますと、虫麻呂さんの場合、女性が男性の家に入った形で結婚されたわけですが、そうだからといって、この形式を取り立てて「嫁入り」とか「嫁にもらう」、あるいは「嫁に出す」と言い表すことは、当時ありませんでした。
次に丈部直大麻呂《はせつかべのあたひおほまろ》さん、お願いします。

【下総の六人目】 **丈部直大麻呂**（はせつかべのあたひ・おほまろ）

大麻呂 私は一転して、不平たらたらの話をします。難波津の海で小さな漁船の群れを見ていました。日ごろは波静か、と聞いていましたが、その日はなぜか西風が強く、白波が立っていました。私の家の近くの印旛沼《いにはのぬま》はとても波静かで、白波を立てる海なんて初めてです。小さな漁船が舷に波を受けるのは危険だそうで、みんな舳先を波に向けて同じ方向に並んでいました。
見ていますと、その舳先に、突然、白波が覆いかぶさって、あちこちの船上で漁民たちが慌てている様子が見えました。この状況をヒントに歌を作りました。

（4389）下総⑥
潮船《しほふね》の　舳越《へこ》そ白波《しらなみ》　にはしくも　科《おふ》せ給《たま》ほか　思はへなくに

「にはしくも」は「俄かにも」の方言です。「思はへなくに」は単に「思いがけなく」という程度の意味ではなく、「敢えて思おうとしても思いつかない」、つまり「びっくり仰天なほどに予測外の」という意味です。ですから歌全体としては、「潮風に煽られて海上を漕ぎ回っている漁船の舳先に、突如として白波が覆い被さるように襲いかかって漁民たちが大慌てしている。私たちが突然の命令を受けて大慌てしていたのと、そっくり同じだ。思いもしなかった徴兵命令がやってきたあの日のことを思い出すよ。本当にひどい話だよ」です。

徴兵命令のことを知った女房がびっくりして私にいろいろ訊くんだけど、私にしても答えようがなくって、ただおろおろして何も手がつかない状態だったですよ。

地上で聞いておられる皆さん、もしこれが貴方への徴兵命令だったら、どう思われますか？

家　持　貴方の歌を、全然別の意味で解釈されている方もいますので、ご紹介しておきます。それは、宴の席で予想もしなかった指名を受けて歌を作れと言われた時の貴方の驚きを謡われたのだろう、という解釈です。難波津に着いてほっとする間もなく、進上歌の数が少ないから、もっと謡えと命じられたからだ、という状況を考えての解釈だと思います。

確かにそれもそうかな、と思ったこともあったのですが、私としては、貴方のご説明を伺って、防人徴兵の命令を受けた時の驚きを示す歌だという理解の方が、気持ちの中にすんなり入ってきて、とてもすっきりします。「科《おふ》せ給ふ」という言葉遣いからしても、天皇様からのご命令を受けたのだというイメージが強く伝わってきますよ。「歌を作れ！」くらいで「科せ給ふ」もないでしょうね。仮に宴の場で歌を作るように言われたとして、そしてそれが突然だとしても、東国で謡い慣れておられた方たちですから、そんなことであたふたされませんよね。

【下総の七人目】　刑部志加麻呂（おさかべの・しかまろ）

志加麻呂　では私の番、刑部志加麻呂です。

（4390）下総⑦

群玉《むらたま》の　枢《くる》に釘刺し　固めとし　妹《いも》が心《こころ》は　揺《あよ》くなめかも

言葉遊びの多い歌ですので、まずは、最初の「五・七・五」句について説明させてください。真中の七音で使っている「枢」というのは引き戸のことで、当時は「くるる戸」と言っていました。「釘刺し」とは、戸が開かないように釘を打ち込んでおくということです。そしてその前の五音「群玉《むらたま》の」は、くるる戸の上に付けられたたくさんの玉が群がってコロコロ転がる様子をイメージして、枢の「クルクル」に絡ませた一種の枕詞のつもりです。

下の句の「揺《あよ》く」は「揺れ動く」で、「なめかも」は、はっきり否定する時にも使いますが、「そうかもしれないし、そうでないかもしれないし」という弱い否定、というか、「そうでないことを祈る」ような願望的な意味でも使われます。

ですから全体としては、「くるる戸に釘を差し込んで戸締りを固めるように、あれほど固く誓ったのだから、妻の心がぐらついたりなんかしないよな、ぐらつかないで待ってくれるよな、絶対にぐらつくものか」といったあやふやな不安と確信を歌にしました。

女房は笑うと片頬に大きいえくぼができる可愛い顔立ちのうえ、気持ちが優しいから、誰からも好かれるタイプです。俺の留守中に、周りの男が隙あらばと近づくかもしれない。女房は優しい心遣いのできる奴だから、その男を傷付けないように思いやって、中途半端な愛想笑いで返事をするかもしれない、いや反対に、俺との強い絆を心に固めて強くはねつけてくれるだろう、きっと、くれるはずだ。誠に優柔不断な心根になっていましたね。

帰郷した時、妻がくるる戸の玄関先で私を迎えてくれました。その時の妻の優しい笑顔を見せたかった。それほど深く疑ったわけではないのに、妻の心に頑丈な鍵を掛けていたことを恥じます。妻を抱き上げて玄関から入ろうとしたら、くるる戸の鴨居に頭をぶっつけそうになって、大笑い。心から笑えたのは、本当に久し振りでした。

家　持　美人の奥さんを持つ嬉しさと悩みですね。貴方との約束を絶対に守ってくれますよ。奥さんを信じ抜いてよかったじゃないですか。

志加麻呂　そう思い続けることにしました。そんな歌を作った本人として今更言えるわけでもありませんが、任地にいる間も、帰郷してからも、信じ続けることに賭けました。約束を破った女だったら、必ずそれが出てきます。これは私の弱さへの反省ですが、ちょっとでも疑いの気持ちを差し挟んだら、「そういえばあの時も、あの場面でも……」という妄想が独り歩きをして、不安・不信を広げるだけですよね。そんな、弱気に振り回されやすい私としては、その一人歩きを入口の段階で制止できるような気持ちの持ち方をマスターしなければなりません。

そんな意識改造に努めまして、「まずは人を信じる」という命題を、あらゆる場面で意識的に第一優先に置くことを習慣づけるように気を付けました。そのことでようやくその後は、ずーっと信じ続けた中年夫婦、老人夫婦……であることを全うしました。今、その信じ続けた心こそが、私だけでなく、妻をも支えたのだと確信しています。

家　持　とても良い話を伺うことができました。心が揺れた挙句、結局のところは貴方の心が奥さんの心に強く結ばれる方向に向かった。よかった、よかった。「まずは疑う」じゃなく、「まずは信じる」ですよね。
次は忍海部五百麻呂《おしぬみべのいほまろ》さん、よろしく。

【下総の八人目】忍海部五百麻呂（おしぬみべの・いほまろ）

五百麻呂　はい。

（4391）下総⑧

国々の　社《やしろ》の神の　幣帛《ぬさ》奉《まつ》り　贖祈《あがこひ》すなむ　妹《いも》が愛《かな》しさ

下総から難波津に来るまでに幾つかの国々を通ってきました。どの国にも昔からの産土神《うぶすながみ》がおられます。私の妻は「あの人は今頃どこの国をどんなふうに歩いているのかな」と想像を巡らしながら、その国がどこであろうとも、その国の神様に祈るつもりで、その国のお社の前に立ったつもりで、幣帛《ぬさ》を奉り、捧げ物をして、私の無事を祈ってくれているに違いない、そんな姿を想像してみると、妻がなんとも愛しいことよ、と思えたのです。「あがこひすなむ」（阿加古比須奈牟）のところに、「吾《あ》が恋ひすなむ」を当てる学者さんがおられるそうです。それだと「愛《いと》しさ」の部分とダブるな、とは思いますが、仮にダブったとしても、私の心情そのものでもありますので、敢えて否定することもないとは思います。

私も行く先々の国で、その国の産土神に、妻の健やかなることを祈り、併せて私の安全を祈っていこうと思いました。お供えは、その時々の有り合わせで済ませました。

家持 遠く離れても、ご夫婦でお互いの身の上を案じ、祈り合う心が大切なんですね。そしてそのことをお互いに覚り合っていること、今頃、自分のことを案じてくれているのだな、と互いに確信し合うように努める心、それが絆を深めていくのでしょうね。欧米の人たちは、いつもアイ・ラヴ・ユーを相手に伝えることでお互いを確認し合うそうですが、はにかみ屋で口下手の日本人は、形式的な借り物の言葉遣いに頼るのではなく、その時々の表情や振る舞いで自分の気持ちを優しく伝え続けるように努めたいですね。

では、大伴部麻与佐《おほともべのまよさ》さん、お願いします。

【下総の九人目】 大伴部麻与佐（おほともべの・まよさ）

麻与佐 旅路の途中の宴の席で、私のすぐ前に五百麻呂《いほまろ》さんが神に祈る歌を謡われました。祈りの歌を朗々と詠まれるのを聞いて、私も、思わずつられて神様に祈る歌を作りました。

（4392）下総⑨
天地《あめつし》の　いづれの神を　祈らばか　愛《うつく》し母《はは》に　また言問《ことと》はむ

「天皇さんのご先祖に当たる天の神様、昔から国々にたくさんおられる地の神様、たくさんの神様のうち、一体どなたにお願いとお祈りを捧げたら、私たち母子をお守りくださるのでしょうか。そして任務を終えた後も、二人がこれまでと同じように、仲良く語り合うことのできる母子であり続けることができるように導いてくださるのでしょうか」という歌です。

母さん、どうか元気でいてくださいね、というお願いの気持ちだけが先行してしまい、締まりのない歌になってしまいました。だって、私にはお願いするしかなかったのです。

「天地の　いづれの神を」と謡ったのは、

・どの神様にお願いすればよいのだろうか、という迷い

・私たちを守ってくれる神様だったら誰でもいい、という開き直り

・頼むべき神様を間違っても、まさか私たちを見捨てはしないだろう、という期待

・神様と名がつけば、どんな神様でもきっと守ってくれるだろう、という信頼

・色んな神様に祈っておけば、当たり外れはあっても、きっとベストな神様に巡り会えて私たちを守ってくれるだろうという一縷の希望

まあ、罰当たりなことを考えていたものです。日本には、「八百万《やおよろず》の神」がいますからね。

だけど、結果オーライでした。帰郷後も、当たり前と言えば当たり前かもしれませんが、母とは毎日とても仲良しで、友達が羨むほどに話題豊富な親子であり続けました。筑紫でのこと、留守中の家族や親戚のこと、留守中の畑のこと、話は尽きなかったです。やがて素敵な彼女に出会って結婚し、子供が生まれ、少しずつ身の周りも変わっていきましたが、母さんはずっと元気で、何時までも仲良し母子であり続けることができました。母は妻を可愛がってくれましたし、妻も母を労り続けてくれましたので、家庭の中は円満で、つまらぬことに悩まされることもありませんでした。たくさんの神々にお願いしてきたことがよかったのでしょう。帰郷後も、何かあると直ぐに神様にお願いをしました。

今の話には父親が出てこなかったですが、私から見れば影の薄い人で、ただただ働くのが趣味みたいな人でしたから、必要な時に必要なことだけを話していたように思います。そんな父でしたが、母とは仲良しで、結構冗談を言い合っていました。夫婦としては思いやりが深いみたいで、寂しい夫婦ではなかったようです。

家持　母子が切り離されてしまった以上、誰彼なく祈りたいですよね。

西洋ではただ一人の神様がいて、その神を信じることでその神様から愛と許しをもらえるという、言わば「契約」（例えば新「約」聖書や旧「約」聖書）という形での信仰が広まっていると聞いています。

日本では契約上の神様がおられて、それに縛られるというわけではないから、自由度が高かった、おおらかであった、と言えるかもしれませんね。

下野国の（4374）では「阿米都知乃《あめつちの》」でしたが、今の麻与佐さんは「阿米都之乃《あめつしの》」と謡われたんですよね。

下野国と下総国はお隣りさんなのに、微妙に違ってるんですね。

では雀部廣嶋《さざきべのひろしま》さん、お願いします。

【下総の十人目】**雀部廣嶋**（さざきべの・ひろしま）

廣嶋　私も伝染したかのように、神様に祈る歌を作りました。

（4393）下総⑩
大君《おほきみ》の　命《みこと》にされば　父母《ちちはは》を　斎瓮《いはひへ》と置きて　参《まゐ》出《で》来にしを

今日は「大君《おほきみ》の」や「命畏《みことかしこ》み」のオン・パレードですが、私の気持ちを正直ベースに申し上げると、はっきり言って、「畏む」か「畏まないか」という世界から逃げて、「恐れ多いご命令をいただいたのであるから」と本心でもないことを諦めきって謡い上げることで、つまり自分自身をそんな雰囲気の中に放り込んで、というか、良し悪しを考えずにその世界を取り敢えずは自分の中に持ち込んで、それに従っていこうと、やけくそな投げやり姿勢です。そう言っておけば、まずは身の安全を保てると思っていました。自分に対して無責任でしたね。

そこからが本番でして、「父母を……置きて」というのは「お父さんとお母さんを……家に残して」で、「参出《まゐで》来にし」は「家を出てこんな所まで来てしまった」です。

ここで「斎瓮《いはひへ》と置きて」というのは、「神様にお神酒を捧げてお祈りする時に使う器《うつわ》のような気持ちで家に残して」のつもりですが、この時「……と置きて」と謡ったのは、「父母をお神酒の土器と一緒に残して」という軽い意味ではなく、「父母を大切に敬う心地で」という気持ちからです。

気持ちとしては、父母をとても敬って大切にしています。歌としてはそういう心情を謡ったつもりなんですが、形としては、落としたら割れてしまう一片の土器と同列扱いにして残しただけであり、自分のみならず、父母をも欺いて家を出て来てしまったことだよ、という懺悔《ざんげ》を込めた歌です。

家持　三人続けて神様の歌でした。やはり歌は伝染するようです。

「伝染する」と言いましたが、これは単純に真似ている、という悪い意味で言っているのではなく、皆さんが同じ言葉を同じような流れの中で謡い込むことによって、お互いの心がその場でスムースに通い合うのだと思います。その時、その場で一緒に生きていることの連帯感を言葉で確認し合うのは、共同生活を営んでいく中で、とても大切なことなんですよね。他方では、伝染の方向を変えていく歌もあり、皆さん、とても自由でしたね。その自由さがいい。

なるほど、「畏む」と「命にされば」では、詠われた方の気持ち、というか覚悟のほどが、両極端のように大きく違いますね。

神への祈りとは、きっと祈ることによる心の安穏を得るということなのでしょう。その祈りを自分一人でしたか、父母と一緒にしたかによって、その安穏を独りよがりなものとするのか、共有しているという同志感に高めるのか、大きい違いが出るのでしょうね。

家に残された土器は、もはや単なる土の器ではなく、その同志感の証になると思います。仮に割れて形が壊れたとしても、同志感が壊れるものではありません。決して悔やまれることないですよ。心優しい歌だと思います。

【下総の十一人目】大伴部子羊（おほともべの・こひつじ）

子　羊　私は、旅路の途中の宴で廣嶋さんが「大君の　命にされば……」と謡っておられたのを思い出して「大君の　命《みこと》……」と歌い出してしまいました。廣嶋さんの歌が「命令を受けたので（仕方なく）参出来……」と聞こえてきましたので、イヤ私は「大君の命令を畏まってお受けし（喜び勇んで）弓を持って……」と元気よく謡い出しました。だけどそこで腰折れしてしまって、最後の七・七は寂しがり屋の地が出てしまいました。聴いてください。

（4394）下総⑪
大君《おほきみ》の　命畏《みことかしこ》み　弓の共《みた》　さ寝《ね》か渡らむ　長けこの夜を

難波津に到着してみると、先着の国々、常陸や下野の人たちが、槍や刀を持って勇ましそうに見えましたので、その場の雰囲気に巻き込まれた歌い出しをしてしまったようです。自立できていない人間というのは雰囲気に巻き込まれて付和雷同状態になってしまう。怖いですね。

だけど歌の締めとしては、寂しがり屋の自分を正直に謡い上げていたんですね。嘘で塗り固めた歌になっていないのを今、自分で確認できました。ホッとしています。「この先、ずっと、妻ならぬ弓と一緒に船旅の夜を過ごすことになるのか、ようやく難波津まで来たのだから寒い野宿とはおさらばだが、一人寝の寂しさとはおさらばできないのだ。長い長いこれからの夜を……」という意味です。

家　持　妻との長い別れが、これからも延々と続くのですね。寂しく、辛いことです。「さ寝か渡らぬ　長けこの夜を」という表現には絶望感のようなものが滲み出ていますね。

作歌者としての名前が残らなかった防人の一人・H　私は筑紫で病気になりました。軍防令《ぐんぼうりょう》では、医薬を与えるべしとか、本人の属するグループ（前に出てきた十人単位の「火」です）の中から一人をやって看病させよ、と規定されているそうです（二十九条）。だけど専門の医師や薬師《くすし》がいるわけでもなく、与えられる薬も、日常的な腹痛や下痢を抑える程度のものですから、いったん重い病気になってしまったら、到底助かりません。私の面倒を見るように命じられた看病役の人も、日常的な仕事として沿岸監視や畑仕事もありますので、それほどの時間を割くわけにも行きません。病気が長引けば看病役の方が怒られます。

軽い奴は早く治して任務に就かせ、重い奴はどうせ助からないから薬は勿体ない、という感じもあったように思います。

軍事訓練で怪我をし、そこからばい菌が入って、唸りながら亡くなった方もおられました。

そして、……その次が私の番だったのです。妻の顔を思い出しながら、夫婦として生活していた間も、別れるその瞬間にも、心底からの話し合いをしてこなかったことに想いが至り、今ではもう遅いと覚《さと》って、心で泣いて詫びつつ、次第に意識が薄らいでいきました。

なんとか六十歳までは生きて、心から妻と一緒に喜び合える、楽しくも充実した達成感が欲しかったのに、イヤせめて五十歳、せめて四十歳までは生きたかったのに……。

第八章

信濃国の作歌者たち

（4401－4403）

萩

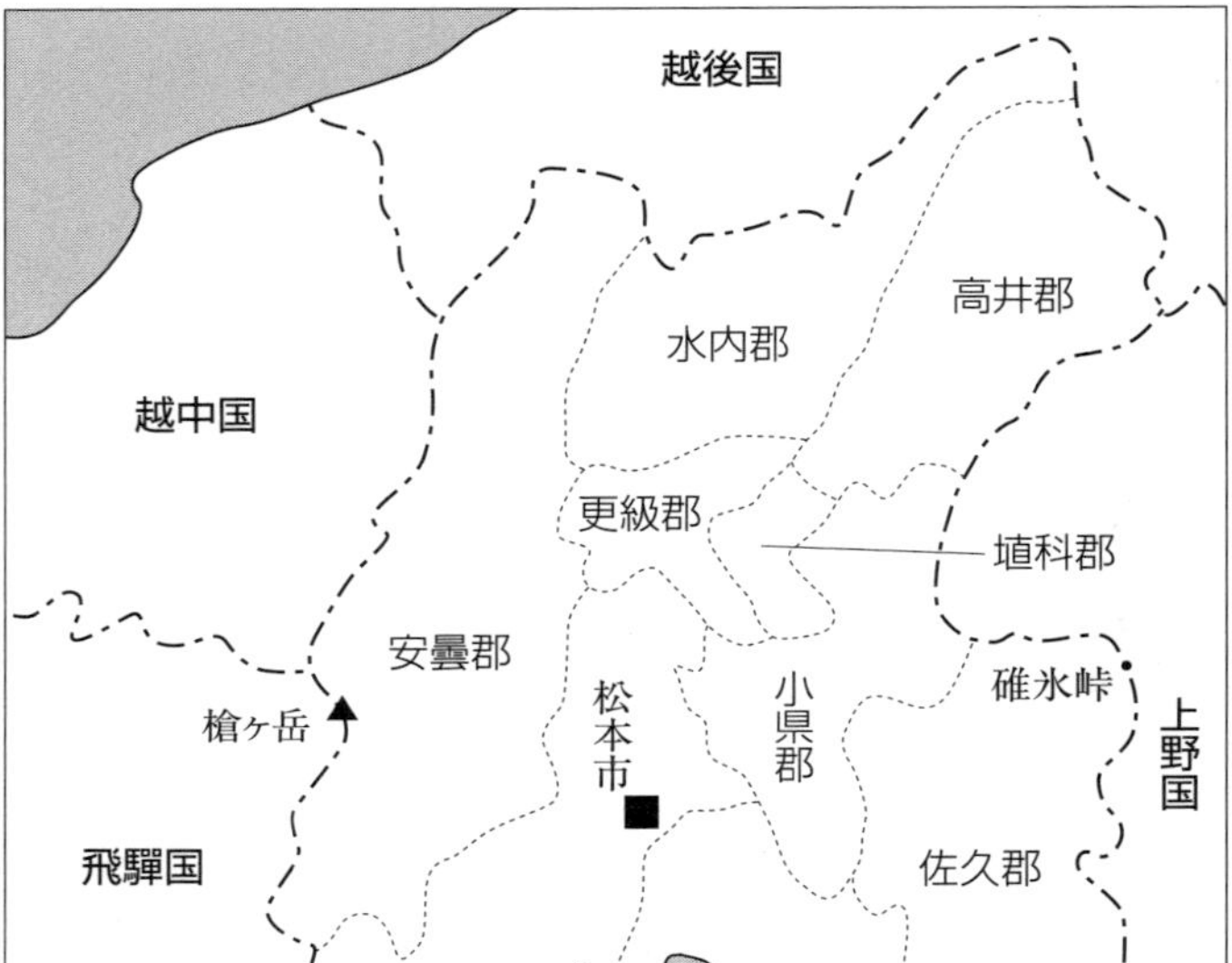

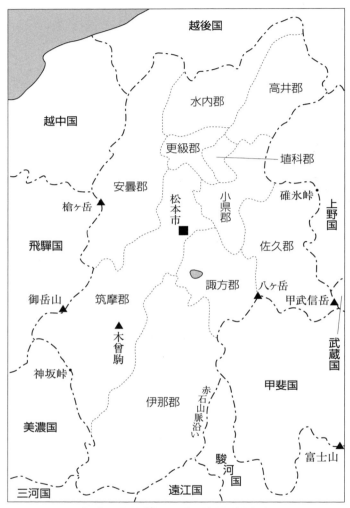

信濃国略図（■は国府所在地［推定］）

家持　悲しくも辛い気持ちですが、前に進ませてください。次は信濃《しなの》国の方にお願いします。今で言えば長野県です。常陸国《ひたちのくに》、下野国《しもつけののくに》、下総国《しもつふさのくに》の方々が第二陣として出航され、いっとき静かになった難波津《なにはつ》は、その後直ぐに、信濃国、上野国《かみつけののくに》、武蔵国《むざしのくに》の皆さんが相次いで到着され、再び賑やかさを取り戻しました。信濃国から引率・同行された防人部領使《さきもりのことりづかひ》の方が途中で病に倒れて国府に帰られたので、旅の途中でしばらくは足止めになられたようです。そしてその後は、遅れを取戻すための急げ急げの強行軍になったと、聞いています。

　進上歌の提出は二月二十二日でした。そんな急ぎの旅の中では、謡っている気持ちの余裕もなかったでしょうに、旅路の宴でたくさんの歌を作られたようですね。

　困難な中で十二首もの短歌を進上してくださり、有り難うございました。だけど、そんな状況下での歌作りでは、気持ちの余裕を持てなかったことと思います。残念ながら取載歌は三首だけでした。お一人目は国造《くにのみやつこ》他田《をさだの》舎人《とねり》大嶋《おほしま》さん、お願いします。進上歌には「国造」と添えられていました。国造さんのご関係ですか。

【信濃の一人目】**国造他田舎人大嶋**（くにのみやつこ・をさだのとねり・おほしま）

大嶋　はい、直系です。信濃国からは、手ぶらで九泊十日とされていますが、お話がありましたように、防人部領使さんがご病気になられましたので、途中で足止めを食らうことになり、二十七泊二十八日という長旅になりました。各自持参の食糧が底をつきましたので、美濃や近江の国庁にお願いして、賄《まかな》いをいただくことになり、助かりました。

(4401) 信濃①

韓衣《からころむ》　裾に取り付き　泣く児らを　置きてそ来《き》ぬや　母《おも》無しにして

最初の「韓衣」が論争の的になっていると聞き及んでいます。私は次に来る「裾」を引き出す枕詞として軽い気持ちで「韓衣」を使いました。後世の学者さんには、そのように理解してくださる方が多いようですが、中には文字通りの韓衣を着ていたのであろう、との解釈をされる方もあるようです。それは、その次の「裾に取り付き」からして、裾幅がダブダブにゆったりした着物という思い込みを招いたからだと思います。「韓衣」を使った私の方が悪かったですね。当時の普通の服装は、上が白色の貫頭衣、下は白色の作業ズボンのようなものでしたから、「裾に取り付き」というイメージが湧きにくいのだと思いますが、結構ダボダボでしたから、子供の小さい手がズボンの裾を握るほどの余裕は十分ありました。

たまたま私は国造の直系として国庁で働いていた役人ですから、学者さんの中には、何かの折に韓衣をもらったのであろう、と想像された方もあると聞いています。確かにそんなこともありました。だけど今回は違います。役人として防人たちを難波津まで引き連れていく立場の私が、いくら国造の直系だとはいえ、一人だけチャラチャラした裾拡がりの儀式的な服装をして行くわけないでしょう。まして武具を持ち、場合によっては鎧を身体に付けての出立ですから、そんな儀式風では、どうにも不具合な格好になります。

別の意見として、防人に命じられた時の授かり物として、朝廷から支給されたのだろうというのもあるそうで

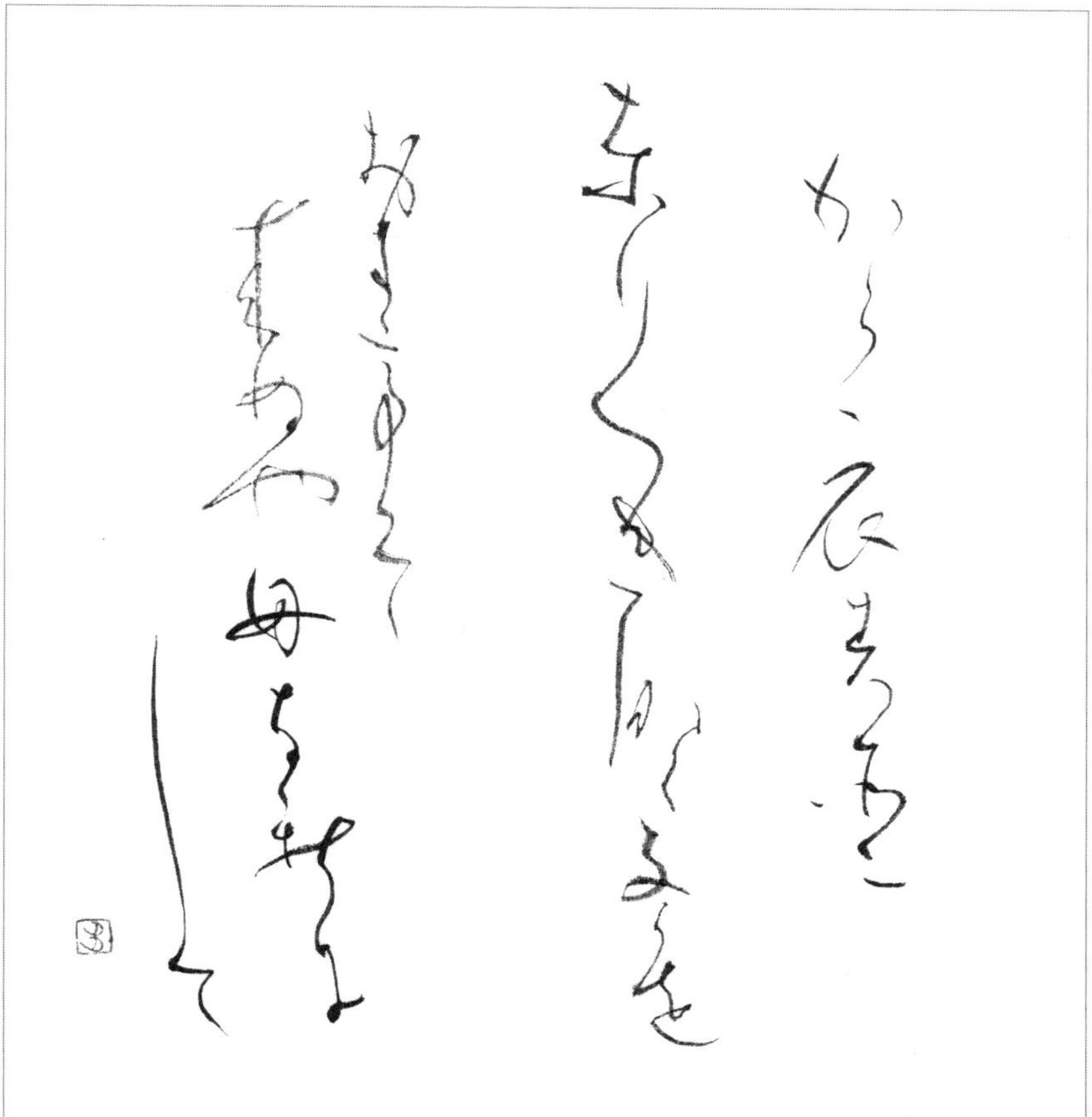

すが、武器も、食糧も、着替えも、全て自弁というのが軍防令の規定です。そんな優しい朝廷ではありません。そんな意見には憤慨します。ちっちゃな子供がちっちゃな手で父親のズボンに取りすがっている姿は、簡単に想像できるでしょうに！

「児ら」は一人じゃありません。二人の子供が左右からズボンの両裾に取りすがって泣いていました。二人の子供は七歳と五歳でした。お姉ちゃんと坊主です。

この歌では、そんな外見的なことを議論して欲しくはないです。この歌でもっともっと大切に感じて欲しいのは、「泣く児らを　置きて来ぬや　母無《おも》しにして」の部分です。「父無しにして」とは謡っていません。父である私が出発するのですから、単純に謡えば私の出発で「父無しにして」と謡うところかもしれません。だけどここでは「母無しにして」と謡っています。私の出発が「母無し」を作る直接の原因になるわけないでしょう？

二人の子供たちは、早くに母を失って、もともとが「母無し」子です。今度は、頼りにする父親が自分たちを置いて長旅に出るというのですよ。残される寂しさ、辛さ、悲しさを分かってやって欲しいですね。これまでは父が一緒にいてやることによって、「母無し」を少しはカバーしてやってきたんですよ。

この子たちにとって、私は、「父」一人というより、「父」・「母」の二役でもあったのです。

子供たちは父と母が揃っている中で、父なりの子育て、母なりの子育て、夫婦相補いつつの養育を受けてこそ、幸せに健全に育っていくんでしょう！　その父すらがいなくなるのですよ。今までは、父の存在によって「母無し」の辛さを少しは忘れることができていたのに、その父親までいなくなってしまえば、「母無し」の辛さが、子供たちに改めて重くのしかかっていくのです。「母無し」の辛さは「父無し」の辛さの何層倍でしょうか。

「親はなくとも子は育つ」と言いますが、親世代を現在進行系で必死に生きている親御さんの気持ちを無神経に踏みにじる無責任評論家の言です。

実を言いますと、第一章の遠江《とほたふみ》の秋持《あきもち》さんと同じように、役人として皆さんを難波津まで引率し終わったら、国へ帰ってもよい、とされていました。私が国造の直系だったことが、私にとっては幸いしていたと思いますが、私の場合は、家系の問題だけではなかったと思います。

もともと妻を亡くしての父子家庭だったので、三年を超える防人任務は到底無理です。そこで、せめて難波津往復の約一か月の引率任務だけにしてもらいたいと願い出ました。それ以上は断る手立てもなく、亡妻の両親に子供を預けて出立することになった次第です。

もし私が三年任期の全部を行かされたら、「母無しにして」ではなく、完全な「親無しにして」です。ちっちゃな子供にとって、往復一か月だけだから辛抱せよ、と言っても、それは無理なことです。引率役だけは引き受けろ！　と言われてそれを断り切れなかった役人の立場も理解してください。役人としては自分の意見や気持ちを正直にしゃべることができないというプレッシャーがありました。これは今の日本でも続いているんじゃないですか？　そうでないことを祈ります。

後世の学者さんの中には、奥さんを難波津まで連れて行ったために、父のせいで「母無し」にしたのだろう、という人もあったようですが、そんな人で無しなこと！　仮にそうだとすれば子供たちは母親にすがり付くでしょうよ！

小さな子供二人を、仮にも難波津往復の二十－三十日の短い期間であったとしても、彼らを放り出して、まるで物見遊山に妻を連れ出すみたいなこと、私はしませんよ。死んだ妻が怒りますよ。

あの出立の時の子供らの必死の泣き顔は、生涯忘れることのできない辛さでした。男手一つの子育ては、そんな気楽なものではありません。その後、この子たちは親思いの優しい娘と息子に育ってくれました。亡き妻へは、何とか責任を果たしているよ、との報告ができて嬉しいです。

防人の皆さんを難波津で放り出すような結果になったこと自体は、誠に申し訳ないことでした。

家持　初めてこの歌を拝見した時は、「母無しにして」の部分が、ものすごく気になっていましてね。そんな子供さんを置いたまま！　と驚きましたが、今の話で、少しというか、大分救われました。

次は神人部子忍男《かむとべのこおしを》さん、よろしく。

【信濃の二人目】　神人部子忍男（かむとべの・こおしを）

忍男　国庁の中庭で開かれた出立式の時、筑紫までの行程についてスケジュールを聞きました。大嶋《おほしま》さんは難波津までの引率担当で、難波津で私たちを都の役人に引き渡した後で信濃に帰られるとのことでしたから、聞いた時点では、「こん畜生、国造の直系はいいな」と思いました。

私は主帳として今回の防人行を命じられ、歌を記録する任務を命じられていましたので、私の方こそ、難波津に着いて進上歌を提出したら、後は用なしで国へ帰ってもよさそうなもんだ、と思って、不平たらたらでした。だけど旅路の途中の宴で大嶋さんの歌を聴き、今度の旅程の背景にそんな事情があったのか、と理解できるようになり、とても厳粛な気持ちになりました。「国造の子孫だからいいよな」とそれまで思っていたことが申し訳なかったです。「母《おも》無しにして」の部分は、とても悲しかった。

ですから、難波津に到着した後は、私も、次の笠麻呂さんもそうですが、大嶋さんに「子供さんが待っているんだから、早く帰れ、早く帰れ」と言い続けました。それでなくとも防人部領使《さきもりのことりづかひ》さんの病気で足止めを食らい、その時点ですでに一か月は経っていましたからね。

大嶋さんのそんな話を伺ってしまうと、私たちの辛さが少し霞みかけるみたいですが、私たちの悲しみは、私たちの悲しみです。私たちの苦しさが救われるわけでもなく、弱まるわけでもありません。

私は父母との別れの辛さを謡いました。

（4402）信濃②

ちはやふる　神の御坂《み》に　幣帛《ぬさ》奉《まつ》り　斎《いは》ふ命《いのち》は　母父《おもちち》が為《ため》

「ちはやふる」が「神」にかかる枕詞であることは、ご存じだと思います。もともとは、「ち」（風の古語）が疾風怒濤の如く振る舞う霊力に充ちた、というのが語源だそうです。

「神の御坂」という言葉が足柄山《あしがらやま》を指すこともあるのを、常陸《ひたち》の可良麿《からまろ》さんが長歌（152頁）の中で「足柄の御《み》坂賜《たまは》り」と謡い込まれているのを聴いて、初めて知りました。

ただ私たちは東山道経由ですから、足柄山は通りません。この歌で言っている「神の御坂」は後世、東山道の祭祀遺跡とされた「神坂峠《みさかとうげ》」です。長野県阿智村と岐阜県中津川市の境にあります。その御坂で、幣帛を奉って命の長久を祈るのは、決して私自身のためではありません、母さんと父さんのためです、と謡いました。静かな心で両親の無事を祈りました。

【信濃の三人目】**小長谷部笠麻呂**（をはつせべの・かさまろ）

笠麻呂　休まずに進めていきますよ。次は私、小長谷部笠麻呂です。

（4403）信濃③

大君《おほきみ》の　命畏《みことかしこ》み　青雲《あをくむ》の　とのびく山を　越《こ》よて来《き》のかむ

単純な歌なので、歌の意味を述べることで、責任を果たしたことにしてください。「天皇様のご命令が恐れ多いので、私たちは、青雲のたなびく山々を幾つ幾つも越えて、遠くまでやって来たな」という意味です。「とのびく」というのは方言です。「棚引く」という意味です。

家　持　信濃国は南北に長いので、都から見てとても遠いという感覚になります。遠くから有り難うございました。信濃国からは三首しか報告できないのは残念ですが、これで一応、終わりにさせてもらいます。

大嶋さんの歌が強烈な印象を残しました。

作歌者としての名前が残らなかった防人の一人・Ⅰ　母親のいない幼子二人の父子家庭から、その幼い子供を残してでも、父親に防人の務めを果たしてこいと命じた、その神経を疑います。もし役所がその事情を把握せずに命じたのだとしたら、役所の事前調査の杜撰さにあきれます。事前に里長《さとをさ》に打診するなり相談するなりして調整することができなかったのでしょうかね。

大嶋さんは、たまたま国造さんの直系だという事情もあって、難波津到着後は国許に帰ってもいいという計らいになったのではないでしょうか。それとても大嶋さんが家庭事情を告げて願い出た結果としての計らいでしょうね。

もし大嶋さんが願い出なかったら、そのまま三年余の別れになったかもしれないのですよ。あるいは、もし大嶋さんが国造の直系子孫でなければ、たとえ願い出ても却下されたかもしれないんですね。

大嶋さんは父子家庭の中から幼い子供たちを残して父親を引き離していく時の歌でしたけど、今日はほかにも父子家庭の歌や母子家庭の中から働き手の若い息子が引き離されていく時の歌もありましたね。例えば、

（4341）　駿河⑤

橘《たちばな》の　美袁利《みをり》の里に　父《ちち》を置きて　道の長道《ながち》は　行《ゆ》きかてのかも

父子家庭や母子家庭から、たった一人の子供が防人として徴兵されたというお話でしたね。もう若くはないお母さんやお父さんを一人残すことになって辛いというだけでなく、畑作業を含めて家のことを全部一人でやらなきゃならないことになった。あの歌も悲しい歌でした。

あの歌の時に家持さんが計算された比率を思い出しています。あの計算では、どの村からも毎年、誰か一人か二人が防人として徴兵されるとのことでした。そうすると、父子家庭だとか、母子家庭だとか、年寄りや病人だけが残される家庭だとか、そんなことは言ってられないという乱暴な徴兵命令が下されていたような気がするんです。

もともと筑紫の沿岸には、職業軍人的な常備兵が配備されていましたから、本来は沿岸の監視だけが任務であったはずの防人なんだから、毎年千人も派兵する必要があったのか、と疑問ですよね。

防人はもっと少ない人数でもよかったのではないでしょうか。もっと人数を絞ることにしていたならば、大嶋さんや足麻呂さんのような不幸を防げたのではないか、と思います。

家持　母子家庭の歌としては、真長《まなが》さんがご自身の歌を紹介されていましたね。

（4386）下総③

我《わ》が門《かづ》の　五本柳《いつもとやなぎ》　何時も何時も　母が恋ひすす　業《なり》ましつしも

おっしゃる通り、母子家庭や父子家庭への徴兵が平気で行われていたんだな……。そこまでは気が付きませんでした。

第九章

上野国の作歌者たち

（4404－4407）

桜

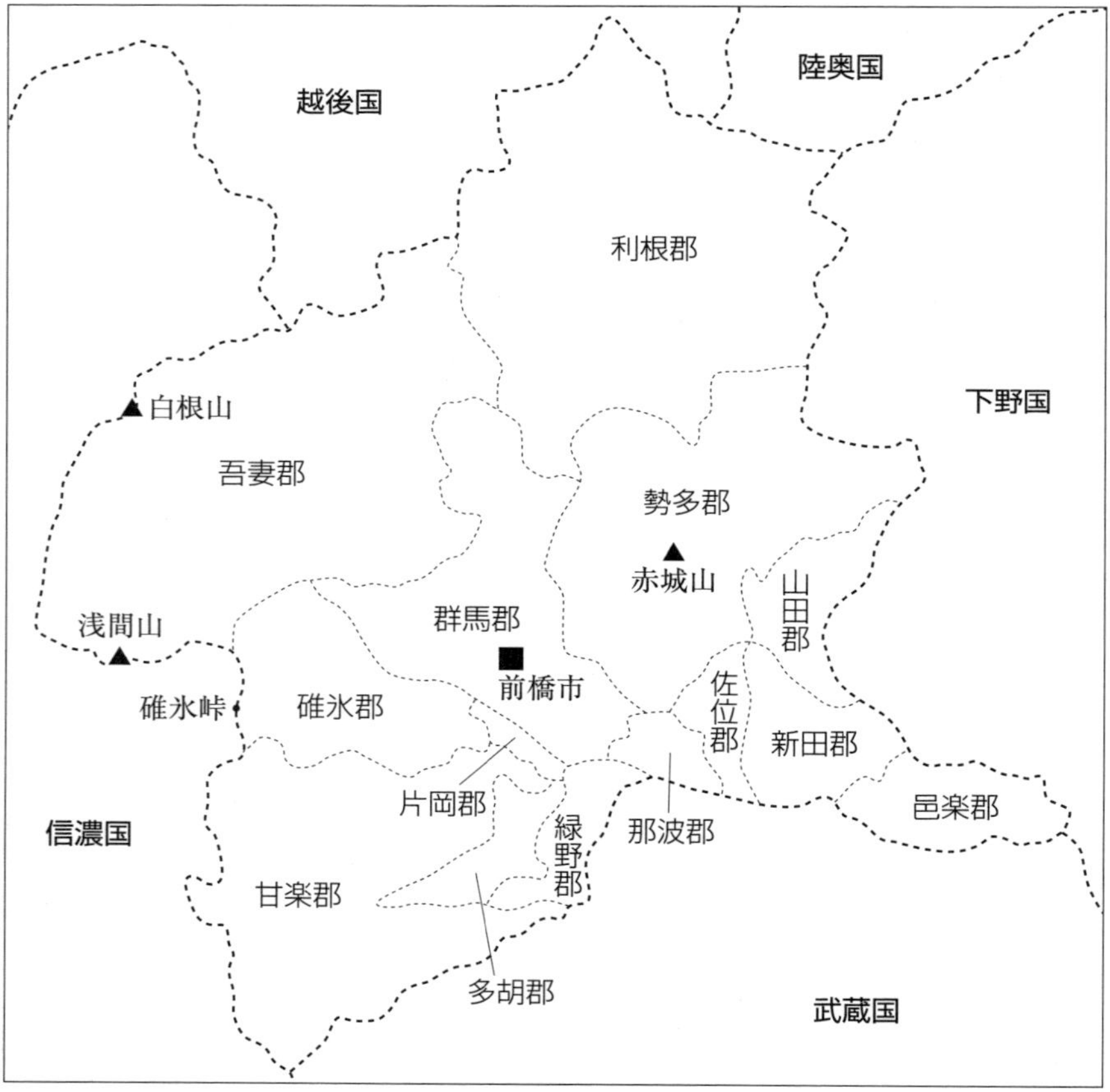

上野国略図（■は国府所在地）

家持　では上野国《かみつけののくに》の方にお願いします。今で言えば群馬の方々です。難波津《なにはつ》に到着されたのは二月二十三日、即日、進上歌の提出がありました。上野国からは十二首の短歌が進上されましたが、四首を取載致しました。先ほどの信濃と同じく取載率が低かったのが残念で、申し訳ないです。

防人さんの多くは、巻十四の東歌《あずまうた》で知られるような民謡風の短歌や長歌を聴き慣れ、あるいは謡い慣れておられました。宴ではお酒を飲みながらですから、ついつい正直ベースの歌を謡われたこともあります。巻十四では、みんな詠み人知らずだったからそれでもよかったのでしょうが、巻二十では、天皇様のご命令に従って筑紫へ出立される武人が、それぞれ立派な名前を添えて進上されるという成り立ちを想定していましたので、これはどうかな？という歌は取載することに躊躇してしまいました。今にして思えば弱虫でしたね。

それに私自身の問題ですが、前にも言いましたように、その数年前から都を離れて越中守《えつちゆうのかみ》として富山におりまして、歌の勉強をする時間がたっぷりありました。十四、五歳で初めて短歌を作ってから十数年後の二十八歳の時に越中へ行き、都に戻るまでの五年間、短歌三昧の生活でした。お蔭様で歌人として多少は聞こえるほどに上達できました。既に百年ほどに及ぶ長い歴史のある『万葉集』にもたくさんの歌を取載していただいており、編集の役割も担っていましたので、自分なりの誇りもありました。

そんな次第で、私なりの自信や価値観もできていまして、独断的にエイヤ！で採否を決めたという面もあります。それにさっきも言いましたように、無理やり添削して仕上がりをよくするという習慣や発想もなく、直感・直断的に採用・不採用に仕分けてしまいました。

東国民謡を謡い慣れていた皆さんが、その慣れ通りに大胆に謡われたんですから、私も大胆に取載すればよかったです。私が意気地なしでした。進上歌の一六六首は平均的に見てもかなりのハイレベルだったのですから、全てを取載しておけば、『万葉集』の歴史的価値をもっと高めることができたでしょうに。一二六〇年後の禍根です。

では助丁《すけのよぼろ》の上毛野牛甘《かみつけのうしかひ》さん、お願いします。

【上野の一人目】上毛野牛甘（かみつけの・うしかひ）

牛甘　地名が名字「かみつけの」になっています。イヤ、名字に地名を付けたのかな？　すごいでしょう！

上野国からの四首は、信濃と同じく旅路での歌ばかりです。四首しか採用されなかったので寂しいですが、ご報告します。

上野からは手ぶらで十三泊十四日とされていますが、やはり荷物が多く、東山道経由で二十泊二十一日という長旅になりました。

（4404）上野①

難波道《ぢ》を　行《ゆ》きて来《く》までと　我妹子《わぎもこ》が　付けし紐が緒《を》　絶えにけるかも

最初に白状しておきます。「助丁」という、それなりの身分だったものですから、すごい儲けものをしました。

というのは、皆さんを難波津まで引率し、引継ぎを終えた後、上野に帰りました。ほかの国の方で助丁が役得になった方が一人もおられないのに……。

その年の上野国の防人部領使《さきもりのことりづかひ》さんは、国庁での役職トップ4の「目《さかん》」さんですが、正六位、それなりの位階の方ですから、尊重しなければなりません。その方をお支えできるしっかりした役人がほかにおらず、年齢的には私が適役ということであったと思います。防人の人たちを難波のお役人に引き渡した後は、私が付き添って国へ帰ることとなっていました。

後世の学者さんの中には、難波津までの往復の陸路しか歌いこまれていないのは謡い間違いであろうとか、筑紫までの海路を含めて歌ったのであろうとか解釈されているようですが、文字通り難波津までの往復陸路だけを、念頭に置いた歌です。防人として歌を作った人たちの中に、私のような「似非《えせ》防人」がいたのです。

歌の意味は、「難波への道を行って帰ってくるまでは切れないように、と心を込めて妻がしっかり付けてくれた着物の紐の緒が切れてしまったなあ」です。妻が結んでくれた紐には、夫婦の絆という意味が込められていますから、その紐が切れてしまったのでは、妻に対して誠に申し訳ないことだ、という心境の歌です。もし私が筑紫まで行く、あるいはその任地で三年の防人任務につく、ということまで考えたら、その間ずーっと紐が切れないようにする、あるいは切れてしまって残念だ、なんていうのは嘘っぽいでしょう。

難波津までの往路は二十一日でしたが、帰路は少人数で、十四日くらいでしたから、合せてわずか三十五日。短い旅ですから、紐が切れるはずないのに……、妻にどう説明しようか……です。

家　持　「難波道《ぢ》を　行《ゆ》きて来《く》まで」という句には、そんな背景があったんですか。全く気付かなかった。びっくりしました。

当時の紐には、心の貞操と肉体的な貞操を繫ぐものという意味がありますから、勝手に紐を解いたり、あるいは紐が緩んで解けたり、場合によっては千切れたり、ということは、とても嫌われていましたよね。夫婦の心の繫がりだけでなく、ほかの男やほかの女と寝ることがないようにという、肉体的な貞操のシンボルでもあった。呪術的行為という言葉で説明されることもあります。

後世、女性を働かせてお金をみつがせる男を「ヒモ」または「ヒモ男」と表現すると聞いています。これは、万葉時代の紐の心霊的意義が誤って伝えられたことによるのだと思います。

次の歌も紐です。朝倉益人《あさくらのますひと》さん、お願いします。

【上野の二人目】朝倉益人（あさくらの・ますひと）

益　人　紐の歌ですから、もはや説明するまでもないですね。

（4405）上野②

我《わ》が妹子《いもこ》が　偲《しぬ》ひにせよと　付けし紐　糸になるとも　吾《わ》は解《と》かじとよ

「わが妻が、私を想いだす縁《よすが》にして、と言って、着物に縫い付けてくれたこの紐を、たとえどんなに擦り減って糸のように細くなろうとも、俺は絶対に解《ほど》いたりしないぞ」です。

「我が妹が」（五音）だけでも十分に分かるのに、ことさら字余りの「我が妹子が」（六音）を謡い出しに持ってきたり、最後の一本になっても解かないぞなどと謡うんだから、奥さんへの思い入れが相当に強くて、意志の固い男だろう、と評釈していただいています。

それは有り難いし、私も強くそう思っていると言えば格好いいのですが、なあーに、種明かしをしますと、この当時は麻紐を使っていましたから、残り数本の糸になっても切れないで頑張っていることが現実にはあり得ましたよ。とはいえ、妻との心の繋がりを、旅路の途中、防人任務中の一瞬一瞬も、おろそかにはしないぞ、という強い気持ちを込めています。私は出立の時の歌なので言うのは勝手でしたが、牛甘《うしかひ》さんは旅の途中での出来事ですから、大切に大切に、という思いは思いとして強くお持ちだったとしても、運悪く切れたんですよね。

家　持　牛甘さんが頷いておられます。後世の方々には到底ご理解いただけないほどのこだわりが、この時代にはありましたよね。人と人との結びつきをとても大切にする、その象徴でしたね、紐は。

ただし、その「大切にする」というのが相手に対する強要ではなく、自分自身への戒めとして作用しているんです。この心は是非伝わって欲しいと思っています。

次は大伴部節麻呂《おほともべのふしまろ》さん、お願いします。「大伴」なので親近感を覚えます。

【上野の三人目】**大伴部節麻呂**（おほともべの・ふしまろ）

節麻呂　同感です。紐の話からは離れますが、妻への想いを旅路で詠んだ歌です。

（4406）上野③

我《わ》が家《いは》ろに　行《ゆ》かも人もが　草枕　旅は苦しと　告げ遣《や》らまくも

歌の意味は簡単です。「旅路の中では、自分の故郷の方へ向かう人とすれ違うことが少ないな。それでも、もし私の家の方に行く人に出会えたら、『旅は苦しく、辛いよ』と思っている今の心境を知らせてやりたいものだ」という歌です。「知らせてやりたい」というよりは、「聴いて欲しい」んですね。

そんな弱音を伝えたら家族が心配するだけなのに、ということは、自分でも十分わきまえているはずなのに、こんな歌を作っていたんですね。日頃から辛いことは何でも聴いてくれる妻に、そんなにも甘えていたということを改めて思い出しました。

自分の故郷へ向かう人と出会いたいのではなく、むしろ出会えるはずがないという安心感というか、実際は出会いたくない。「出会ったら、自分の身の上話として、『防人として三年も故郷・家族から引き離される辛さ』を改めて感じたり、しゃべったりすることになるんだろうな」という気弱さの中で、わざと、敢えて、こんなことを謡ってみたんですね。実際にはたくさんの人とすれ違いましたけれど、みんな土地の人で、上野国まで行く人はいない、と勝手に決めつけることにしていましたよ。話し掛けたくなかったです。

「告げ遣《や》らまくも」というのは、文字通り読めば「告げてやりたいことよ」となりますが、告げて返信がもらえるはずもなく、悶々としていました。ご理解ください。

旅路を、ある人は黙々と、ある人たちはガヤガヤと賑やかに歩きます。そんな中で、「この先、どうなるんだろうね」と話し合っても、そんなことが何の解決にもならないことは、みんな知っていました。持って行き場のない辛さだったのを思い出します。

ただただ歩く、それも先に楽しみがあるわけではなく、先には防人任務という苦しくも厳しい賦役が待っているだけですから、重い荷物を持たされて歩いている辛さだけでなく、気持ちの中に希望や楽しみがない旅ですよね。三年勤めて給料や退職慰労金をもらえるわけではありませんしね。

帰郷した時、病気で寝ていた妻が、私の顔を見て安堵したのか、ぐんぐん回復してくれて、とても嬉しかった。

今日は一緒に参加してくれたので、苦労を共有し合ったたくさんの友達を紹介できて、とても嬉しいです。

家　持　横に座っておられるのが奥様ですか。嬉しそうなお顔をなすっている。よかった、よかった。天上でたくさんのお知り合いを作ってくださいね。

では、上野国の最終走者、他田部子磐前《をさだべのこいはさき》さん、お願いします。

【上野の四人目】他田部子磐前（をさだべの・こいはさき）

子磐前　私は陸路の途中、故郷との決定的な決別となる碓氷峠を越えた時、その瞬間の辛さを歌いました。

（4407）上野④

日《ひ》な曇《くも》り　碓氷《うすひ》の坂を　越えしだに　妹《いも》が恋しく　忘らえぬかも

「日な曇り」は碓氷の枕詞です。碓氷＝薄い陽、という言葉の連想から、太陽が雲に隠されて薄日になっている碓氷の峠と表現しています。

碓氷峠は私の国「上野」と隣国「信濃」の国境《くにざかい》にあります。この碓氷の坂を上がって来て最後の一歩を越えるまでは、振り返れば故郷「上野」の方向だ、そこは妻のいる地だと思えますから、少しは気が楽でした。

しかしこの峠を越えた瞬間、というか、そこを過ぎて下り道に入っただけで、急に弱気になりました。最早そこは異郷であり、振り返っても、振り返っても、故郷は見えず、前方には異郷しか見えず、当面の目的地、難波津に向かうだけの一本道が待っているのだ、ということに気付きました。

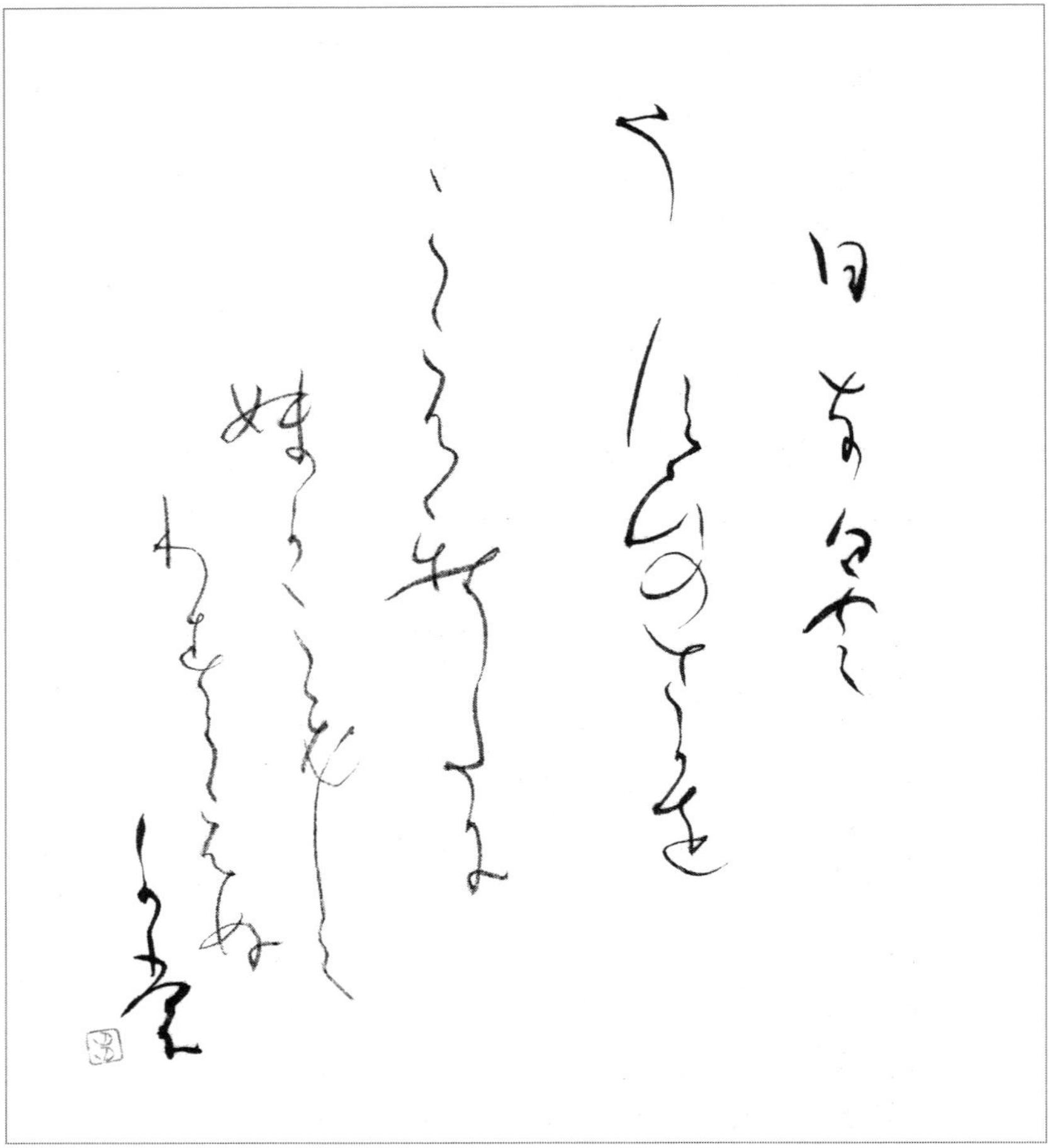

最初の峠を越えただけで、こんなに寂しくなっていたのです。先が思いやられますね。
峠を越えたその瞬間から、ああ、いよいよ故郷から引き離されるのだ、もはや妻とも長い別れになるのだ、と思うと、居ても立ってもおれないほどに、家に残した妻のことが恋しくなったことを思い出します。「妻が恋しくて、どうしても忘れることができない。この先さらに難波津へ、さらに筑紫へ行くのか！　どんどん家から遠ざかるよ。ああ、遠くへ行けば行くほど、『妻恋し』の苦しさに苛《さいな》まれるのだろうか」と思ってたんですね。

三年を終えて東山道を帰る道で、この碓氷峠を反対方向に越えようとした時、思わずこの歌を思い出し、

日《ひ》な曇《くも》り　碓氷《うすひ》の坂を　越えし今日《けふ》　妹《いも》の笑顔に　明日は明日こそ

と謡いました。文字通り「坂」を「東」へ越えて「坂東」に戻ったんです。嬉しさいっぱいでしょう！

家　持　家族と引き離される悲しみを歌われた皆さんの中でも、その悲しさが強められていく過程を、「碓氷《うすひ》の坂を　越えしだに」と、誰にも分かる具体的な地名を挙げ、その想像できる具体的な場所を、どんな気持ちで通過していったかだけではなく、通過した後はどんな道だったかを想像できるほどに丁寧に謡われた作品として、私は高く評価したいと思います。
帰路でのお歌、下の句の七・七「妹《いも》の笑顔に　明日は明日こそ」はとっても楽しい。いよいよ奥さんに会えるのだ、という弾むような心が謡われていますね。

作歌者としての名前が残らなかった防人の一人・Ｊ　話題が大きく変わりますが、筑紫へ行ってからの食べ物の

不満を、言わせてください。

故郷におった頃は、鹿、猪、兎、りす、たぬきなど、何でも自由に捕まえて食べていました。なのに防人としての集団生活が始まった途端、まかりならん、と言われたのです。

聞いたところでは、都を中心にして、仏教とかいうのが流行ってまして、仏様を拝むのだそうです。神様ではないらしいですが、拝むと良いことがあるそうです。都には大仏さんという、大きい大きい、仏様が造られたそうです。何でも、座っている姿だというのに小山ほどの大きさの姿で、その人の手の上には人間が何人か座れるらしい、と聞きました。

そのこと自体は別段文句ないです。文句はないですが、仏教の教えでは、「殺生はするな」、「肉は食べるな」となっているそうで、とても窮屈な教えなのには参ったな、でした。

家　持　実は、八十年ほど前に、肉食禁止令《にくじき》というのができていたのです。仏教が次第に広まり、東国にも国分寺が建立され始めていましたが、難しそうなお経が邪魔をして、皆様方にはなかなか行き渡らなかったでしょうね。

その点、筑紫は唐との交流の玄関口でしたから、刺激も多く、仏教が拡がり、肉食禁止令も行き渡っていたようですね。

作歌者としての名前が残らなかった防人の一人・K　じゃ、私も別の話題で……。

今日は、現地での防人同士の喧嘩が全く話題になっていませんが、実際には、国同士の諍《いさか》いもありました。任務の重い・軽い、割り振られた畑や田んぼの土地が肥えている・痩せている、といったことが喧嘩の引き金になっていました。自分たちの国では考えられないような日常生活でした。

みんな家族から引き離されて、気持ちがすさんでいましたからね。怪我をする人もありましたよ。ただ、防人にさせられた、という共通の不満という点ではみんな同じでしたので、血を見たり、足腰が立たなくなったりというような大喧嘩にまでは進みませんでした。

お役人としても管理責任が問われるでしょうから、その都度、宥《なだ》めに入っていましたけど……。

先ほど、訓練中の怪我が元でなくなられた方がある、という話が出ました。私たちの持ち場にはそんな話は伝わってなかったです。そんな話が伝わったら、みんな訓練を嫌がって御座なりになるかもしれない、と考えたのかもしれませんね。隠してたんでしょう、きっと。

何も知らされずに、ただただ任務だけの生活をしてたんですね。毎日が、その日暮らしでした。

家持　都の方では、全く現場任せにしていた、というのが実情ですし、当時は完全なトップ・ダウン政治で、防人の方々の生活振りや健康問題が逐一都に報告されていたわけではありません。兵部省の実務上のトップにおりながら、情けないことでした。

どちらかと言えば、下からの実情報告や改善提案を避けていた、聞きたくなかった、というのが本音でしたね。

第十章

武蔵国の作歌者たち

（4413－4424）

たまばはぎ（コウヤボウキ）

武蔵国略図（■は国府所在地）

家　持　最後は武蔵国《むざしのくに》です。「むざし」ですね。荒川と多摩川で囲まれる丘陵地は、今でも武蔵野《むさしの》台地と呼ばれて名前が残っているようです。武蔵国が南北に分かれて、北側が埼玉、南側が東京となり、東京湾に面して川崎より西側は相模側に編入されて、神奈川となったようです。地図で見ると、北部はたくさんの小さな郡《こほり》に分かれていますね。前にも申し上げましたが、横浜や川崎は武蔵だったようです。

歌は全部故郷を出立される時に集められたようで、仕事が早い。二十二、三日頃に難波津《なにはつ》に到着されたと聞いていますが、進上歌の提出は二十九日。ゆっくりでした。……なーに、船出に間に合えばそれでいいのです。

武蔵からは、手ぶらで十四泊十五日ですが、実際には二十一泊二十二日だった由です。

武蔵は、これまでの国と大きく違って、国府（今の府中市）で開かれた別れの宴に防人の奥さんがたくさん参加され、ご夫婦でそれぞれの歌を謡われたようです。今回は、あくまでも防人歌の募集という趣旨でしたから、先ほどの三中《みなか》さんのお父さんの歌の時も悩んだのですが、武蔵の奥様方の歌を取載するかどうか、悩みました。だけど留守家族の方は、防人さんの大切な相棒ですし、ある意味、もう一人の防人なんだ、ということに気付き、前向きな気持ちで取載させていただきました。ああ、そうそう進上は二十首、取載は十二首です。

取載歌の内訳は、

お二人とも取載の方が四組（八首）

ご主人だけ取載の方が二人（二首）
奥さんだけ取載の方が二人（二首）
八＋二＋二の合計十二首です。
謡われた順でのご発表をお願いしますね。

一つ言い忘れましたが、この当時は通い婚であったという背景もありまして、奥さんが実家の姓を名乗られている方が多いことをご承知おきください。夫婦別姓は、当時、当たり前でした。
トップバッターが女性です。
檜前舎人石前《ひのくまのとねりいはさき》さんの奥さんで、大伴部真足女《おほともべのまたりめ》さん、お願いします。

【武蔵の一人目】**大伴部真足女**（おほともべの・またりめ）

真足女　私の前に謡った夫は、「刀を腰に帯びることで形としては整ったけれど、妻を残して出立する日を迎えた今、本当は外見と内心が正反対なのだ」と謡っていたように覚えています。私としては上手だと思いましたが、残念ながら進上されず、私の歌だけが進上され、その上、取載されたんですね。
直前に聴いたばかりの夫の歌に唱和するつもりで謡いました。

（4413）武蔵①
枕太刀《まくらたし》　腰に取り佩《は》き　真愛《まかな》しき　背《せ》ろが罷《ま》き来《こ》む　月《つく》の知らなく

「貴方が今年の防人任務を命じられ、柄《つか》の部分を美々《びび》しく飾った大きな太刀を腰に帯びてすっくと立ち上がられた姿は、改めて惚れ直すほどにとても力強く、妻として誇りですが、家に残された私は、再びお帰りになるまで、じっと耐えなければならないのでしょうか。いやです。

こんな愛しい夫と、夫婦として再びお会いできるまでに、どれほどの月日を待たなければならないのでしょう。三年とは聞いていますが、本当にそれまで待てば無事お帰りになるのでしょうか。もっともっと長い月日を待たねばならない、といったことはないでしょうか。任務を終えて無事に帰って来られる時が、本当はいつなのですか。私にとって、耐えて待つことのできる年月《としつき》でしょうか」と謡いました。

今日は大切な先約があるらしく、彼は不参加です。なので恥ずかしげもなく、しゃべってしまいました。

家　持　上の句から下の句への転換、お気持ちが苦しいほどに伝わってきます。私も家を空けて妻に一人で留守をさせることを何度か体験させてきました。新婚早々の越中守の時ですら、そうでしたから。逆の立場として妻が家を出て私一人が家に取り残される、という経験はなく、本当は妻の苦しさを何も理解できていないのではないか、と常々思っていました。武蔵国の歌からはいろいろ教えていただくことがありそうだと、嬉しい覚悟を定めています。

次は助丁《すけのよぼろ》の大伴部小歳《おほともべのをとし》さん、お願いします。

【武蔵の二人目】**大伴部小歳**（おほともべの・をとし）

小　歳　私は役人としての参加ですが、難波津から郷国に帰るのではなく、皆さんと一緒に筑紫へ赴き、任務を果たしてきました。武蔵から参加の役人は、全員三年の任期を果たしております。

（4414）武蔵②

大君《おほきみ》の　命畏《みことかしこ》み　愛《うつく》しけ　真児《まこ》が手離《はな》り　島伝《づた》ひ行《ゆ》く

「大君《おほきみ》の　命畏《みことかしこ》み」というのは役人特有の謡い出しですね。役人的発想というか、お役目柄というか、いつの間にか完全な常套句として各国に広められていたのだということを、今日の同窓会で友人たちの歌を聴き、改めて知りました。何はともあれ、天皇様のご命令が恐れ多いので、故郷を離れて任地へ行くのだ、と謡っています。国府を出立する時の想いですから、当面の気持ちとしては難波津まで歩く陸路への心構えで精一杯のはずなのですが、それを謡わずに、その難波津からさらに遠く離れた筑紫まで行くんだな、船の旅ってどんなかな、という不安がもたげてきて、こんな歌を作ったのです。船旅は経験がありませんから、まるで他人事みたいな情景描写で終わっていますね。

外面的にはそれだけですが、心を占めていたのは、島伝いの航路ではなく、やはり「愛《うつく》しけ」「真児《まこ》」です。「愛《うつく》しけ」によって、愛《いと》しくも可愛いと表現したつもりです。「真児」は子供みたいな無邪気さを残している妻であることを表現しています。年齢とは関係ありません。

次に、子供みたいな、と言っておきながらの、その妻に、実は頼り切っていた自分が出てきます。「手離り」と謡ったのは、妻の手の届かない所へ、妻を頼ることのできない所へ、妻の世話を受けることのできない所へ、いよいよ引き裂かれて行くのだな、との辛さを表したかったからです。宴席で隣りに座っていた妻の息遣いを感じながら、こんな歌を……。

幾つも幾つもの島を伝って行くのは、この際、重要なテーマではありませんが、島々を一つ過ぎるごとに別れの辛さが募るんだろうな、という気持ちはありました。

家　持　お隣りの奥様が真っ赤になっておられます。奥様のお歌が記録に残っていないのは、きっと、嬉し恥ずかしで、その時に唱和の歌が謡えなかったからでしょうね。

次の二つは、お二人揃って取載された歌です。順次お話を伺っていきますが、ご夫妻で本席にご参加くださっています。お互いを目の前にしてではありますが、照れずに、存分に真情をお話しくださいね。

まずはご主人、主帳《ふみひと》の物部歳得《もののべのとしとこ》さん、お願いします。

【武蔵の三人目】物部歳得（もののべ・としとこ）

歳　得　私は主帳ですが、武蔵国は人口が多く、主帳の役をしている人も多いので、私一人が長く留守をしても困るということがありません。三年間、きっちり行かされました。

私の家は荏原郡《えばらのこほり》にあります。出郷時の宴は国府の庁でしたから、宴の場は我が家から近く、妻も参加させていただきました。

（4415）武蔵③

白玉《しらたま》を　手に取り持《も》して　見るのすも　家《いへ》なる妹《いも》を　また見てももや

白玉は真珠ですから、我々如きが手にできる代物ではありません。役所の上司が身につけておられるのをちらっと見たことがある程度です。駿河《するが》の虫麻呂《むしまろ》さんの歌（４３４０）を聴いて「一緒だな」と思いました。筑紫へ

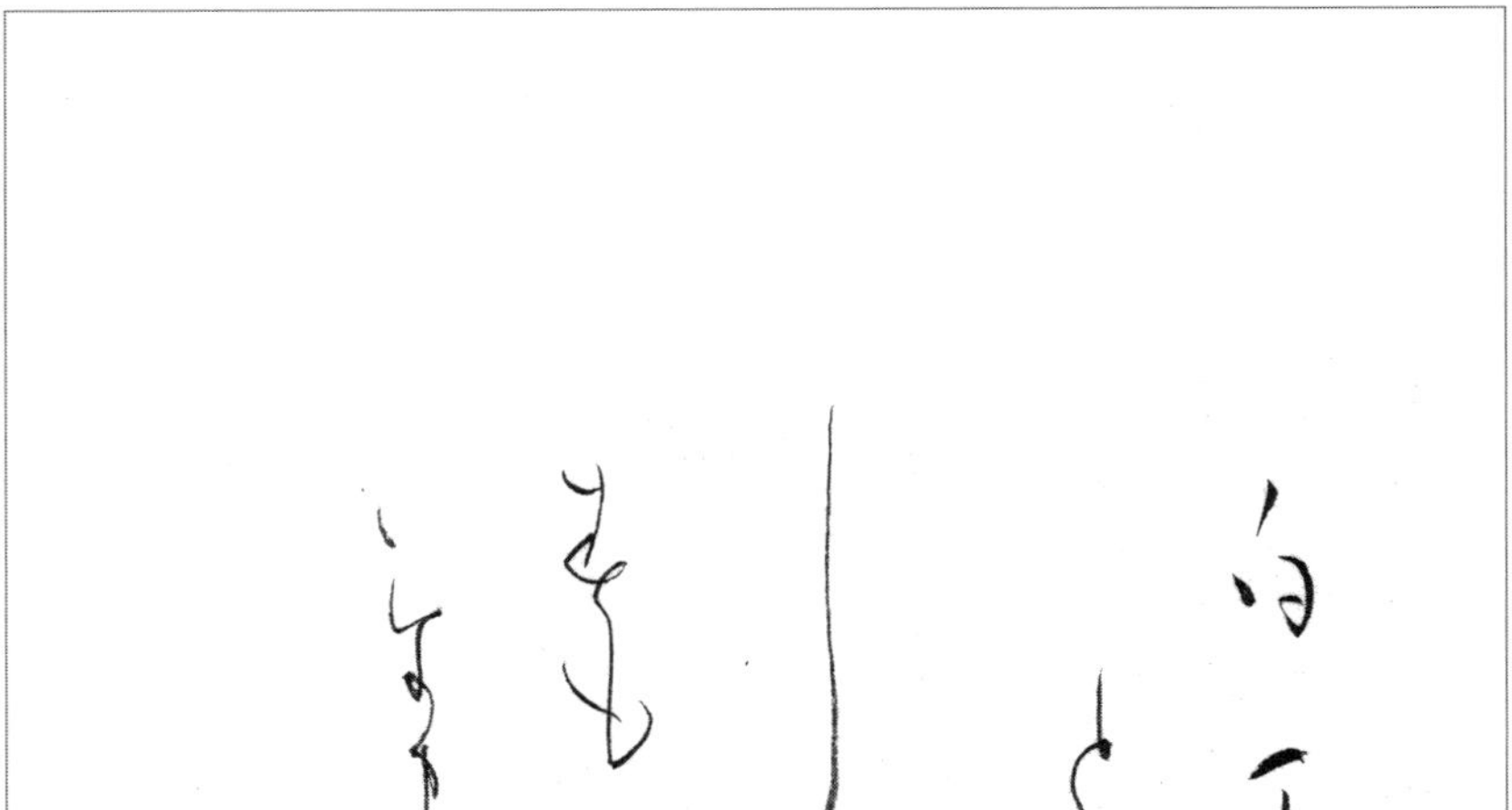

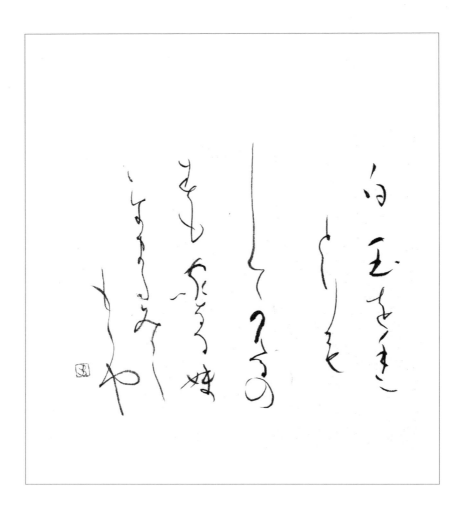

行けば、海に潜って白玉を採ることができるかもしれない、という期待がありました。

「家なる妹」は下総《しもつふさ》の虫麻呂さんが（4388）で「家の妹」と謡われたように、私たち夫婦も双方の両親の都合があって、私の実家で生活していたため、こんな表現で謡いました。当時の夫婦生活としては、特殊な形態でした。宴に同席していた妻の歌でも、「家なる吾れは」と唱和してくれています。

ここで「見る」のは、歌を謡っている時点からすれば、いずれも未来形です。最初の「見る」は筑紫で採れるかもしれない真珠を「見る」であり、「見てももや」は、家に帰ってから妻を「見る」です。どちらも未来形ですが、最初の白玉を見る部分の表現として、ちょうど今、採ってきたばかりの真珠が私の手のひらの上にあって、私がじっと見ているという、まさに目の前に実現しているかのような現在形をイメージしております。

これに対して妻を見るの部分は、また再び見ることができるだろうか、いや、きっと見ることができる！と、三年先への不安と願いを込めての想いを、「もも」と二つ重ねて強く謡ったのです。まだ取りもしていない幻の白玉を「見るのすも」の部分と、三年後に帰郷して幻ではない妹を「また見てももや」の部分が対句になっていまして、白玉と妹を、共に美しいものとして並べました。私の横に座っている妻、色白で美しいでしょう！

家　持　白玉に譬えられるに相応しい、美しい奥様です。世の男性は、妻を目の前にして妻を称えるのは苦手のようだし、まして人前となればその傾向は極めて強いようです。だけど奥様方は、私たち夫側から言うと、存外気にしないふうに、しかもさらーっと言ってのけるようなところがありますね。男の側も、素直に表現できるようにならないといけませんね。

歳得さんは男ですが、いやみに聞こえないで、とってもよい、羨ましいほど素直で、見事に文学的・絵画風に謡われた。今からでも遅くはない、私も真似たいですね。では奥さん、よろしく。

【武蔵の四人目】 妻椋椅部刀自売 （め・くらはしべの・とじめ）

刀自売《とじめ》　私は、実家の姓を名乗っております。実家を出て夫の家で一緒に生活していましたが、私の両親への気遣いもあって、実家の姓のままです。夫が、全く問題なし、と許してくれています。

名前の方の「刀自売」について、平成の世の方のために説明しておきますと、「刀自」が主婦の敬称、「売」は耳に優しく聞こえる「め」で、家庭の主婦一般、といった程度の意味です。全然個性のない呼び名で、好きじゃないです。私にはちゃんとした本名があります。ありふれた「まさ」ですが。

先ほど、夫は白玉を題材にして謡いました。私もできれば白玉を題材にして、夫婦唱和としたかったんですが、白玉は見たこともなく、イメージも持てなかったので、極く普通に、旅と紐の組み合わせを題材としました。

（4416）武蔵④

草枕　旅行く背《せ》なが　丸寝《まる》せば　家《いは》なる吾《わ》れは　紐解かず寝む

「遠出の旅に行く貴方が、まだ寒いこの季節に、山や野原に寝転んで野宿され、朝には夜露でびっしょり濡れて眼覚められるのでしょう。家に帰って夜露を避けることのできる私は、せめて貴方の気持ちになって、貴方と同じように着物の紐を解かずに寝ましょう」という歌です。

「丸寝」という言葉は、下着も上着も紐は一切解かず、着のみ着ままで寝ることです。「丸」というのは「○＝完全」で何も外さないことを意味していますが、屋外で野宿する時の寝姿も示しています。寒いですから「大」の字になって寝るのではなく、横向きに丸くなって寝る、というイメージです。私は野宿の経験はありませんが、雑草を刈り集めて丸く括って枕にしていたのでしょうね。

「紐解かず寝む」には、貞操を守るという意味も勿論含めていますが、それは当たり前のこととして、ここでは、夜露に濡れるのを防ぐために着のみ着のままで寝る夫の寝姿に、少しでも近づきたかったのです。

歳　得　横向きに寝ると頭が下がって首が痛くなりますから、草をたくさん集めて大きな枕を作りましたよ。

家　持　貴族であった私の旅では、いつも従者が枕や褥《しとね》といった寝具一式を持ってくれていましたから、万一、野宿しなければならないような目に遭ったとしても、それらを使いますから、本物の「草枕」を体験したことが、実はありません。「草枕」というのは歌の世界だけの言葉として、何となく分かったような気持ちになっていただけです。

次は椋椅部荒虫《くらはしべのあらむし》さんの奥様、宇遅部黒女《うぢべのくろめ》さんです。

【武蔵の五人目】**妻宇遅部黒女**（め・うぢべの・くろめ）

黒　女　最初の大伴部真足女《おほともべのまたりめ》さん（4413）と同じく、夫の歌が進上されなかったみたいで、残念ながら、私だけの歌になりました。

（4417）武蔵⑤

赤駒《あかごま》を　山野《やまの》に放《はが》し　捕りかにて　多摩の横山　徒歩《かし》ゆか遣《や》らむ

防人の命が下った時、お役人様から「軍防令《ぐんぼうりよう》の規定に従い、誰か同行できる者があるならば、荷物を持たせるための馬を引いて行ってもよい。ただし難波津に着いたら、自分で馬を引いて家まで連れ帰ること」と言われました。

そこで我が家の馬（普通の赤毛の馬です）を、と思ったのですが、実は四月の放牧シーズン前だったのに、その馬を放っており、どこかに飛び出して行ってしまい、見付からなかったんです。命が下ったのが突然ですから、急な出立準備が必要となり、食糧、武具、着替えの衣類といったことの準備に追われ、馬を連れ戻す余裕もありませんでした。

「赤駒を山の裾野に放牧してしまったので捕らえることができない。多摩の緩やかな丘陵とはいえ、出発早々から重い荷物をいっぱい抱えて歩いて行かせることになってしまった、大丈夫かな、悪いことをしたな」という心境でした。多摩を過ぎて、さらにその先へ行くと、多摩丘陵よりも遙かに高い山を越えて行かねばならないと聞いていましたから、それを考えると、ちょっと辛かったです。「横山」と言ったのは寝姿のような低い山を言い表そうと思ったからです。

家持　確かに軍防令の五十五条には、「凡そ防人……家人、奴婢《ぬひ》及び牛馬《ごめ》、将《ゐ》て行かむと欲《ねがふ》こと有《あ》らば、聴《ゆる》せ」との規定はありました。だけど、この通り実行されたという話はあまり聞きませんね。

三年もの留守をしなければならない、という先々の心配は心配として、ここでは目の前の旅立ちのことを心配なさっている。具体的で、現実的で、これは奥様なればこその心情に溢れた無念の歌ですね。

次は物部広足《もののべのひろたり》さんです。今日は奥さんもご同席ですが、奥さんは歌を作られなかったのでしょうか。

【武蔵の六人目】**物部広足**（もののべの・ひろたり）

広足　はい、事情をお話しします。その前に、まず、歌の紹介です。

（4418）武蔵⑥
我が門《かど》の　片山椿《かたやまつばき》　まこと汝《なれ》　我が手触れなな　地《つち》に落ちもかも

「片山（小さい山）の緩やかな裾に作られている我が家の玄関先の坂道に咲いている早咲きの椿よ、晩冬に咲いた美しさを残して、この春先には、俺の手が触れることもなく、お前は地に落ちてしまうのか」です。山茶花《さざんか》は一枚一枚の花びらがばらばらに散っていきますが、椿は咲いたままの形で、花姿のままポトリ、と地面に落ちます。落ちた後の姿は咲いていた時と同じ美しさをしばらくの間保っています。その美しさ自体は大好きですが、花の身としてはもっと咲き続けたかっただろうに、と思えて、とても可哀想です。後世の武士たちは首の落ちる状況がイメージされるといって嫌がったようです。確かに残酷にも見えます。

「本当にお前（歌の中では椿の花ですが）、お前は私の手が触れない内に地面に落ちるのか」で、この歌は終わっています。椿の花は、もともと時期が来たら勝手に落ちるのであり、自分が触れるから落ちる、あるいは自分が触れないのに落ちる、落ちない、といったことは、椿の花にとっては無関係です。そのままの意味では詰まらない歌だと思います。

この歌の心は、「椿＝お前」であり、「我が手触れなな＝私と無縁の処女のまま」であり、「地に落ちもかも＝他人のものになるのだろうか」なのです。

俺は防人として徴兵されるのに、周りにいるたくさんの男どもは「防人」どこ吹く風で、そのままお前の周りでウヨウヨ、ウロウロしている。そんな様子を、遠くから想像していなければならない。三年もの間に、その男たちの誰かが、お前に言い寄って、お前を妻にしてしまうかもしれない、クソー！　という心情だったです。こんな辛さに、三年間も耐えなければならなかったというのは地獄ですよ。ただ、防人同期生との話、もちろん旅路の途中や任地での話の中ですが、同じような悩みを訴えた奴が多かったので、慰め合いをしたものです。友達同士で支え合った次第です。

先ほど、安房《あわ》の方が友人同士で励まし合った、という話をされていました。それを聞いて私たちもそうだったな、と思い起こしていました。今日再会できた友達に改めて感謝、感謝です。

「奥さんは歌を作られなかったのか」というご質問がありました。出立の時点では、私には妻はおりません。ですから出発の宴には、妻は同席させていただいておりません。ご質問に対しては、「はい、そうです」とお答えするほかないのですが、三年の後、故郷に帰ってみると、何と、歌の中の「汝《なれ》」は、ほかの男どもには目もくれず、ずーっと私の帰りを待ち続けてくれたんですよ！

出立の時は、彼女と何の約束もしていません。ひょっとすると、私が筑紫できれいな娘さんを見付けて現地結婚し、そのまま筑紫にいついてしまうかもしれない、にもかかわらず、彼女はひたすら私を待ち続けてくれていたんです。

これは結果論ですが、二人で、それぞれ片想いし合っていたのですね。帰郷してから、ものすごく嬉しくなって、二人は結ばれました。この辺りの話をすれば、終わらないでしょう。幸せいっぱいで人生を過ごし、天上に来てからも、幸せ夫婦を続けています。

家持　そんな話が聞けるかな、というのが、実は今日の同窓会の狙いでもあったのですよ。隣り合ってお座りの奥様が真っ赤になって俯《うつむ》いておられる。純情可憐なご夫妻のままなんですね。

次は物部真根《もののべのまね》さん、続いて奥さん、お願いします。

この後の六首は、ご夫婦一緒に取載された三組の方が続きます。順次お話を伺っていきますが、三組のご夫妻がいずれも本席にご参加くださっています。先ほどの歳得《としとこ》さんのご夫妻に負けないよう、存分に真情をお話しくださいね。

【武蔵の七人目】物部真根（もののべ・まね）

真根　私たち夫婦の歌は、外見的には「唱和」ではないみたいですが、心情的に言えば、互いに引き離されることとなった相手を身近に感じたい、という歌です。

（4419）武蔵⑦

家《いは》ろには　葦火焚《あしふた》けども　住み良けを　筑紫に到りて　恋《こふ》しけ思《も》はも

「家では葦火を焚くので、家中煤けていかにもみすぼらしい貧乏暮らしだが、俺には住みよい所だ。だから筑紫国に着いた後も、故郷の橘樹郡《たちばなのこほり》で家族と一緒に過ごした、そして今は家族たちが力を合わせて留守を守ってくれている我が家のことが、どんなにか恋しく思われることだろう」という意味です。

私の家は竪穴住居そのものと言えるほどの貧乏家で、狭い、暗い。けれど、家は形じゃない、大きさじゃない。

自分をホッと休ませてくれる家こそが最高なのだ、と思います。
筑紫で準備されていた家は、これもひどい竪穴で、男同士がぎゅうぎゅう詰めの同宿でした。

家　持　後世、「埴生の宿も　わが宿　玉の装い　うらやまじ……」という歌が愛唱されているようです。貴族として大きな家に住み慣れた私が言うのも変ですが、本当に同感です。
では奥さん、お願いします。

【武蔵の八人目】妻椋椅部弟女（め・くらはしべの・おとめ）

弟　女　はい。

草枕　旅の丸寝の　紐絶えば　吾《あ》が手と付けろ　これの針持《はるも》し
（4420）武蔵⑧

私は、その煤けた家を遠くから家族ごと愛してくれる夫の歌に応えようかな、とは思ったのですが、夫が遠く筑紫から故郷を思ってくれるなら、私は故郷から遠い夫を想おう、と謡いました。
先ほどの（4416）の奥様、「まさ」さんと同じように、「草枕」で謡い始め、「旅で丸寝する夫」と続き、「紐」に繋がっています。同じ宴で順番に謡わされたものですから、前の方に影響された歌になってしまいました。独創性は乏しいかもしれませんが、私の気持ちを正直に謡っていますので負い目はありません。むしろ、「私も貴女と同じように自分の夫のことを心配しているのよ。お互いに留守を託された妻として頑張りましょうね」という同志的歌謡です。宴の席では一緒にいましたものね！

出立する夫には裁縫具一式を持たせました。そして「紐が切れたからといって、私との深い縁が切れるものではありませんよ。くよくよしないで、この針を持ってください。そしたら、さあ、私の手が遠く貴方の所まで伸びていきますから、一緒に縫っていると思って縫い上げてくださいな。縫って元通りにすれば、それでいいのよ」と謡ったのです。「紐を解くのを嫌うとか、紐が切れるのを嫌うなんて、迷信なのよ」です。

「まさ」さんが「紐解かず寝む」と詠まれたのは、奥様の気持ちとしてはもっともだと思います。私も家では紐を切らない、紐を解かない、と思って過ごしました。自分のことであれば、迷信だろうがなかろうが、やはり同じように謡ったと思います。ここでは夫の立場を考えて、縫い直せばいいのよ、と言ってあげることが、精一杯の気持ちでした。

真　根　糸と針を使って、妻の針仕事の姿を想像しながら、綻《ほころ》びたところを縫い合わせました。妻が横に座って私の手元を覗き込みながら、「そうそう、それでいいのよ」と言ってくれている様子を想像しながらの裁縫でした。自分で苦笑しながら、何とかやりあげました。形は悪かったですけどね。

私の縫い合わせた部分が、その後、何度か綻びましたので、その都度縫い直しをしました。だんだん上手になって、縫目幅が細かくなっていきましたよ。

故郷に帰った時、妻に見せたら、縫い直しが綺麗になっていると褒めてくれましたよ。それからは、自分の綻びは自分で縫い直すことが多くなりました。

家　持　奥様が横で頷きながら、とても嬉しそうで柔和な笑顔を見せておられます。お互いを信じ合いながらの優しさの伝達、大切ですね。

次は服部於田《はとりべのうへだ》さん、お願いします。奥さんも続いてね。

【武蔵の九人目】**服部於田**（はとりべの・うへだ）

於　田　はい。

（4421）武蔵⑨
吾《わ》が行《ゆ》きの　息衝《いきづ》くしかば　足柄の　峰這《みねは》ほ雲を　見とと偲《しの》はね

「防人として旅立つ俺のことを、きっとお前は心配してくれることだろう。心配性だからな、お前は。心配が過ぎて、苦しかったり切なくなったりしたら、足柄山の峰にかかっている雲を見ながら、僕のことを『きっと大丈夫だわ』と思っておくれ」です。

雲は色んな形に変わりますから、じっと見ているうちに、僕の姿・形になるかもよ、という意味のつもりです。ま、実際のところは、いくら待っても、それはないだろうけど、そのうち、何かの形に見えてくるだろうよ、仮に魚や犬、岩や葉っぱ、木の形であっても、それが何か分かってくると楽しくなるよ、気も紛れるのじゃないかな、気分が楽になるんじゃないかな、という心です。僕も筑紫で一緒になって雲を見ながらお前を探すよ、という気持ちを込めています。

足柄山は実は遠くて家からは見えないんですけどね。足柄山と言えば、皆さんに分かってもらえると思って……。

家持　よいじゃありませんか。分かりやすさは歌にとって命ですから……。奥様の性質・性格をよく弁《わきま》えて、優しく心配してあげたんですね。

じゃ、奥様の番です。この歌に応えて唱和するのは難しいですね。相当な歌人でも、この歌を聴いて直ぐに返事するのは難しいですよ。

【武蔵の十人目】**妻服部呰女**（め・はとりべの・あざめ）

呰　女　ええ、もともと私はそんなに上手くは謡えないので、唱和なんてできません。ですから、先ほどの「まさ」様の歌（４４１６）を真似させていただきました。ご免なさい。

（４４２２）武蔵⑩
我《わ》が背《せ》なを　筑紫へ遣りて　愛《うつく》しみ　帯《おび》は解かなな　あやにかも寝も

「うちの人を筑紫へ旅立たせてしまった。私も絶対に帯を解かずに朝を迎えるわ。だけど夫恋しさのあまり、心の方は千々に乱れてまんじりともしないで、苦しい夜を過ごすことになるのだわ。きっと」という意味です。こんなに意気地なしの歌を聴いた夫は、きっと不安になったと思います。

於　田　妻のいじらしさに改めて心が乱れ、後ろ髪を引かれながらの出立となりました。

呰　女　ご免なさいね。

家　持　出て行った家族のことを、まして最愛の夫を思う時、心は乱れて熟睡もできないでしょうね。ご自分を意気地なし、とおっしゃる、そのお気持ち。そのお気持ちの心底が、今日の同窓会で、私みたいな者にとっても少しずつ理解できるようになってきたように思えます。

次は藤原部等母麻呂《ふじわらべのともまろ》さん、ご夫妻でお願いします。

【武蔵の十一人目】　**藤原部等母麻呂**（ふじわらべの・ともまろ）

等母麻呂　武蔵の最後として、夫婦でがんばりましょう。

（4423）武蔵⑪

足柄の　御《み》坂に立《た》して　袖振らば　家《いは》なる妹《いも》は　清《さや》に見もかも

「いよいよ出立の時が来た。足柄山の御坂に立って私が袖を振ったなら、家にいる妻はそれをはっきりと見てくれるだろうかな」という意味です。いよいよ三年の別れになる、その別れの最後の瞬間ですよね。感慨深く袖を振ることになるのだと思います。

本当言いますと、足柄峠まで行ってしまえば、武蔵から相模を越えてさらに駿河まで足を延ばしたことになりますから、武蔵の我が家から見えるはずもないほどに遠いのですが、譬えとして表現してみました。

家　持　手を振るという、さよならの挨拶は、世界中だそうですよ。人間だけが行う、人間しか行えない、言葉の伝わらない状況下での親愛の情を伝える、最高の仕草ですよね。さっきの祢麻呂さんの歌（４３７９）でも袖を振っておられました。

袖を振るという言葉を聞いて思い出す歌を紹介しておきましょう。

一つ目は額田王《ぬかたのおおきみ》です。

（２０）

あかねさす　紫野行き　標野《しめの》行き　野守《のもり》は見ずや　君が袖振る

もう一つは、巻十四の東歌に、こんな歌があります。

（３４０２）

日の暮れに　碓氷の山を　越ゆる日は　背《せ》なのが袖も　さやに振らしつ

【武蔵の十二人目】**妻物部刀自売**（め・もののべの・とじめ）

刀自売　等母麻呂の妻です。先程の「まさ」さん、椋椅部刀自売《くらはしべのとじめ》さんと同じ刀自売なんですよね。本名は「あい」です。夫の歌は、振る袖がはっきり見えるだろうか、でした。そこで私は、

（4424）武蔵⑫

色深《いろふか》く　背《せ》なが衣《ころも》は　染めましを　御坂賜《みさかたば》らば　ま清《さや》かに見む

「ああ、そうだった。貴方の着物をもっと色濃く染めておけば、遠くからでも見えるのに……。色濃く染めておけば、貴方が足柄の御坂を登って行かれる時に、遠くからでも、貴方をほかの人と見誤ることなく、はっきり見分けることができるでしょうに」という気持ちで謡いました。

形としても「唱和」ですね。足柄峠まで行ったら、夫の言うように、遠すぎて見えないじゃないの……染め色をどうするかは関係ないでしょ、といった理屈は抜きです。

家　持　はっ！　はっ！　あー！　そうだ、そうだ、その通りだ。

あーあ！　最後に笑えて、とてもよかった。嬉しい。

これで、皆さんの発表が全て終わりました。長時間にわたって、本当に有り難うございました。

少し纏めておきたいと思います。

「『万葉集』の前に防人歌なく、『万葉集』の後に防人歌なく、而《しこう》して『万葉集』全二十巻は巻二十の防人歌で結了」でした。

前にも言いましたように、都の歌人が東国に下って都の歌を広め、それを受け入れた農民たちが自分たちの生活に和歌を取り入れ、五・七・五や七・七の言葉のリズムを覚える中で、自分たちの身の周りをとても明るく謡い込んでおられました。夫婦の性愛のことも、とても明るく謡い、それが東国の民謡として広められていった。

そしてそのことが下地となって、巻二十の防人歌が充実したのだと思います。

これまで巻二十の中から、八十四首を発表していただきましたが、私も、巻二十の中で、相模《さがむ》の歌の発表の後で六首、上総《かみつふさ》の後で三首、下総《しもつふさ》の後で六首、上野《かみつけの》の後で五首、合計二十首を謡って収載させてもらいました。いずれも防人の方々の苦労や心情を知って謡いました。最後に紹介させていただきます。

ところでお気付きになられたことと思いますが、第一章から第十章までの「章」の中には、甲斐《かい》（山梨県）、伊豆（伊豆半島）、安房《あわ》（房総半島の先端部）の国名が出てきていません。この内、安房国の方の歌としては、第五章の上総国の中に二首入っていました。安房は上総の南隣りにある国なので、防人徴兵に際して、安房を上総に組み込んだようです。

その点で言うと、伊豆国は相模や駿河と隣り合っているのに、伊豆の方の歌はそのどちらにも入っていませんし、甲斐国は駿河、武蔵、相模、信濃に囲まれているのに、甲斐の方の歌はいずれの国にも入っていませんでした。

防人徴兵は毎年行われることであり、この年も当然に伊豆と甲斐にも及んでいたはずです。ただ甲斐と伊豆は山国ですから、人口密度も少ないうえ、たまたまこの年は伊豆と甲斐に与えられたノルマが少なく、それで歌を進上していただく方も少なかったのであろう、と勝手に理解しています。

これで同窓会、中締めとしましょう。長時間、本当にありがとうございました。

この後は、作歌者不明の防人歌をご紹介していきたいと思います。

道麻呂（駿河）家持さん、本日は有り難うございます。幹事団を代表して、中締めのご挨拶をすべきところですが、堅苦しいことは全く苦手なので、各自に今日の感想を、てんでバラバラですが、発言してもらいたいと思います。お許しください。同窓生同士のフリートーキングでいきましょう。

真麻呂（遠江）僕の歌「時々の　花は咲けども……」（4323）。あんな歌を謡ってたんですね。若かったし、辛かったし、寂しかったし。

国　忍（上総）僕らみたいなただの農民が、歌と気持ちと名前を残すことができていたとは……。歴史の表舞台とは全く無縁の農民のことが、歌を通じて歴史に残されてたんですね。

真　嶋（下野）こんな機会を農民に与えてくれた家持さんには感謝したいね。

真　根（武蔵）僕らの数年後には防人徴兵が終わったので、息子や孫のことでは心配がなかった。

広　方（常陸）あの苦しみは、自分らだけでいいよ。だけど家持さんのお話によると、……。

多麻呂（相模）二十一世紀の朝廷が「基本方針は俺たちで変えた！　戦争仲間と組んでどこへでも出向くぞ！」と言い触らしてるらしい。世界からの信頼を失うよ。二十一世紀では自分たちで自分たちの朝廷を選べるんだろ？　口先の上手さにだまされて選び間違うと、「俺は何をしてもいいのだ」と勘違いされるよ。だから選んだ後も、見張り続けてくださいね。「国民の皆様に寄り添って……」巧言令色鮮し仁《こうげんれいしょくすくなしじん》だよ。

足麻呂（駿河）私は国へ帰ってから結婚できました。その頃には防人制度も終わっていたので、妻や子供たち、「防人を知らない世代」には、どうすれば血と肉の通った心の苦しみを伝えることができるのか、と思いましたね。

荒　耳（下野）あの三年半は、自分を見失った毎日だったね。国へ帰ってからしばらくの間は、何もする気になれず、何も手がつかす、うつ状態だった。

忍男（信濃）あの体験の中で、相手の人を殺すこともなく、逆に殺されることもなく、平穏なまま帰郷できてよかったはずなのに、心の中が虚ろだったね。

家持　平成時代の自衛隊がイラン・イラク戦争などに後方支援とか称して行ったそうです。そこでは一人も殺さず、一人も殺されなかったのに、日本へ帰ってから、日本人の平均自殺率の三倍以上の隊員自殺があったそうです。「駆けつけ警護」と言ってるようですが、「戦争の片棒かつぎ」そのものですよね。

黒当（遠江）最近天上に来た人の話では、空気も、水も、土も、汚れが進んで、心の荒れた人も多いらしい。せめて心だけでも綺麗になって、殺し合いを止めて欲しいね。

千文（常陸）ほとんどの人は荒れてないと思うよ。優しい日本人でいてくれてるよ。そんな人たちを信じよう。荒れている人たちだって心底荒れてるわけではないでしょう。みんな事情があるんだよ。きっとそれぞれの事情を乗り越えてくれるよ。

黒女（武蔵）一代＝二十五年で計算すると、一二六〇年後には、五十代目の孫が生まれています。五十一代、五十二代……、百代後の孫たちの世が平和であることを祈って、次の同窓会までには、「孫たちの平和を祈る防人女子会」を作ります。

節麻呂（上野）「体験に学ぶ」という言葉があるけど、僕たちの防人体験を一二六〇年後まで伝えて、何かを学んでもらうなんてことは、あり得ないよね。「歴史に学ぶ」という姿勢であれば、千年経とうが二千年経とうが、防人のことも必ず伝わって学んでもらうことができるだろうね。

稲麻呂（駿河）戦争や原爆、地震や津波の体験はどこかで途絶えるけど、歴史としては永久に学べるよね。

弟女《おとめ》（武蔵）体験させられる前に想像ですよね。ジョン・レノンの「イマジン」謡いません⁉

第十一章

その他、作歌者不明の防人歌

（巻二十、十四、七から）

思い草（リンドウ）

家　持　『万葉集』の中には、これまで発表してもらった歌のほかに、皆さんと違って「詠み人知らず」のままで、防人歌と伝えられている歌が残されています。二十首ありまして、次の五つに分類されます。ご紹介していきましょう。

作歌者不明ですから、今日の同窓会にはお招きできていません。作歌者のお気持ちを直接伺うことはできませんので、その歌と歌の意味を、私の方から簡単にご説明しておきます。次の五つに分けました。

私の独断と偏見に満ちた個人的意見を含めるかもしれませんので、別のご意見があれば、ご発言ください。

【十一の一】　私の友人、磐余伊美吉諸君《いはれのいみきもろきみ》さんが、「貴方が防人歌にそれほどの興味を持っているのなら、役所にこんな歌が記録されていたので教えてあげよう」と言って教えてくれた歌です。巻二十の中に、「昔年《せきねん》防人歌」として紹介させていただいた八首です。

【十一の二】　とても珍しい事例ですが、交代要員として防人に指名された方の歌を、上総《かみつふさ》の国のお役人が伝誦されており、それも巻二十に「昔年相替りし防人の歌」として紹介させていただきました。一首です。

【十一の三】　東歌を集めた巻十四の中に、防人歌として紹介されている五首です。

【十一の四】　同じく巻十四の中に、防人歌としては紹介されていないのですが、防人歌と考えてもよいのではないだろうか、と思われる五首です。

【十一の五】　このほか、巻七の中で、後世の学者さんたちの間でこれは防人歌だろうと考えられている一首です。

全部で二十首あります。お聴きください。

【十一の二】　昔年防人歌（八首）

（４４２５）詠人知らず①

防人《さきもり》に　行《ゆ》くは誰《た》が背《せ》と　問ふ人を　見るが羨《とも》しさ　物思《ものも》ひもせず

家　持　「防人に行くのはどなたの旦那さんでしょうね？　などと、いかにも他人事《ひとごと》を楽しんでるみたいににひそひそと、そのくせ無遠慮に話し合っている人を見ていると、悲しくなるわ。みんなの犠牲になって兵隊に引っ張られるのは、私の主人よ。彼と離れ離れにさせられる私の身にもなってよ。何も悩むことがなくって、いいわね」と怒っておられます。だけど、どこか達観されておられるかのような詠みぶりが、一面では私をホッとさせつつ、他面では私の心の奥底に、何か重い物をぐんぐん詰め込んでくるのです。これって一体何なのでしょうか。

参加者の妻の一人　留守を体験させられた側の気持ちからすると、最高に同感したくなる歌です。ほかの人にとっては「うちでなくてよかったわ」ですからね。旦那が筑紫で病気にならないだろうかとか、自分はこれから三

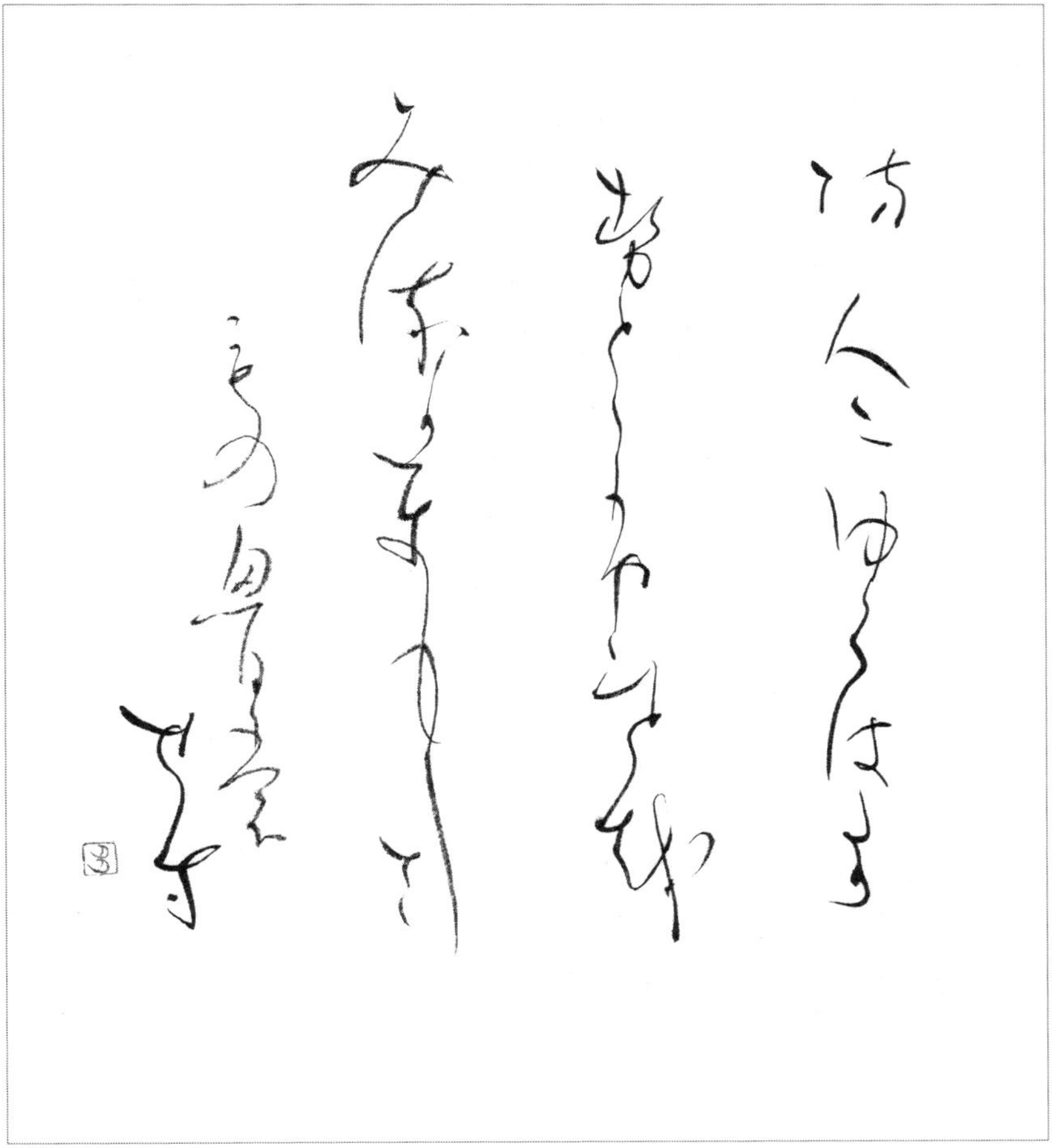

年以上の寂しさに耐えられるだろうかとか、不安いっぱいですね。子供がいる人、年老いた両親がいる人、畑仕事がいっぱいある人、……残された身になってください、と言いたいです。負けてたまるか！　です。だけど正直に言いますと、私も「どなたの旦那さんでしょうね」と噂話をした年もありました。来年か再来年か、いずれ我が身に降りかかるかもしれない、という不安を、その瞬間は横へ押しやってましたね。

大君のためだとか、恐れ多い命令だから、といった建前を謡っている歌より、本音を謡っているこの歌の方が、遙かに好きです。こんな気持ちって、男でも女でも同じだと思うんですけどね。殿方はいかがですか？


家　持　男も女もないでしょう。籤運《くじうん》が悪くて他人様が不幸・不運を受けられたことで嬉しいことは何一つありませんが、そのお陰で自分が不幸・不運から免れたとすれば、申し訳ないと思いつつも、陰ではホッとしますし、喜びますね。その他人様の不幸・不運に、どれだけ自分の心を痛めるか、どれだけその人を支援・応援できるか、そのことこそが大切ですよね。男と女で違うというより、一人ひとりで違うのでしょうね。

それにしてもこの方の歌は、心に思ったことを何の飾りもなく、ストレートに表現されていて、とても好きです。技巧なんて、そっちのけなのに、上手に聞こえますね。

次も、奥さんの立場で詠まれた歌です。

（4426）詠人知らず②
天地《あめつし》の　神に幣帛《ぬさ》置き　斎《いは》ひつつ　いませ我《わ》が背《せ》な　吾《あ》れをし思《も》はば

家　持「あなた！　天地の神々に幣帛を捧げて身を清め、あなた御自身の無事を祈っておきましょうね！　そして後に残される私のことを思ってくださるのであれば（本当に思ってくださるのであれば）、私の無事息災も併せて祈ってくださいね！」です。

こんな強い訳文にしたのは、「いませ我《わ》が背《せ》な」を直訳すると、「いらっしゃいませ、わが夫よ！」となるからであり、さらに「吾《あ》れを」の次に「し」という強調の助詞が入っているからです。

では次の歌にいきます。今度は旦那さんの立場からの歌です。

（4427）詠人知らず③
家《いは》の妹《いも》ろ　吾《わ》を偲《しの》ふらし　真結《まゆす》ひに　結《ゆす》ひし紐の　解《と》くらく思《も》へば

家持　「家に残してきた妻が、俺のことを思い出して懐かしがっているようだ。家を出る時に妻が解《ほど》けないように真結びで固くしっかりと結んでくれた着物の下紐が（勝手に）解けてしまうところを見ると」

作者としては、変わらぬ愛と貞節を心に誓って出発してきましたから、自分で紐を解く意図は全然持っていません。それなのに、勝手に緩んできたのだから、これはきっと故郷の妻が、夢の中で思わず私のことを偲んで下紐に手を掛けたからではないか、と謡っているのでしょう。ストレートで、いいですね。

では次、奥さん側の歌です。

（4428）詠人知らず④
我が背《せ》なを　筑紫は遣りて　愛《うつく》しみ　帯《えひ》は解かなな　あやにかも寝む

家持　武蔵の（4422）を思い出しませんか？「我が背《せ》なを　筑紫へ遣りて　愛《うつく》しみ　帯《おび》は解かなな　あやにかも寝も」とそっくりですね。「筑紫は」と「筑紫へ」、「帯《えひ》」と「帯《おび》」、「寝む」と「寝も」の違いだけです。
東国方言の多様性が見えます。それは兎も角として、人の口に上った歌が別の人の口を借りて出てくる。それこそが歌なんでしょうね。

砦女 私、正直に言いまして、どこかでこの歌を聞き覚えていて、そっくり真似たのかもしれませんわね。

家持 仮にそうだったとしても、それが貴女の心にぴったりだったのですよ。

次は、旦那さん側の歌です。

（4429）詠人知らず⑤

厩《うまや》なる　縄絶つ駒の　後《おく》るがへ　妹が言ひしを　置きて悲《かな》しも

家持 最後の句「悲《かな》しも」について少し説明させてください。『万葉集』に残されている万葉仮名は「可奈之毛」ですから、音読みでは「カナシモ」です。ある学者さんは「悲しも」と表記され、別の学者さんは「愛しも」と表記されます。歌全体の流れを見て、「悲《かな》しも」であるのか「愛《かな》しも」であるのかを考えてみましょう。

この歌の中で「可奈之毛」に至るまでの流れを見ていきますと、「馬屋の縄を切って飛び出そうとはやる駒のように、『家に残ってなどおられません。何としても私も！』と妻が言い募っていたのに、それを家に残してきてしまって、今もって脳裏から消えない」ですね。

今もって「脳裏から消えないで残っている」妻の顔・姿・動作や言葉……。置いたまま別れてきた妻のことが今になって「一層愛《いと》おしい」のでしょうか。それとも、置いたまま別れてきたことが改めて何度も何度も思い返されて、今になって「一層悲しくなる」のでしょうか。あるいは、そんな妻の心を思い遣って妻の悲しみを今頃ようやく理解できるようになった自分が悲しいのでしょうか。そんな妻と離れ離れにされた自分こそが悲しいのでしょうか。答えは皆さんにお任せします。正解はありません。

私自身は、奥さんが必死になって夫に追い縋《すが》ろうとしている様子を瞼《まぶた》に浮かべてみると、「そんなにも強く私のことを想ってくれる君なんだ！　改めて深く愛しているよ！」よりも、「そんなにも激しく私も行く！と叫んだ妻の姿を思い出すと、彼女を残すほかなかった私には、言いようもなく悲しいことだった。妻も悲しかったことだろう。今も悲しんでいるだろう」という訳の方が相応《ふさわ》しいかな、と思えます。

せっかくなので、「悲」と「愛」を対比して考えてみたいと思います。

二十一世紀の普通の感覚では、「かなしい」と聞けば「悲しい」の字を当てるのが一般的であって、「愛しい」という字を当てることはないでしょうね。逆に「愛しい」と書けば「いとしい」と読むのが普通であって、「かなしい」とは読まないでしょうね。

「悲」という字からは、とても辛い感情が伝わってきます。胸が塞がれるほどになって、この状態が続くようでは将来への希望が持てないみたいで、できればそんな気持ちになる場面に出合いたくないですよね。「愛」という字を見ると、心が軽やかになって、辛いことも忘れて、未来への夢につながるようで、胸の奥底からとても嬉しい楽しい感情が湧きあがってくるみたいですよね。だけど「愛する」が故にこそ、奥深い「悲しみ」が同居している、と感じることとってありません？

万葉時代の人たちが、「悲」と「愛」をどのように感じ、どのように言い分けていたのでしょうか？　後の世の人たちが万葉仮名をどのように読んで、どのような漢字を当てたいと思ったのでしょうか？

次に幾つかの例を挙げてみます。万葉仮名を《　》で付記しておきます。

ところでここまでは、「かなし」の読みだけに注目しましたが、古くからの『万葉集』研究では、「愛」の字が当てられた「かなし」のほかに、「うつくし」の音に「愛」の字が当てられた歌があることにも気付きました。「愛」と同居している「かなしさ」と「うつくしさ」。日本語の奥深さを改めて感じています。

（4338）駿河②
畳薦《たたみけめ》 牟良自《むらじ》が磯《いそ》の 離《はな》り磯《そ》の 母《はは》を離れて 行《ゆ》くが悲しさ《加奈之佐》

（4343）駿河⑦
我《わ》ろ旅は 旅と思《おめ》ほど 家《いひ》にして 子持《め》ち痩《や》すらむ 我が妻《み》愛《かな》しも《可奈志母》

（4369）常陸⑦
筑波嶺《つくはね》の 小百合《さゆる》の花の 夜床《ゆとこ》にも 愛《かな》しけ《可奈之家》妹《いも》そ 昼も愛《かな》しけ《可奈之祁》

（4387）下総④
千葉の野《ぬ》の 児手柏《このてかしは》の 含《ほほ》まれど あやに愛《かな》しみ《加奈之美》 置きて高《たか》来ぬ

（4391）下総⑧
国々の 社《やしろ》の神の 幣帛《ぬさ》奉《まつ》り 贖祈《あがこひ》すなむ 妹《いも》が愛《かな》しさ《加奈志作》

（4392）下総⑨
天地《あめつし》の いづれの神を 祈らばか 愛《うつく》し《有都久之》母《はは》に また言《こと》問はむ

（4413）武蔵①
枕《まくら》太刀《たし》　腰に取り佩《は》き　真愛《まかな》しき《麻可奈之伎》　背《せ》ろが罷《ま》き来む　月《つく》の知らなく

（4414）武蔵②
大君《おほきみ》の　命畏《みことかしこ》み　愛《うつく》しけ《宇都久之気》　真児《まこ》が手離《はな》り　島伝《づた》ひ行《ゆ》く

（4422）武蔵⑩
我《わ》が背《せ》なを　筑紫へ遣りて　愛《うつく》しみ《宇都久之美》　帯《おび》は解かなな　あやにかも寝も

（4428）詠人知らず④
我《わ》が背《せ》なを　筑紫は遣りて　愛《うつく》しみ《宇都久之美》　帯《えひ》は解かなな　あやにかも寝む

（4429）詠人知らず⑤
厩《うまや》なる　縄絶つ駒の　後《おく》るがへ　妹が言ひしを　置きて悲《かな》しも《可奈之毛》

（4432）詠人知らず⑧
障《さ》へなへぬ　命《みこと》にあれば　愛《かな》し《可奈之》妹《いも》が　手枕《たまくら》離れ　あやに悲しも《可奈之毛》

「愛」の字を当てたり、「悲」の字を当てたりです。いかがでしょう？　想像の翼はあなたのものです。

話を戻しましょう。次の歌を紹介します。

（4430）詠人知らず⑥

荒し男《を》の　い小箭《をさ》手挾《たばさ》み　向かひ立ち　かなる間《ま》しづみ　出でてと吾《あ》が来る

家　持「荒々しい男が矢を手挟み、獲物を狙って息を潜めて向かい立つように、家族や近所の人たちの見送りの騒がしさが静まるのを待って、俺はきっぱりと家を出てきたんだ」という意味でしょうね。俺は取り乱したりなんかするもんか、という強気を前面に押し出した歌ですね。

次の歌は一変します。

（4431）詠人知らず⑦

笹《ささ》が葉の　さやぐ霜夜に　七重《ななへ》着《か》る　衣に益《ま》せる　児ろが膚《はだ》はも

家　持「笹の葉がサヤサヤと音を立てる、霜の降るこの寒い夜には、幾重にも幾重にも重ね着をするのだが、そんな重ね着にも増して温かい妻の肌が思い出される。ああ、我が妻の肌よ、今、一度！」

国　忍（上総）僕の歌（4351）より以前にも、こんな歌があったんですね。先輩たちも同じだったんだ。

家　持貴方の歌は「妹にしあらねば」でしたが、ここでは「児ろ」と謡われていますね。そして次の歌では「妹」です。

（4432）詠人知らず⑧

障《さ》へなへぬ　命《みこと》にあれば　愛《かな》し妹《いも》が　手枕《たまくら》離れ　あやに悲しも

家　持「防人という兵役は一〇〇％拒否できない、大君からの圧倒的な仰せなので、ほかに選択の余地なく、愛しい妻の手枕を離れて来てしまった。ただ、もう無性に悲しいことだ」です。重複するような説明は不要ですね。

秋持さんの歌（4321）から始まって、私の歌を挟んで続いてきた防人の歌は、この（4432）で中断します。数字の不思議を感じません？　防人歌とは関係のない三首を挟んで、さらに次の歌が記されています。

【十一の二】昔年相替りし防人の歌（一首）

（4436）詠人知らず⑨

闇の夜の　行く先知らず　行く吾《ゆわれ》を　何時来まさむと　問ひし児らはも

家　持「闇夜のように、何も見えない状況に置かれた感じで、どこへ行くのか、どうなるのかも全く分からずに、不安な気持ちで防人として出て行く俺なのだが、その俺に、『いつお帰りになりますの』とあどけない表情で尋ねた妻。何も知らない妻よ。ああ、愛しい我が妻よ」という意味でしょうか？　ただ私にも分からない点があります。

というのは、防人制度の中で、交替ということは明確な規定がなく、むしろ欠員が生じても補充はしない、という軍防令の規定（五十七条）がありますので、この歌の紹介に「昔年相替りし防人の歌」の文字が添えられたことの背景や状況がよく分かりません。任期の途中からその人だけ一人で筑紫に行かせるということは、不可能ですからね。

もともと巻二十は、今日の始めに申し上げたように、「家持歌集」の巻四のことでして、私自身が編集していたものですが、「昔年相替りし防人の歌」というのは、実はそのように伝えられていたことを、何も疑わずにそのまま記録しただけだったのです。

あるいは筑紫で生じた欠員を、その翌年にその欠員分をプラスして補充ということであれば、残り任期、例えば一年とか二年とかの交替を命じられたのでしょうか。

交替指名を受けたこの方からすれば、「交替」と言うからには、丸々「三年」ではないにしても、「二年」なのか「一年」なのか、はっきりして欲しいですよね。ひょっとして、「筑紫に行くからには、防人としての通常の任期「三年」であったかもしれませんし……。ですからこの歌は、「行先が分からない」ということもさりながら、「いつまで行くのか分からない」ということも嘆きの種になっていると思います。

現地の筑紫側からすれば、「三千分の一」にすぎない問題として、期間については、それほど重要視していなかったかもしれません。

本人にとっても若奥さんにとっても、まるっきり訳の分からない状況に置かれたのではないでしょうか。

【十一の三】巻十四の中に防人歌として紹介されている歌（五首）

（3567）詠人知らず⑩

置きて行《い》かば　妹は真愛《まかな》し　持ちて行《ゆ》く　梓の弓の　弓束《ゆつか》にもがも

家　持「妻を家に残して行ったなら、俺はどんなに妻のことを恋しく思うだろう。せめて手に握り締めていく梓弓の弓束にでもなってくれたらなあ」ですね。そう聞くと、次の歌がとても面白い。けれど、とても不可解でもある。この二つが並んで記録されていることをどう理解するか、なんです。

（3568）詠人知らず⑪

後《おく》れ居て　恋ひば苦しも　朝狩《あさがり》の　君が弓にも　ならましものを

家　持「家に残って、あなたを恋い慕っているだけなんてイヤです。とても切ないことです。朝狩りに用いるあなたの弓にでもなれたら、どんなにかうれしいことでしょうか」

どちらも「詠み人知らず」ですが、これは夫と妻が向かい合って詠んだ歌だと考えたいですね。夫は弓になってくれるならば妻を連れて行けるのにと謡い、妻は弓になってでも一緒に行きたいと謡っているので、外見上は唱和です。だけどご主人は「梓弓の弓束」にでもなってくれないかな、と謡っている。これは防人として任地へ持って行く武具としての強い弓ですが、これに対し、奥さんが「朝狩の弓」になりたい、と言うのは、早朝の山に出かけて狩猟する時の簡単な小ぶりの弓というイメージです。少しすれ違いですよね。ご主人のことを「君」

と呼ぶほどの奥さんにしては、少しイメージが合わない。

全くの他人が全く別の場面で謡ったのかもしれませんが、私としては、奥さんが防人のことを十分理解できていなくて、見たことのない「梓弓」をイメージできず、手近にある「朝狩の弓」をイメージしながら謡ったのではないかな、と考えたいです。

では次の歌、三首目に移りましょう。

（3569）詠人知らず⑫

防人《さきもり》に　立ちし朝明《あさけ》の　金門出《かなとで》に　手離《たばな》れ惜しみ　泣きし児らはも

家　持「防人として出発した夜明けの門出の時、握り合った手と手を離さなければならなかった最後の時、別れの切なさに泣いた、ああ、私の妻よ」

昨夜は二人で泣き明かしたが、まだ泣き足りない。早朝の出立には、ほかに見送り人もなく、ご夫妻で抱き合って泣いたんでしょうね。

平成の皆さん、貴方自身または貴女の彼が軍人として出発する日が来たと想像していただけますか？　この歌はもはや他人事ではなくなりますよね。女性が従軍看護師として派遣される場合だってあるのです。

次は四首目です。

（3570）詠人知らず⑬

葦の葉に　夕霧立ちて　鴨が音《ね》の　寒き夕《ゆふべ》し　汝《な》をば偲はむ

家　持「葦の葉がたくさん群がっている湖岸に夕霧が立ち込めている。鴨の鳴き声が寒々と聞こえる夕暮れを迎えて、おまえのことを、今、心から偲ぶよ」

難波津に向かう途中の湖岸、浜名湖か琵琶湖でしょうか、きっと奥さんを思い出しているんでしょうね。この歌の「偲はむ」を「葦の葉を見て鴨の鳴き音を聞けば、きっと想い出すだろう」と訳す方もありますが、その訳だと、今は泣いてないけど寂しくなったら泣くだろうな、という程度の軽い歌になりますね。皆さんは、どちらの解釈を採られますか？　あるいはほかの解釈にトライしてくれますか。

最後の五首目は、ちょっとドキッとさせられます。

（3571）詠人知らず⑭

己妻《おの》を　他《ひと》の里に置き　おほほしく　見つつそ来ぬる　この道の間《あひだ》

家　持「自分の妻を他人の里に残して来てしまった。気が晴れず、悲しいよ。そんな思いを引き摺《ず》りながら、振り返り振り返り見てきたことだ。この長い道の間をずっと」

他人の里と言うのは、何とも気がかりな言葉ですね。奥さんの実家だと考えたいですが、そうでなければ、ちょっと穏やかではない、やりきれない。だけど実家のことを「他人の里」と言うかな？

奥さんの女友達の家にしておきましょうか？　でも落ち着かない、落ち着かない。

三年もの別れではなかろう、防人の歌ではないんじゃない？

だけど数日間の留守をする時の歌としては、ちょっとオーバーですね。

【十一の四】巻十四の中で⑩―⑭とは別に防人歌の可能性がある歌（五首）

（3427）詠人知らず⑮

筑紫なる　にほふ児ゆゑに　陸奥《みちのく》の　可刀利娘子《かとりをとめ》の　結《ゆ》ひし紐解《と》く

家持「筑紫の国の匂わんばかりの美しい娘に引かれて、陸奥の可刀利乙女が結んでくれた紐を、ついに今、私は解《ほど》くことになってしまった。陸奥《むつ》の彼女を裏切ることになるが、筑紫の彼女にひかれる思いを断つこともできない。許してくれ」

文字通りに解釈していくと、そこに謡われている事実（？）について、びっくりすることが二つ出てきます。まず一つ目は、この歌は筑紫で作られたと解釈するほかない。とすれば、筑紫での歌が『万葉集』に記録されていたことになる。誰がどうやって記録し、どういうルートで朝廷に提出されたの？　びっくりしています。二つ目は、この防人は常陸《ひたち》よりもっと遠い陸奥の国から派遣されたことになる。それは防人の歴史にはないことです。本当だろうか。

あれこれ考えると、この歌は仮想の上に仮想を重ねた全くのフィクションではないか、とも思えます。歴史上の疑問はさておくとしても、この場面を貴方または貴女の問題に置き替えてみたら、どうされますか？次の歌、二首目はいかがでしょうか。

（3453）詠人知らず⑯

風の音《と》の　遠き我妹《わぎも》が　着せし衣《きぬ》　手本《たもと》のくだり　紕《まよ》ひ来にけり

家　持　「遠くで鳴る風の音のように、遙か遠くにいる妻が着せてくれたこの着物は、袖口の辺りが、もうほつれてきてしまったことだよ」

「風の音」とか「風の便り」とかいうのは、遠くから聞こえてくる微かな音や便りというイメージが強いですよね。筑紫の海岸に立って監視任務に就いている時、海岸に打ち寄せる波の音を遠くからの風の音と見立てれば、防人の歌だ、との解釈は納得できるように思えます。これに対して、いくら「風の音」と言っても、そんなに遠く離れた所からの音ではなく、精々難波津に向かう行程の中で、あるいは防人ではなく、都の衛士に駆り出された人の歌ではないか、との意見も出ています。

そういった解釈上の問題があるにしても、万葉時代の夫婦や恋人たちは、袖口のほつれを気にするほどに、二人の絆に深い心配りをする純情・無垢な日本人だったのですね。

次、三首目に行きます。

（3480）詠人知らず⑰

大君《おほきみ》の　命畏《みことかしこ》み　愛《かな》し妹《いも》が　手枕《たまくら》離れ　夜立《だ》ち来のかも

家　持　「天皇のご命令を畏み承って、いとしい妻の手枕を離れて、真夜中に出発してきたことだ」

国府の庁や難波津の港からの出立は、日中の明るい時刻、むしろ早朝に近い時刻とされています。ですからこの歌は、翌朝の国庁集合に備えて自分の家を夜立ちする時の歌だと思います。遠江の古麻呂さんの歌（432

7）を思い出します。防人として出発する人たちの気持ちが暗闇状態であることも、併せ訴えたいのではないでしょうか。

次の歌、四首目へ参りましょう。

（3515）詠人知らず⑱

吾《あ》が面《おも》の　忘れむ時《しだ》は　国はふり　嶺《ね》に立つ雲を　見つつ偲《しの》はせ

家持　「私の顔を忘れそうになった時は、（どうか）山の斜面から沸き起こって、山の峰まで立ち昇る雲を見ながら、私のことを思い出してください」

常陸の小龍さんの歌（4367）を思い出しました。最初の五・七が同じですよ。ただ万葉仮名による表記では「面《もて》」（母弖）と「面《おも》」（於毛）の違いがある。方言の違いでしょうから、別の国の方の歌でしょうね。

小龍　常陸の国では、こんな歌を聞いたことがありません。常陸では「筑波嶺」を単に「嶺」とだけ謡うことは考えられませんね。

家持　地元の人にとって地元の山は具体的な特定の名前があってこその「山」でしょうね。次の歌の「対馬の嶺」は対馬にある何かしら適当な山というより、それ自身が「対馬」という固有名詞としてフルネームで表現されているのだと思います。だからこの歌の「嶺」は、特定の山を意図していないんでしょう。

（3516）詠人知らず⑲
対馬《つしま》の嶺《ね》は　下雲《したぐも》あらなふ　上《かむ》の嶺《ね》に　たなびく雲を　見つつ偲《しの》はも

家　持　「対馬の山では下の方には雲がかからない。だから上方にそびえている峰にたなびく雲を見ながら、お前のことを偲ぼう。雲は色んな形になるから、お前の顔を思い出せるような形になるのを待って見届けて……」任地が対馬だったのでしょうか。対馬の山は並の山ではなく、雲を突き破るほどの高い高い山だろう、と想像されている。

これは恐らく、筑紫へ行く前の歌だと思います。そうだとすれば、実に豊かな想像力ですね。その想像力をフルに使って、筑紫という行ったことのない遠い異国の空で見るであろう雲の形が、妻の顔形に似てくるのを、根気強く待とうとされている。私の胸を打ちます。

筑紫へ行ってからの歌とは考えにくいです。筑紫へ行ってからだとすれば、前にも言いましたように、『万葉集』に収載されたルートが想像できない。

【十一の五】巻七で防人歌の可能性がある歌（一首）

（1265）詠人知らず⑳
今年行《ゆ》く　新島守《にひしまもり》が　麻衣《あさごろも》　肩の紕《まよ》ひは　誰《たれ》か取り見む

家　持　作歌者はお母さんではないでしょうか。お母さんの気持ちで謡っておられると思います。奥さんのイメージではない、何となくそう感じます。「今年初めて島守りとして出掛ける、あの子の麻の衣の肩のほつれは、一体誰が繕ってやるのだろう」

ここでは「あの子」と訳してみましたが、「あの方」と訳すのとどちらがお好きですか。

「島守」を「防人」と考えるかについて、疑問を述べる方もおられますが、実は上野の国の歌の後で、私は長歌を謡っています。その中で防人のことを島守と謡いました。のちにご紹介します（４４０８）。

もう一つの疑問は「今年初めて島守り……」となると、今までも何回か行っていて、しばらく家にいた子が「今年の最初の島守り……」という流れになってしまい、三年任期の防人というシステムとは整合し難いですね。私として判断に苦しんでいます。

防人歌かも、と考えられている歌を含めて、今日はこれで全てを網羅したことになります。合計一〇四首。

私の肩の荷が降りました。皆さんのご協力に、本当に心から感謝します。かねてから気がかりになっていた同窓会の第一回を無事終えることができたことの幸せを感じております。次の同窓会を楽しみにしていますね。ご機嫌よう！

大伴家持の歌（巻二十の中から）

私は、皆さんからの進上歌を読ませてもらった日やその数日後に、それぞれの歌を読み返しながら、その時々に受けた印象を元に、長歌や短歌を作りました。その時は今日の同窓会のような会話をしながらではありませんで、自分の薄暗い部屋に閉じこもった状態で、歌から受けた印象を形として残しておきたかったのです。的外れがあったら叱られますが、これから筑紫へ向かわれる皆さん気持ちに改めて想いを馳せての作歌です。全部で二十首です。

相模《さがむ》の国からの進上歌を読ませていただいた後に、４３３１－４３３６の六首
上総《かみつふさ》の国からの進上歌を読ませていただいた後に、４３６０－４３６２の三首
下総《しもつふさ》の国からの進上歌を読ませていただいた後に、４３９５－４４００の六首
上野《かみつけの》の国からの進上歌を読ませていただいた後に、４４０８－４４１２の五首

今日の同窓会に、傍聴者としてご参加いただいた平成の皆さんは、『万葉集』の歌について、もうかなりお慣れになったと思います。

ですから、歌の解説は全て省略させていただきます。歌を作った日付順にご紹介します。

まずは二月八日の作歌三首です。遠江《とほたふみ》の方と相模の方の歌を読ませていただいた後です。第一章と第二章で謡われた歌の流れを想い出していただけることと思います。

（4331）

天皇《おほきみ》の　遠《とほ》の朝廷《みかど》と　しらぬひ　筑紫の国は
敵《あた》守る　鎮《おさ》への城《き》そと　聞食《きこしを》す　四方《よも》の国には
人多《さは》に　満《み》ちてはあれど　鶏が鳴く　東男《あづまをのこ》は
出で向かひ　顧《かへり》みせずて　勇みたる　猛《たけ》き軍卒《いくさ》と
労《ね》ぎ給ひ　任《まけ》のまにまに　たらちねの　母が目離《めか》れて
若草の　妻をも枕《ま》かず　あらたまの　月日数《よ》みつつ　蘆《あし》が散る
難波の御津に　大船に　真楫繁貫《まかいしじぬ》き　朝凪《なぎ》に
水夫《かこ》整へ　夕潮《ゆふしお》に　楫《かじ》引き撓《を》り　率《あど》ひて
漕ぎ行く君は　波の間を　い行《ゆ》きさぐくみ　真幸《まさき》くも
早く到りて　大君の　命《みこと》のまにま　大夫《ますらを》の
心を持ちて　あり廻り　事し終《をは》らば　障《つつ》まはず　帰り来ませと
斎瓮《いはひへ》を　床辺《とこへ》にすゑて　白妙の　袖折り返し
ぬばたまの　黒髪敷きて　長き日《け》を　待ちかも恋ひむ　愛《は》しき妻らは

（4332）
大夫《ますらを》の　靫《ゆき》とり負《を》ひて　出《い》でて行けば　別れを惜しみ　嘆きけむ妻

（4333）
鶏《とり》が鳴く　東壮士《あずまをとこ》の　妻別れ　悲しくありけむ　年の緒《を》長み

その翌日（二月九日）にも、三つの歌を作りました。

（4334）
海原《うな》を　遠く渡りて　年経《ふ》とも　児らが結べる　紐解くなゆめ

（4335）
今替わる　新防人《にひ》が　船出する　海原《うな》のうへに　波な咲きそね

（4336）
防人の　堀江漕ぎ出《づ》る　伊豆手舟《いずてぶね》　楫取る間《ま》なく　恋は繁けむ

次は上総の方の歌を読ませていただいた後、二月十三日の作歌三首です。第三章で謡われた歌の流れを想い出していただけることと思います。

（4360）
天皇《すめろき》の　遠き御代にも　押し照る　難波の国に　天《あめ》の下
知らしめしきと　今の緒《を》に　絶えず言ひつつ　かけまくも
あやに畏《かしこ》し　神《かむ》ながら　吾が大君の　うちなびく　春の初は
八《や》千《ち》種《くさ》に　花咲きにほひ　山見れば　見の羨《とも》しく　川見れば
見の清《さや》けく　物ごとに　栄ゆる時と　見《み》し給ひ　明《あき》らめ給ひ
敷きませる　難波の宮は　聞《きこ》し食《を》す　四方《よも》の国より　奉る
御調《みつき》の船は　堀江より　水脈《みを》引《び》きしつつ　朝凪に
楫《かじ》引き泝《のぼ》り　夕《ゆふ》潮に　棹《さを》さし下《くだ》り　あぢ群《むら》の
騒き競《きほ》ひて　浜に出て　海原見れば　白波の　八《や》重《へ》折るが上《うへ》に
海人小舟　はららに浮きて　大《おほ》御《み》食《け》に　仕《つか》へ奉ると
遠近《をちこち》に　漁《いざ》り釣りけり　そきだくも　おぎろなきかも
こきばくも　ゆたけきかも　ここ見れば　うべし神《かむ》代《よ》ゆ　始めけらしも

（4361）
桜花　今盛りなり　難波の海　押し照る宮に　聞こしめすなへ

（4362）
海原《うな》の　ゆたけき見つつ　蘆が散る　難波に年は　経ぬべく思ほゆ

私は当時、難波津に待機中で、防人さんたちの到着に備えておりましたから、我が家を離れて、もう二か月近く経っていました。ちょっと寂しくなっていました。そこで、「近くの龍田川辺りでは、今頃、桜の花が咲き終わり、散り初めているだろうな」と謡いました。

二月十七日の作歌三首です。防人さんたちの話題から外れる歌です。申し訳ありません。

（4395）
龍田山　見つつ越え来《こ》し　桜花《さくらばな》　散りか過ぎなむ　我が帰るとに

（4396）
堀江より　朝潮《あさしお》満ちに　寄る木糞《こつみ》　貝にありせば　土産《つと》にせましを

（4397）
見渡せば　向《むか》つ峰《を》の上《へ》の　花にほひ　照りて立てるは　愛《は》しき誰《た》が妻

次は二月十九日の作歌三首です。防人さんたちの話題に戻っています。

(4398)
大君の　命畏《みことかしこ》み　妻別れ　悲しくはあれど
大夫《ますらを》の　情《こころ》振り起《おこ》し　とり装《よそ》ひ　門出をすれば
たらちねの　母掻き撫で　若草の　妻は取りつき　平《たひら》けく
吾《わ》は斎《いは》はむ　真幸《まさき》くて　早還《かへ》り来《こ》と
真袖《まそで》持ち　涙をのごひ　むせひつつ　言問《こととひ》すれば
群鳥《むらとり》の　出で立ちかてに　滞《とどこほ》り　顧《かへり》みしつつ
いや遠《とほ》に　国を来離《きはな》れ　いや高に　山を越え過ぎ　蘆が散る
難波に来居て　夕潮に　船を浮けすゑ　朝凪ぎに　舳《へ》向け漕がむと
侍候《さもら》ふと　吾《わ》が居る時に　春霞　島廻《しまみ》に立ちて
鶴《たづ》が音《ね》の　悲しく鳴けば　はろはろに　家を思ひ出
負征箭《おひそや》の　そよと鳴るまで　嘆きつるかも

(4399)
海原に　霞たなびき　鶴《たづ》が音《ね》の　悲しき宵《よひ》は　国方《くにへ》し思《おも》ほゆ

（4400）
家思《おも》ふと　寐《い》を寝《ね》ず居れば　鶴《たづ》が鳴く　蘆辺《あしへ》も見えず　春の霞に

次は二月二十三日の作歌五首です。上野《かみつけの》の国の方の歌を読んだ後の感想歌です。

（4408）
大君《おほきみ》の　任《まけ》のまにまに　島守《しまもり》に
吾《わ》が立ち来れば　ははそ葉《ば》の　母の命《みこと》は
御裳《みも》の裾　摘《つ》み挙げ掻《か》き撫で　ちちの実の　父の命《みこと》は
栲綱《たくづの》の　白髭《しらひげ》の上《うへ》ゆ　涙垂《た》り
嘆き宣賜《のたば》く　鹿児《かこ》じもの　ただ独りして　朝戸《あさと》出の
愛《かな》しきわが児　あらたまの　年の緒《を》長く　あひ見ずは
恋しくあるべし　今日だにも　言問《ことど》ひせむと　惜しみつつ
悲しび坐《ま》せば　若草の　妻も子供も　彼比《をちこち》に
多《さは》に囲《かく》み居　春鳥の　声の吟《さまよ》ひ
白栲《しろたへ》の　袖泣き濡らし　携《たづさ》はり
別れかてにと　引き留《とど》め　慕《した》ひしものを

大君《おほきみ》の　命畏《みことかしこ》み　玉桙《たまほこ》の
道に出で立ち　丘の崎　い廻《た》むるごとに　万度《よろづたび》
顧《かへり》みしつつ　遥遥《はろはろ》に　別れし来れば　思ふそら
安くもあらず　恋《こ》ふるそら　苦しきものを　うつせみの
世の人なれば　たまきはる　命も知らず　海原の
畏《かしこ》き道を　島伝《づた》ひ　い漕ぎ渡りて　あり廻《めぐ》り
吾《わ》が来るまでに　平《たひら》けく　親はいまさね　障《つつみ》なく
妻は待たせと　住吉《すみのえ》の　あが皇神《すめがみ》に
幣奉《ぬさまつ》り　祈り申《まを》して　難波津に　船を浮け据ゑ
八十《やそ》楫貫《かぬ》き　水夫《かこ》整へて　朝開き　吾は漕ぎ出ぬと　家に告げこそ

（4409）
家人《いへびと》の　斎《いは》へにかあらむ　平《たひら》けく　船出はしぬと　親に申さね

（4410）
み空行く　雲も使と　人はいへど　家土産《いへづと》遣らむ　たづき知らずも

家土産《いへづと》に　貝そ拾《ひり》へる　浜波は　いやしくしくに　高く寄すれど
（4411）

島陰に　我が船泊《は》てて　告げ遣《や》らむ　使《つかひ》を無《な》みや　恋ひつつ行かむ
（4412）

第三陣の方々を難波津から見送った後の三月三日、この年の防人を検校《けんごう》された勅使の方々と宴を張りました。巻二十では、二つおいて、さらに次に示す私の二首（4434）と（4435）、そしてさらに（4436）へと続いて、防人に関連する歌が全て終わります。

雲雀あがる　春へとさやに　なりぬれば　都も見えず　霞たなびく
（4434）

含《ふふ》めりし　花の初めに　来《こ》し吾《われ》や　散りなむのちに　都へ行かむ
（4435）

巻二十は、その後、巻頭の「ご挨拶」で申し上げた「家持歌集」としての歌が続きます。そして私が因幡守であった四十三歳の時の歌（4516）で終わります。

防人歌の収録・編集を終えた翌年（七五六年）に聖武上皇が五十六歳で、翌々年（七五七年）には橘諸兄卿《たちばなもろえ》が七十四歳で相次いで亡くなられ、バックボーンの全てを失った七五九年の一月一日、今年こそ良い年であって欲しいと願った歌です。左遷先の因幡守として国庁の庭に降る雪を見ながらの、四十三歳でした。これが『万葉集』全四五一六首の最後の歌になったのです。

（4516）

新《あらた》しき　年の初めの　初春の　今日降る雪の　いやしけ吉事《よごと》

家持歌集の第四巻を完成した後、私は約二十五年生き続けましたが、藤原家に押し退けられた大伴家の没落が進む中、第五巻に取りかかる気力を失っていました。

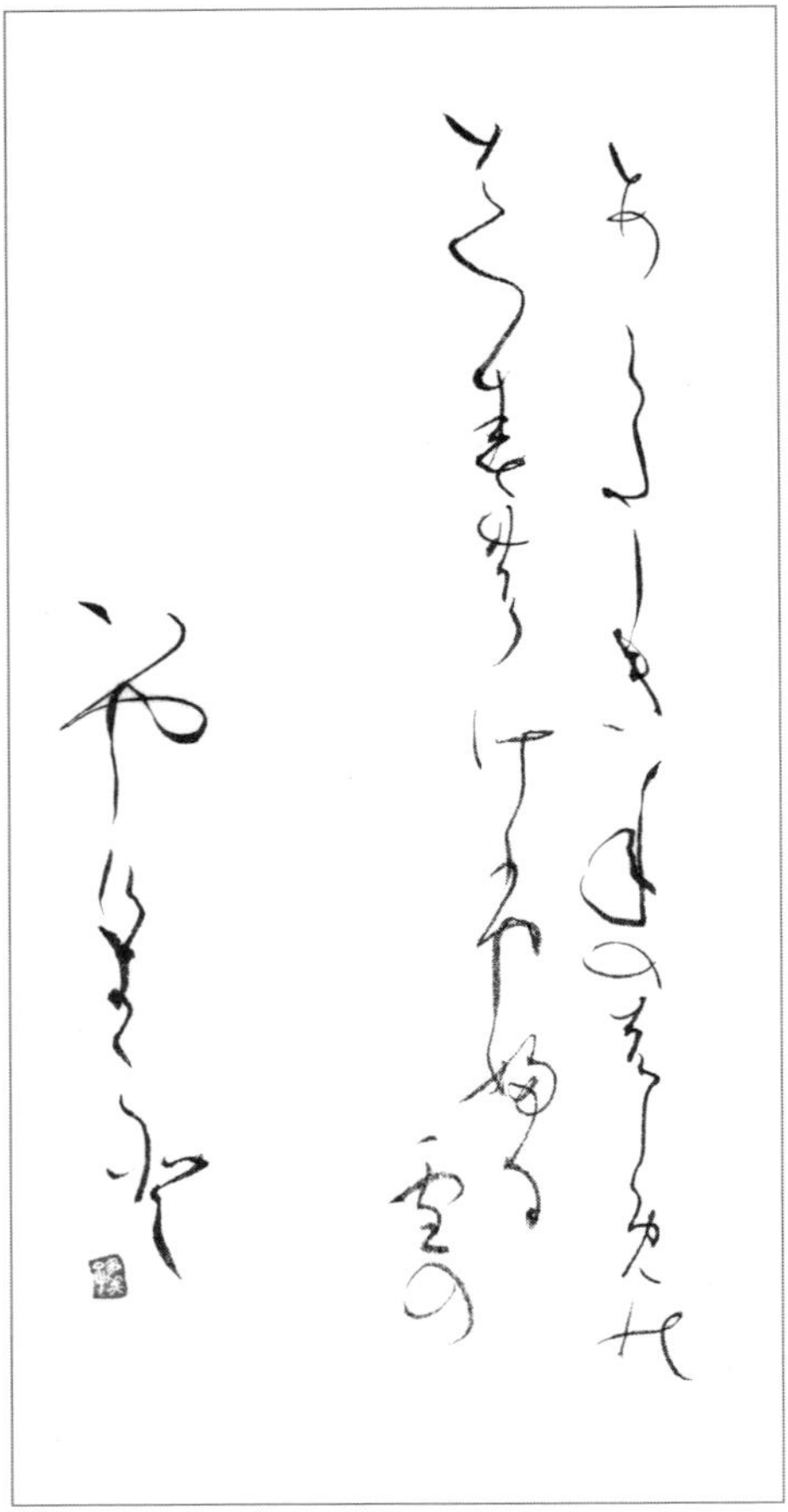

あとがき

防人歌の研究書を、それなりにたくさん読みました。万葉仮名から漢字への当てはめや、歌の解釈が研究者によってこんなに多様であるのか、と驚きました。分からないことが多すぎるのです。だからこそ、そこが私にとっては、想像の翼を広げる余地となってくれました。その自由度が研究書ではない本書の基盤です。ノンフィクションの枠を越えすぎないように気を付けつつも、「創作的」に名を借りて、私の想像・思い込みを入れ込んだ本になってしまいました。創作の行きすぎはないのか？　本当にこれで脱稿していいのか？　自由度があるとはいえ、最後まで特別深く悩んだのが次の三首です。

（4321）遠江①
畏《かしこ》きや　命被《みことかがふ》り　明日ゆりや　草《かえ》が共寝《むた》む　妹《いむ》無しにして

（4401）信濃①
韓衣《からころむ》　裾に取り付き　泣く児らを　置きてそ来ぬや　母《おも》無しにして

（4404）上野①
難波道《ぢ》を　行《ゆ》きて来《く》までと　我妹子《わぎもこ》が　付けし紐が緒《を》　絶えにけるかも

この三人は、難波津まで行った後、筑紫へは向かわず、それぞれの郷国に帰るストーリー、言わば「直帰」としました。実際には防人として赴任しなかった、という我ながら大胆すぎる解釈です。

二首目（４４０１）から始めたいと思います。私の知る範囲では、全ての学者が「母のいない父子家庭から、父を三年以上引き離した」という悲痛な解釈を展開されていました。奈良時代の役人が、果たしてそこまで無慈悲な命令を決定し、強行したのだろうか？　と悩みました。

母親を難波津まで一緒に連れて行ったのではないか、という意見もあるそうです。まさか⁉　です。残された子供を父方か母方の祖父母に、三年有余にわたって預けることは、不可能ではなかったかもしれません。近くに伯父、叔父、伯母、叔母がいてくれたかもしれません。

しかし軍防令十六条に「祖父母や父母が高齢であったり病身であったりして、その世話をする必要があり、しかもその家にはほかに成・壮年男子がいない場合には、防人に充ててはならない」との規定があります。その規定からすれば、母のいない子を残してまで、父親を三年以上の長い遠隔地任務に就かせるだろうか。そこまでの無慈悲はしないだろうと、性善説に縋り付きたくなりました。

奈良時代のお役人の優しさに期待したかったのです。これは私の最後の拠り所です。掛けです。

こうして二首目（４４０１）を「直帰」と解釈しました。

学者ではない故の自由・勝手・気まま解釈を許していただこう、と覚悟を決めました。

そして一首目（４３２１）については「明日ゆりや　草《かえ》が共寝《むた》む」を、「明日からの野宿の辛さ」だけという解釈に誘導し、「防人もどき」を作ってしまいました。三首目（４４０４）については後で述べます。

もし間違いであったとすれば、きちんと筑紫へ行って三年の任期を果たされた三人の作歌者に、そして残された児たちや妻たちに大変申し訳ない、と謝らなくてはなりません。許してください。

もう一つのアプローチは、防人の肩書です。巻二十で作歌者として「国造《くにのみやつこ》」と紹介されているのは次の三人でした。元「国造」ほどの偉いさんが農民たちと同格の防人？　私には吹っ切れなかったです。

（4321）遠江①　国造丁《よぼろ》　長下郡《ながかみのこほり》　物部秋持《もののべのあきもち》
（4348）上総②　国造丁　郡名記載なし　日下部使主三中《くさかべのおみみなか》
（4401）信濃①　国造　小県郡《ちいさがたのこほり》　他田舎人大嶋《をさだのとねりおほしま》

三人の国造のうち、遠江①の秋持さんが293頁の一首目（4321）であり、信濃①の大嶋さんが293頁の二首目（4401）です。お二人を難波津からの直帰と解釈した理由は本文に書いた通りであり、前の頁でも少し触れました。プラスして誉れ高い「国造」という肩書きの後押しも受けています。

そして上総②の三中さん（4348）。出立の宴に父親が同伴・同席。難波津への「直行・直帰」程度なら、父親が宴に出ることもないだろう。長い別れとみるほかない。その父親が「汝《な》が佩《は》ける　太刀《たち》になりても」と謡うほどの「可愛い子」。そんな状況から、私は、二十一歳になったばかりの正丁一年生、国庁勤務も新米で実質無役、と想定。ということで、筑紫までの完全防人と解釈。こうして三人の「国造」の運命を、それぞれの事情で分けてしまいました。三中さんのお父さんは、言うまでもなく防人ではありません。

そうなると、「国造」でもないのに、「直帰」の叶った人、と私が強引解釈した上野の牛甘《うしかひ》さん（4404）について、私なりの説明が必要です。

「難波道を……」と謡われた牛甘さんの肩書き「助丁《すけのよぼろ》」は、言わば次長級の職位ですから、決して低くはない。そして上野の国の防人部領使《さきもりのことりづかい》は、国庁での役職トップ4の「目《さかん》」とはいえ、仮にも「正六位」ですから、牛甘さんは部領使の帰国に同行する役目を与えられて「直帰」になった、と考えることにしました。この解釈にかなりの自信を持っている理由は次の通りです。つまり、「難波道《ぢ》を　行《ゆ》きて来《く》までと」の七・七を「行って帰るだけ」と、文字通りに解釈し、「上野→難波津→上野」の直行直帰と断定しました。

もう一つ別の悩みがあります。難波津までの陸路での食べ物、言わば弁当のことです。

①軍防令の五十六条に「凡そ防人に向かはむ、各々私の粮（糧の意）持て。津より発たむ日、随ひて公粮給へ」とあります。難波津から先の海路では食糧を供給するが、難波津までは自弁だというのです。各々の国から難波津まで、平均二十日はかかります。その上、

②七条に、防人が任に赴く際に各自用意すべき物として「弓一張、弓弦袋一口、……征箭五十隻、……太刀一口、刀子一枚、……水桶一口、……」延々と続きます。他方、

③五十五条に、「凡そ防人、防《ぼう》向かはむ、若し家人、奴婢《ぬひ》及び牛馬《ごめ》、将《ゐ》て行かむと欲《ねがふ》こと有《あ》らば、聴《ゆる》せ」

④さらに、「凡そ兵士十人を『一火』とし、『火』別に六頭の駄馬を与えよ」との規定もあるのです（五条）。

荷物の多いことが前提になっていたと考えるほかありません。

奈良時代には貨幣が鋳造されていたし、所々市《いち》が立つこともあったので、金持ち農民であればお金を持って行けただろうという意見もあるようですが、一般農民たちが蓄えを持っていたとは考えられません。あるいは防人部領使がお金を持参し、市で農民たちのために買い求めてくれた、と期待する……?

三月という寒い季節に、市が立っていたのだろうか……?

途中で通過する国々から食糧の補給が保証されていた、という記録を見たこともありません。

私は、軍防令の規定に従って「各自持参」の線で解釈を進めましたが、最後まで?・?・?でした。

教養部時代に犬養孝先生の講義を受けるという環境に恵まれ、夏休みにいただいた自由研究で山上憶良を選び、図書館に入り浸り、結構高い点数をいただきました。卒業してから十数年たったころ、防人歌にもいろいろあるのを知る機会があって、感銘を覚え、いつかは防人歌を題材にした書き物を作ってみたい、という夢を持ちました。

その後、何度か思い出しては、また忘れ、を繰り返しながら、仕事どっぷりの毎日、毎月、毎年。七十四歳を過ぎました。お正月、家族との会話の中で、これまで果たしてこなかった防人歌の書き物のことを思い出させてくれる話題に移りました。目が覚め、ようやく実現に向けての勉強に着手したのです。

＊　＊

一方、何十年もの長きにわたって、私を『万葉集』に繋がり続けさせてくれた人、本書作成の動機付けを維持させてくれた人、高校時代の親友、上野佳夫君に感謝します。彼がいなければ、本書は私の幻の中で眠ったままでしょう。『万葉集』の全体構成や歴史、大伴家持のことなどについては、セミプロ級の上野君からたくさんの薫陶を受けることができました。

初校を進める中、彼が突然の再入院。三日後、永眠に入ってしまいました。闘病中にもかかわらず、第一稿の段階から私に付き合ってアドバイスを与え続けてくれた上野君！　貴方の闘病エネルギーを消耗させてしまいました。心から詫びると共に、本書の完成を第一番に報告します。天上の同窓会での再会を楽しみにしています！

本書の題字と挿絵、それに今回の増補改訂版で厚かましくも追加させて戴いた短歌の書は、会社勤務時代の友人、石内秀典君の令夫人で日展作家、石内多美さんにお願いしました。彼の詩集で拝見した題字と挿絵に感動したからです。お二人の快諾をいただき、全面的にお任せしてよかった、と心からの感謝を述べたいです。柔和な万葉花に短歌の書、心が和む素晴らしい空間を作ってくださいました。

本書の出来映えがよかったと思っていただけるのならば、それは、石内君の紹介で知己を得た「新月舎」の伊藤ゆり子さんのお力添えのお蔭です。見事な編集・制作であり、感謝します。校正を進める中で上野君の言葉を思い出し、あるいは私のミスに気付いて何度も何度も修正・追加・削除を重ねました。伊藤さんにもお詫びしなくちゃ。そして今回の増補改訂版では海鳥社の杉本雅子さんから私の目を覚ますようなアドバイスをもらいました。

私の心の底に防人が住み始めたのには、下地があります。高校で日本史を教えてくださった糀谷《こうじや》美規子先生からのご薫陶抜きには語れません。授業では、表《おもて》に出ている歴史を教科書で、表に出ていない歴史を先生自作のガリ版で、「あんたら、教科書だけで歴史を知ったような気になったらあかんのやで……」と語られていました。そのお言葉が、十年、二十年、防人さんたちへの想いを少しずつ大きくしていってくれました。

その先生が、教員を退かれた後、大阪国防婦人会に入られ、太平洋戦争の中で、あるいは戦後も、苦難を生き抜いた婦人たちの悩みや実体をアンケート調査で掘り起こされ、『戦争を生きた女たち　証言・国防婦人会』(ミネルヴァ書房)として刊行されました。そのご本を知ったのは、私が自分の『防人歌』(初版)を作った翌々年の「大阪民主新報」の面談記事でした。先生のご健在と信念と行動力を知って、飛び上がるほど嬉しかったです。大変遅まきながら先生への感謝の念を「あとがき」に書き加えたいという思いが、今回の改訂版を作り上げるエネルギーになってくれました。

先生は直派若柳流の師匠(若柳一壽・柳寿会会主)としてご活躍中です。去年の三月、国立文楽ホールの本舞台で、結びの大曲「廓八景」を披露されました。九十三歳。そして今年は九十四歳！

数人の友人が、本書を街々の書店に並べてもらう手立てはないのか、と声を掛けてくれました。随分悩みつつも、その道を探す上での切っ掛けとして、思い切って改訂版を作ってみようか、と考えて初版を読み直し、手を加え始めました。正直申し上げて、初版の至る所で、自分の至らなさを思い知らされる日々が待ち受けていました。その経緯の中で、初版の発行に尽力してくれた「新月舎」の伊藤ゆり子さんに相談した結果、海鳥社の名前を知りました。早速、同社の杉本雅子さんに問い合わせたところ、「やってみましょう！」とのお返事をいただきました。それだけでも嬉しかったのに、具体的な校正、というより、相次ぐ、相次ぐ、加入、削除、加入の諸作業を進めていく中で、杉本さんからは、『万葉集』の原典に当たってのサポートを含めた期待以上の改善提案をいただくことができ、そのご提案に答えなきゃ、と必死に努めた結果、改訂版を超えて増補改訂版を出すことに大きな意義を感じることができるような内容に近付いたのではないか、と思えています。今夏で八十歳を迎える自分は、実はいろいろな人によって支えられているのだ、ということを改めて感じました。

それにしても防人歌は別離の歌が満載でした。幸い私には家族と長く別離したような体験はありません。父が紡績用の糸巻用木管工場を営んでいたことで徴兵を受けておらず、戦争中も家族は一緒でした。大阪の家が焼夷弾で丸焼けになる直前には、母の実家（松江）へ疎開。終戦を迎えた日は、新しい引越先（大津）で、父も含めて家族みんなと一緒でした。

妻の父は徴兵命令を受けて中国へ行ったそうです。

帰国後は、戦争の話を一切しなかったようで、思い出したくなかったのでしょう。

経済不況が第一次、第二次の世界戦争を誘発した歴史を学びました。景気の大切さは、これを否定できないことを知りました。父の事業（町工場）が傾き、大学二年の夏、父からは大学中退を命じられましたが、工場への手伝い時間を増やすことを条件に中退を回避し、半分工員、半分学生で凌《しの》ぎました。あれから数えると六十年！ひととき中流（意識）階層の家庭が普通になりましたが、現今では再び貧富の差が広がり「親から子への貧困の連鎖」が社会問題となっています。今の若者を脅かしている生活・勉強・労働の過酷な環境を何とかしなければなりません。

未来への希望を失った欧米の多くの若者たちが「イスラム国」に参加しているそうです。日本の若者が参加を計画した、というニュースも報じられています。若者の夢を奪うような経済停滞は避けなければなりません。

だけど、だけど、好・不況の尺度が私たちの中に最優先指標として座り込んでいる現状には危機感を覚えます。世界中の一人ひとりが、短い一生の意味を経済的価値観だけで満足できるのでしょうか。家族や友人との愛情・友情を肌身で感じる喜び、地球上で共存しているたくさんの生命体との文化的・生理的繋がりを感じることのできる充実感、いろいろな文化を知って生活の中に取り込める楽しさ。

これらは、私にとっても大切な価値観です。たくさんの尺度をそれぞれ大切にした中で人生を送りたいです。経済を最優先尺度とし、力と力の対抗で緊張を高め、そして生産と消費を限りなく美化して資源を浪費すれば、空気も、水も、土も、さらなる汚れが進むであろうことに、みんな不安を感じているのではないでしょうか。

そんな事態が近づきつつある恐れを心の中に押し隠し続けた先には、残虐な殺戮《さつりく》行為を英雄視する雰囲気が、再び世界に見え隠れ、いや既に、はっきり見え始めているように思えます。

広島・長崎レベルの四分の一程度の小型核兵器であれば使いやすいのではないか、という戦略すらも……。

世界各地や身近な地域で、未来に希望と勇気を持って頑張る若人たち。

勇気をもらって私も生きます。

防人たちとの交流を果せました。

彼らとはこれからも誇り高い友情を持ち続けます。

彼らに恥ずかしくない人生を。

二〇一九年六月

植木久一

参考資料

吉野裕『防人歌の基本構造』伊藤書店、1943年
松本仁『万葉新辞典』立命館出版部、1943年
金子武雄『万葉防人の歌——農民兵の悲哀と苦悶』公論社、1979年
水島義治『萬葉集防人歌全注釈』笠間書院、2003年
星野五彦『防人歌研究』教育出版センター、1978年
星野五彦『防人歌研究Ⅱ』教育出版センター、1985年
伊藤博『萬葉集釋注十』巻第十九、巻第二十、集英社、2005年
五味智英『増補古代和歌』所収「第1章　萬葉集」笠間書院、1987年
東城敏毅「防人歌作者表記」（古典と民俗学の会編『桜井満先生追悼——古典と民俗学論集』おうふう、1997年所収）
針原孝之「家持と防人歌」（同前書）
近藤信義『東歌・防人歌』（コレクション日本歌人選022）笠間書院、2012年
佐々木幸綱『100分 de 名著 万葉集』NHK出版、2014年
佐竹昭広、木下正俊、小島憲之『増補版　萬葉集（本文篇）』塙書房、2004年
写真・中村明巳、文・片岡寧豊『やまと花萬葉』東方出版、1992年第1刷　2006年第14刷
阿部猛『防人びとの生活』東京堂出版、1995年

上の句（5・7・5）索引

各行の最後の数字は掲載ページを表す

下の句（7・7）索引

各行の最後の数字は掲載ページを表す

植木久一（うえき・きゅういち）
1939年、大阪市生まれ。尼崎市在住。
弁理士、薬剤師、森林インストラクター。著書に『1260年の時空を超えて　防人歌 ── 作歌者たちの天上同窓会』（私家版、2014年）がある。

増《ぞう》補《ほ》改訂版《かいていばん》 万葉集《まんようしゅう》巻《まき》二十《にじゅう》 防人歌《さきもりうた》
作歌者《さっかしゃ》たちの天上《てんじょう》同窓会《どうそうかい》

■

2019年 7 月 1 日　第 1 刷発行

■

著者　植木久一
発行者　杉本雅子
発行所　有限会社海鳥社
〒812-0023　福岡市博多区奈良屋町13番 4 号
電話092(272)0120　FAX092(272)0121
印刷・製本　モリモト印刷株式会社
ISBN 978-4-86656-053-3
http://www.kaichosha-f.co.jp
［定価は表紙カバーに表示］